Frank E. Peretti

Die Tür im Schlund des Drachen
Die Gräber von Anak

Die Cooper-Abenteuer-Serie
Sammelband 1

FRANK E. PERETTI

> *Die Tür im Schlund des Drachen*

> *Die Gräber von Anak*

SAMMELBAND 1

Titel der Originalausgaben:
The Door In The Dragon's Throat (© 1985 by Frank E. Peretti)
Tombs Of Anak (© 1985 by Frank E. Peretti)

Published by Crossway Books,
a division of Good News Publishers,
Wheaton, Illinois 60187, USA

© 1991 der deutschen Ausgaben
by Projektion J Verlag, Wiesbaden

© 2001 des Sammelbandes
by Gerth Medien GmbH, Asslar
1. Auflage des Sammelbandes 2001

ISBN 3-89490-363-5

Übersetzungen: Stefan M. Schwarz, Gabi Niemz
Umschlaggestaltung: Michael Wenserit
Druck und Verarbeitung: Ebner Ulm

Nachdruck, auch auszugsweise, nur mit Genehmigung des Verlages.

Frank E. Peretti
DIE TÜR IM SCHLUND DES DRACHEN

Frank E. Peretti

Die Tür im Schlund des Drachen

In dem von Trockenheit und Kämpfen geplagten Mittleren Osten, dem Land biblischer Abenteuer, Kriege, Kamele und Könige, in der winzigen, abgeschiedenen, von anderen Ländern umkreisten Nation Nepur, die für ihre fremd anmutenden Ge- 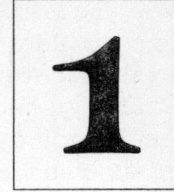 bräuche und altertümlichen Geheimnisse bekannt war, saß der pompöse Präsident Al-Dallam, oberster Herrscher und Träger des königlichen Zepters, nervös zappelnd hinter seinem riesigen Marmorschreibtisch im Präsidentenpalast.

Wie es sich für einen unglaublich reichen Ölscheich geziemt, trug Präsident Al-Dallam immer einen langen, diamantengeschmückten purpurnen Mantel, goldene Ringe an den Fingern und einen äußerst beeindruckenden Turban auf seinem Kopf. Er liebte es, der Präsident dieses Landes zu sein, er liebte es, reich zu sein, und er liebte es, Macht zu haben. Im Moment quoll sein riesiger Schreibtisch fast über mit wichtigen Papieren von Staatsgeschäften, die seiner Aufmerksamkeit dringend bedurft hätten, aber er konnte sich auf keine dieser Angelegenheiten konzentrieren. Sein Verstand war momentan zu sehr mit dem Gedanken beschäftigt, noch reicher zu werden.

Ein aufgeregtes Klopfen an den großen Flügeltüren zu seinem Büro unterbrach seine Tagträume, und eine Stimme rief aufgeregt: »Herr Präsident! Mein Herr!«

Al-Dallam hatte bereits den ganzen Morgen darauf gewartet, diese rauhe Reibeisenstimme zu hören. »Gozan! Komm herein! Komm herein!«

Die großen Türen platzten förmlich auf, und Gozan, ein Mann, der wie eine bärtige, knorrige Ratte aussah, betrat den Raum. Al-Dallam stellte sich vor, wie sein Assistent eine kleine Staubwolke hinter sich her ins Büro zog; Gozan schien immer diese Ausstrahlung eines »gewöhnlichen Mannes von der Straße« zu haben. Gozan nahm seinen großen Strohhut ab und machte eine eilige Verbeugung, als hätte er sie beinahe vergessen.

»Sie sind angekommen!« berichtete Gozan aufgeregt.

Der Präsident erhob sich hinter seinem Schreibtisch und streckte vor Verzückung seine Arme gen Himmel. »Ah, endlich! Endlich ist Dr. Coopers Expedition eingetroffen! Jetzt können wir uns davon überzeugen, was diese Amerikaner taugen. Sag mir — wie viele Männer hat er mitgebracht?«

Gozan begann, sie an seinen Fingern abzuzählen, während er in Gedanken die Gesichter durchzugehen schien. »Äääh ... da waren ... äh ...«

Der Präsident wurde ungeduldig. »Nun? Wie viele gehören zu der Expedition? Er muß mit einer Menge Leute hier sein — vielleicht dreißig, vierzig Männer?«

»Oh nein, Herr! Nur seine Kinder und ... drei Mitarbeiter.«

»Kinder?« Der Präsident war offensichtlich unzufrieden, und das machte Gozan immer etwas nervös.

Gozan versuchte, ihm die Nachrichten schonend beizubringen. »Ja ... natürlich keine *kleinen* Kinder, machen Sie sich keine Sorge ... ein junger Mann und eine junge Frau.«

Al-Dallam schlug mit der Faust auf den Tisch und begann im Raum auf- und abzumarschieren, wobei sein purpurfarbener Mantel hinter ihm herflog wie der Schwanz eines Pfaus.

»Was für ein Narr ist dieser Cooper eigentlich?« brauste der Präsident auf. »Kinder stören immer, sie geraten andauernd in Schwierigkeiten. Ich habe ihn vor den ungeheuren Gefahren gewarnt, die auf ihn zukommen werden.«

»Ich ... ich habe auch versucht, ihm von den Gefahren zu berichten, mein Herr, aber er weigert sich, einen Auftrag anzunehmen, wenn seine Kinder nicht dabei sind. Offensichtlich sind sie sehr gut vorbereitet und können auf sich selbst aufpassen.«

Der Präsident starrte Gozan mit einem Gesichtsausdruck an, den er sich normalerweise für den Erlaß von Todesurteilen aufsparte. Gozan verbeugte sich und hoffte, seine Hoheit damit wenigstens etwas zu beruhigen.

»Gozan, dies ist keine Aufgabe für Kinder! Sie erfordert eine ganze Armee, nicht bloß vier Männer und zwei ... Kinder!« Al-Dallam schüttelte nur fassungslos den Kopf. »Sie alle werden bereits am ersten Tag sterben. Der Schlund des Drachen kennt keine Gnade!«

Gozan zuckte nur mit den Achseln, seine Augen rollten hin und her. »Ähh ... das würde nicht das erste Mal sein.«

»Aber sie müssen es schaffen!« bellte der Präsident. »Irgendwann muß es irgend jemand irgendwie schaffen!«

Gozan verbeugte sich noch einmal und verharrte für einige Sekunden in dieser Haltung. Er wußte, daß das, was er jetzt sagen wollte, ein heißes Eisen war. »Herr Präsident, viele haben es versucht, und keiner von ihnen hat es geschafft. Weder die vierzig Mann starke deutsche Expedition mit ihren schweren Maschinen — noch das französische Team, das so mutig und zuversichtlich schien. Das Forschungsteam der Vereinten Nationen hatte bereits die Hälfte der Männer durch Skorpione und Kobras verloren, bevor sie überhaupt den Schlund des Drachen betraten. Die Schweizer Expedition hat geschworen, nie wieder zu diesem Ort zurückzukehren. Eure Hoheit hat Briefe an alle Nationen der Welt geschickt, aber niemand will sich auch nur in die Nähe des Schlunds des Drachen wagen. Möge mein Gebieter ewig leben, aber wieso haben Sie einen einfachen amerikanischen Wissenschaftler und seine beiden Kinder eingeladen? Wieso glaubt Ihr, daß diese erfolgreich sein könnten, wo doch alle anderen versagt haben?«

Der Präsident antwortete mit gesenkter Stimme. »Ich habe Berichte über sie gehört. Man sagte mir, sie seien furchtlos. Sie sind eine seltsame Art von Christen.«

Gozan rümpfte seine Nase und sagte: »Christen! Wozu soll das nun wieder gut sein? Andere haben auch von sich gesagt, sie seien Christen ...«

Die Augenbrauen des Präsidenten wölbten sich, und seine Stirn legte sich in Falten. »Ja, aber diese Menschen sind anders. Sie haben einen so festen Glauben an ihren Gott, daß sie eine besondere Kraft von dieser Gottheit beziehen. Ich verstehe nichts von ihrer Art Religion, aber sie haben nicht dieselben Ängste, wie wir sie haben.«

Gozan lachte nur. »Ha! Sie haben noch nie versucht, den Schlund des Drachen zu betreten. Sie haben nie versucht, die Tür zu öffnen. Sie werden es lernen, sich zu fürchten.«

»Aber sie müssen die Tür öffnen!« schrie der Präsident in einem plötzlichen Wutausbruch. »Etwas, das so unüberwindlich, so befestigt, so durch Flüche bewacht ist, muß unglaubliche Reichtümer bergen! Ich muß diesen Schatz haben!«

»Ich könnte auch etwas davon gebrauchen ...«

»Diese Christen sind vielleicht unsere letzte Hoffnung. Wir müssen alles tun, was in unserer Macht steht, damit sie Erfolg haben.« Der Präsident blickte Gozan an, und Gozan verbeugte sich ein weiteres Mal. »Gozan, ich gebe dir die Verantwortung, ihnen zu helfen. Behandle diesen Amerikaner zuvorkommend. Bring ihn und seine Expedition zum Schlund des Drachen und begleite ihn zu der Tür. Sorge dafür, daß sie alles bekommen, was immer sie benötigen.«

Gozan verneigte sich eilig. »Ja, Herr Präsident! Ich werde alles tun, was Sie befehlen ...« Plötzlich wurde er sich Al-Dallams Worten bewußt. »Habt ... habt Ihr gesagt, ›begleite sie bis zur Tür‹?«

Eine der Augenbrauen des Präsidenten senkte sich. »Äh, ja! Du bist ein Staatsbürger Nepurs, ein Diener des Staates und seines Präsidenten. Du bist viele Male am Schlund des Drachen gewesen ...«

»Aber niemals *in* ihm!«

»Du hast viele Expeditionen begleitet. Also kannst du auch an dieser teilnehmen, um sicherzustellen, daß alles gutgeht. Durch deine Erfahrung und die vielen furchtbaren Niederlagen, die du mit ansehen mußtest, kannst du Probleme vorhersehen, bevor sie auftauchen. Deine Unterstützung wird von unschätzbarem Wert sein.«

Gozans Stimme klang so, als hätte er Murmeln verschluckt. »Aber ... Ihr meint doch nicht, daß ... ich mit ihnen gehe ... in den Schlund des Drachen!«

Jetzt senkte sich die *andere* Augenbraue des Präsidenten ärgerlich herab. »Ich will ein für allemal wissen, was dort unten vor sich geht. Und vor allem will ich, daß sie erfolgreich sind. Ich will, daß du zu jeder Zeit bei ihnen bist, ihre Bemühungen beobachtest und sicherstellst, daß sie nicht scheitern. Ich will, daß du mir Bericht erstattest und mir mitteilst, wie sie vorankommen.«

»Mein Gebieter, Ihr mögt ewig leben, aber ...«
»Willst du dich meinem Willen widersetzen?«

Gozan machte eine tiefe Verbeugung und antwortete schnell: »Euer Wille ist mein Wille, mein Gebieter!«

Der Präsident lächelte, und sein Zorn verflog. »Und nun Geh! Hol sie vom Flughafen ab, und unterstütze sie, zu meinen Gunsten.«

Auf dem Flughafen, der lediglich aus einer Landebahn inmitten von zahllosen windgepeitschten Dünen bestand, stand Dr. Jake Cooper neben dem großen Frachtflugzeug, beaufsichtigte das Entladen der Fracht und überblickte die Landschaft um ihn herum. Dr. Cooper war von stattlicher, zäher Gestalt, groß, stark, und er hatte blondes Haar. Sein energischer Gesichtsausdruck und die wachsamen Augen deuteten auf eine innere Entschlossenheit hin, Aufgaben gewissenhaft auszuführen. Er trug einen Hut, um sein Gesicht vor der heißen Wüstensonne zu schützen, und einen Arbeitsanzug, der bereits die Spuren vieler herausfordernder Abenteuer trug.

»Das ist also Nepur«, sagte er zu sich selbst, während seine Augen alles von einem Ende des Horizonts bis zum anderen registrierten. Nepur bestand größtenteils aus Wüste: Sanddünen, niedriges, struppiges Strauchwerk, heiße Felsen, Skorpione und Schlangen. Die Bevölkerung bestand hauptsächlich aus Nomaden, die durch die Wüste zogen, Schafe und Ziegen hüteten, Kamele ritten und versuchten, Kobras und Räubern aus dem Weg zu gehen. In der Ferne lag Zahidah, die Hauptstadt, wo sehr reiche Ölscheichs in wundervollen Villen und sehr arme Bettler in trostlosen Hütten lebten, wo eine Gruppe der

Bevölkerung den ganzen Wohlstand für sich beanspruchte, während die andere um das Lebensnotwendigste betteln mußte.

Nur wenige Meter entfernt sonnte sich eine Viper auf der heißen Landebahn des Flugplatzes, und die umliegenden Felsen und Gräser knisterten von dem Trippeln und Umherhuschen der Skorpione, Eidechsen und Taranteln.

Nepur war kein einladender Ort.

Dr. Coopers Crew, die damit beschäftigt war, die Fracht auszuladen, baute langsam einen ganzen Berg von Kisten, Kästen und Taschen neben dem Flugzeug auf. Er selbst war damit beschäftigt, jeden Gegenstand auf seiner Liste abzuhaken — zu kontrollieren, kontrollieren und nochmals zu kontrollieren: Zelte, tragbare Unterstände, Untersuchungsinstrumente, Bergausrüstungen, Werkzeuge, Notizbücher.

Sein Sohn Jay, vierzehn, entlud unermüdlich seine eigene spezielle Ausrüstung: einen Seismographen, ein Sonargerät, Kisten mit Dynamit und Plastiksprengstoff. Er war blond, nicht zu groß und kräftig gebaut. Er war die meiste Zeit seines Lebens seinem Vater um die Welt herum gefolgt, und das sah man ihm an. Wenn er nicht schon jetzt so zäh wie Leder war, würde es doch schon bald soweit sein.

Lila, dreizehn, war ihrem Alter um Jahre voraus. Dr. Coopers Frau war vor einigen Jahren beim Einsturz einer Grabkammer in Ägypten ums Leben gekommen, und Lila hatte sofort begonnen, den leeren Platz auszufüllen, den ihre Mutter hinterlassen hatte. Archäologie war das Lebenselement der Familie, und Lila hatte die Rolle des Technikers, Organisators und der Krankenschwester mit großer Entschlossenheit übernommen. In diesem Augenblick überprüfte sie gerade ihre Vorräte an Nahrungsmitteln und notierte in Gedanken, welche Medizin noch ergänzt werden mußte. An einem Ort wie diesem mußte man sich unweigerlich früher oder später verletzen.

Das schauerliche Bild, das Nepur ihnen zu ihrer Begrüßung darbot, wurde durch einen vor sich hinrostenden Schutzzaun vervollständigt, der den Flugplatz umgab. Direkt ihnen gegenüber, und viele, viele Meter weit am ganzen Zaun entlang, standen Menschenmengen — Frauen, die halbbekleidete Kinder trugen, schmutzige, verschwitzte Arbeiter von den Ölfeldern, Hirten, Bettler. Ein Querschnitt durch alle Bevölkerungsschichten drängte sich an dem Zaun wie eine hungrige Viehherde — fast zweihundert, die sie anstarrten, immerzu nur anstarrten, aber nicht lächelten oder auf die Begrüßung durch die Expeditionsteilnehmer reagierten.

Lila fragte sehr leise, fast schon hinter vorgehaltener Hand: »Was starren uns diese Menschen so an?«

Jay vermutete: »Ich schätze, sie haben noch nie zuvor Amerikaner gesehen.«

»An diesem Ort läuft mir ein Schauer den Rücken herunter«, sagte seine Schwester schließlich.

Dr. Cooper zählte nicht zu den Leuten, die sich von solchen »Schauern« leicht beeindrucken ließen. »Neugierige, könnte ich mir vorstellen. Erinnert ihr euch an unsere Ankunft in diesem kleinen Dorf in Ägypten? Jedes Flugzeug, das dort landete, löste ein riesiges Spektakel aus.«

»Natürlich, Dad«, sagte Jay, »aber die Leute dort haben gelächelt. Sie waren aufgeregt; sie waren sogar eine echte Belästigung. *Diese* Leute dagegen ...«

Dr. Cooper schaute wieder zu der wachsenden Menschenmenge auf der anderen Seite des Zaunes hinüber. Auf ihren Gesichtern spiegelte sich eine seltsame Unsicherheit wider, und er hatte das Gefühl, als wären er und seine Mannschaft Aussätzige, mißgestaltete Menschen, etwas Unnormales.

Mit einer so unauffälligen und unbedrohlichen Bewegung wie möglich griff er nach seiner 357er Magnum und band sich den Patronengürtel um die Taille.

»Seid auf der Hut. Die Nepurier sind ein ungewöhnlich abergläubisches Volk. Selbst der Islam hat es nicht geschafft, hier richtig Fuß zu fassen. Ich will damit sagen, die Kultur dieser Menschen macht ihre Reaktionen völlig unvorhersehbar.«

Plötzlich begannen die Menschen durcheinanderzurennen und zu schreien, als ein alter Jeep an ihnen vorbei durch das Tor des Flughafens und auf das Flugzeug zu gerattert kam. Der Fahrer sah ziemlich wild aus, und nach seinem Fahrstil zu urteilen, war der Jeep für ihn mehr eine Waffe als ein Fahrzeug.

Dr. Cooper erkannte ihn. »Das muß Gozan sein, unser Bote aus der Hauptstadt.«

Gozan ratterte weiter bis zu dem Flugzeug, trat in die Bremse und hinterließ schwarze Streifen auf der Piste, als der Jeep kreischend zum Stillstand kam. Er sprang heraus, zog seinen Hut und verneigte sich tief.

»Seid alle gegrüßt und willkommen in Nepur!«

Dr. Cooper stellte die exzentrische Person seinen Kindern und der Mannschaft vor. »Das ist Gozan, die rechte Hand des Präsidenten dieser großen Nation, dem erlauchten und majestätischen Herrscher und Träger des königlichen Zepters, seiner Herrlichkeit Al-Dallam.«

Jay, Lila und die Mannschaft verneigten sich vor Gozan.

Der Gehilfe grinste Dr. Cooper zu. »Das haben Sie sehr gut gemacht!«

Dr. Cooper erwiderte das Lächeln. »Danke sehr. Ich möchte Ihnen meine drei Techniker vorstellen — Jeff Brannigan, Tom Foster und Bill White.« Gozan blickte mit anerkennender Miene die drei kräftig gebauten Mitglieder des Teams an. »Und meine beiden Kinder, Jay und Lila.«

Gozan sah bei ihrem Anblick ganz und gar nicht erfreut aus. »Ähhh ... ja, Ihre Kinder ... wir haben schon am Telefon über sie gesprochen, nicht wahr?«

»Ja«, antwortete Dr. Cooper mit bestimmter Stimme, »und wie Sie sehen können, bin ich nicht davon abzubringen gewesen, sie mitzunehmen.«

»Aber sie sind noch so jung ...«

»Und für mich unersetzlich«, entgegnete Dr. Cooper prompt. »Sie sind sehr gut geschult, äußerst selbständig, und, was mir noch wichtiger ist, sie sind meine Familie.«

Gozan zuckte schließlich nur mit den Achseln und wechselte das Thema. »Wir haben die besten Hotelzimmer für Sie, Ihre Familie und Ihre fähigen Männer reserviert, die besten, die Zahidah Ihnen bieten kann.«

Diese Einladung scheinbar ausschlagend, fragte Dr. Cooper: »Wie sind die Bedingungen für das Campen an dem Ort, den wir untersuchen sollen?«

Gozan schreckte ungläubig zurück. »Sie wollen doch nicht wirklich dort lagern, guter Doktor!«

»Wir werden es tun, wenn es möglich ist. Wenn wir möglichst nahe an unserem Arbeitsplatz sein könnten, würde uns das viel Zeit und Kosten sparen.«

»Nichts ist es wert, in der Nähe des Schlunds des Drachen sein Zeltlager aufzuschlagen, zu keiner Zeit — und niemals, niemals in der Nacht!«

Dr. Cooper verlagerte sein Gewicht ein wenig nach vorne. Er tat das immer, wenn jemand einer zusätzlichen Überredung bedurfte. »Sehen Sie, wir haben die notwendige Ausrüstung für ein Zeltlager dabei. Ich möchte mir diesen Ort ansehen und dann darüber eine Entscheidung treffen.«

Gozan schüttelte den Kopf, seine Augen waren weit aufgerissen und sprangen fast aus den Höhlen. »Glauben Sie mir, das ist keine kluge Entscheidung. Der Ort ist gefährlich. Er ist verflucht! Wir haben Sie schon in den Briefen davor gewarnt.«

»Ja, und ich war von einigen der Erzählungen, die sich um den Schlund des Drachen ranken, fasziniert. Ich fand diese alten Überlieferungen sehr informativ, und ich glaube, daß dieser alte Aberglaube uns vielleicht einige Hinweise darauf geben kann, was diese seltsame Höhle wirklich ist.«

»Sie ... Sie glauben mir nicht, daß der Fluch ... daß die Gefahren Wirklichkeit sind?«

»Das habe ich nicht gesagt. Aber wir dienen einem mächtigen Gott, der mächtiger ist als jeder Fluch, und sein Sohn ist gestorben, um uns vor allen Flüchen zu bewahren. Der Spuk dieser Gegend, sei er nun wahr oder nicht, kann mir hilfreiche Anhaltspunkte seines Ursprungs bieten, aber ich bin keiner, der sich von ihnen erschrecken läßt. Ich bin hier, um den Schlund des Drachen zu erkunden, und ich bin auch hier, um ein für allemal herauszufinden, was sich dort befinden mag, hinter dieser ... dieser mysteriösen Tür, von der Sie sprechen.«

Gozan holte tief Luft, seufzte, dann setzte er mit einem Schwung wieder seinen Hut auf. »Ah, Sie sind da sehr zuversichtlich! Ich habe Fahrzeuge bereitstellen lassen, die beladen werden können. Wenn Sie den Schlund des Drachen sehen wollen, werden wir zum Schlund des Drachen fahren.« Mit einem spöttischen Grinsen fügte er hinzu: »Aber ich werde die Hotelzimmer für Sie weiter bereithalten, damit Sie in ihnen Zuflucht suchen können, mutiger Doktor!«

Das Leben läuft in Ländern wie Nepur sehr langsam ab. Die Fahrzeuge, die Gozan angeblich hatte bereitstellen lassen, mußten erst noch dem örtlichen Militärlager mehr oder weniger abgeschwatzt werden. Darüber hinaus hatten die beiden Jeeps und die zwei Lastwagen, die sie schließlich ausleihen durften, anscheinend schon anderswo einige Kriege miterlebt, bevor sie in Nepur gelandet waren, und waren gezeichnet von Kriegswunden, dem Quietschen und Rasseln ihres hohen Alters und dem Fehlen von jeglichem Ersatzteil.

Die Militärfahrzeuge führten eine lange Karawane an, die sich quietschend und rumpelnd in der heißen Nachmittagssonne ihren Weg durch die Wüste bahnte, wobei sie Staub aufwirbelte und in der gewaltigen dürren Landschaft wie eine winzige Kette von einzelnen Ameisen wirkte. Die vier Fahrzeuge, die der Expedition zur Verfügung gestellt worden waren, wurden von nicht weniger als zwanzig anderen gefolgt, die von Automobilen über Fahrräder bis zu Maultieren reichten. Die neugierige Menge vom Flugplatz folgte ihnen, begierig darauf, mitzuerleben, was am Schlund des Drachen geschehen würde.

Gozan fuhr den anführenden Jeep, neben ihm saß Dr. Cooper, und Jay und Lila saßen hinter ihnen. Bill fuhr den anderen Jeep, während Tom und Jeff die beiden Lastwagen lenkten, die jetzt bis oben hin mit der Ausrüstung beladen waren.

Dr. Cooper war erstaunt über die vielen Menschen, die ihnen folgten.

»Nachrichten verbreiten sich schnell in Zahidah«, erklärte Gozan. »Sie haben gehört, daß Sie kommen. Diese Leute sind Faulpelze, Untätige, Neugierige. Sie wissen, weshalb Sie hier sind, und sie wollen nichts versäumen.«

»Was glauben sie denn, was sie versäumen könnten?«

»Oh, einige von ihnen wollen den gewaltigen Schatz sehen, der unser Land — und damit auch sie — sehr reich machen wird. Die anderen ... nun, sie sind hier, um Sie sterben zu sehen.«

Dr. Cooper war dieses Gerede langsam leid. »Ich habe nicht vor zu sterben«, sagte er nüchtern.

Gozan lachte laut auf, als hätte Dr. Cooper einen Witz erzählt. »Sie haben vor, sich mit der verbotenen Tür einzulassen, Doktor! Das bedeutet *immer* den Tod!«

Die Karawane bewegte sich weiter, indem sie sich langsam durch die trockene, leblose Wüste wand, die nur aus Sand, niedrigen Sträuchern und hochragenden Felsformationen bestand. Der beständig wehende Wind, heiß, trocken und sandig, heulte trauernd zwischen den Felsen, während Skorpione vorbeihuschten und Schlangen sich wiederholende Muster in den Sand zeichneten. Einige wilde Hunde rannten vor der Karawane über die Straße, und einer von ihnen trug noch die bluttriefenden Überreste seiner letzten Beute im Maul.

Der Jeep kletterte eine langgestreckte Steigung hinauf, dann näherte er sich der Kuppe des Hügels. Einen Augenblick lang konnten die Fahrzeuginsassen nichts als den blauen, wolkenlosen Himmel sehen. Als sich die Front des Jeeps senkte — zu plötzlich, wie es schien —, blickten sie auf das weite Panorama eines großen Wüstentals. Gozan brachte den Jeep auf dem losen Sand schleudernd zum Stehen, und die gesamte Karawane kam zum Stillstand.

»Dort ist es, mutiger Doktor!«

Dr. Cooper erhob sich von seinem Sitz und blickte über den Rand der schmutzigen Windschutzscheibe. Seine Augen verengten sich voller Interesse, und er schob die Krempe seines Hutes zurück, eine unauffällige Geste seiner Verblüffung. Jay und Lila sprangen aus dem Jeep und stellten sich neben ihn, um besser sehen zu können.

Es war ein unheimlicher Anblick. Unter ihnen erstreckte sich ein weites, trostloses Tal, das auf jeder Seite von niedrigen, sonnenglühenden Hügeln und felsigen Klippen eingerahmt war. Der Boden des Tals war mit vereinzeltem niedrigen Wüstengestrüpp und Steinen bedeckt. Aber genau in der Mitte des Tals lag, vollkommen unnatürlich aussehend, ein kreisförmiges Gebiet von mindestens einer Viertel Meile, in der nichts — absolut nichts — lebte oder existierte. Der Boden in diesem Kreis schien äschern und war von einem glitzernden salzigen Weiß, als hätte ein Komet oder eine Explosion alles in diesem Umkreis in weißen, pulvrigen Staub zersprengt. Darüber hinaus fiel in der Mitte dieses Kreises der Boden zu einem tiefen Loch hin ab, einer finsteren, klaffenden Höhle, die wie ein düsterer Trichter, ein bodenloser Strudel wirkte, der in die Felsen und den Sand eingegraben war.

»Der Schlund des Drachen«, sagte Gozan nur.

»Ein Meteorkrater?« fragte Dr. Cooper.

»Nein. Jede Expedition hat das zuerst angenommen, aber es gab keine Explosion, keinen Auslöser dafür. Es ist eine tiefe Höhle in der Mitte des Niemandslandes, ohne Ursprung und Herkunft, sie ist hier seit Menschengedenken. Sie ist ein Abgrund, der den Rest der Welt in sich zu verschlucken scheint, ein Heim des Todes.«

»Eine weitere Überlieferung, nehme ich an?«

»Wie Sie wissen, haben wir viele Legenden, Doktor. Suchen Sie sich eine aus. Die hier ansässigen Nomadenstämme haben diesen Platz als den Sitz ihrer Götter erkoren, einen heiligen Ort, dem sich, unter Todesstrafe und einem ewigen Fluch für seine Familie, niemand nähern darf. Manche sagen, dies ist der Rachen, den die Erde ernährt, und viele Opfer sind schon in ihn hinabgeworfen worden.

Es gibt auch eine Geschichte über einen jungen Schafhirten, der vor langer Zeit gelebt hat. Er suchte ein entlaufenes Schaf und fand es tot innerhalb des Randbereiches des verbotenen Kreises. Er betrat selber den Kreis, um herauszufinden, was mit seinem Schaf geschehen war. Vielleicht hat er sogar den Schlund des Drachen betreten. Keiner weiß es. Aber er war von diesem Tag an nicht mehr derselbe, und er verbrachte den Rest seiner Tage damit, wie ein Tier durch die Wüste zu ziehen, das in den Hügeln dieses Tales heulte und jammerte.«

Dr. Cooper betrachtete eingehend die umliegenden zerklüfteten Felsen und Hügel. Mit ein wenig Phantasie konnte aus ihnen ein prächtiger, erschreckender Schauplatz für solch eine Legende werden, die in geisterhaften Nachtstunden geboren wurde.

»Sie haben noch nicht die Legende erwähnt, die mich hierhergeführt hat«, sagte Dr. Cooper. »Die Legende von dem großen Stern, der über das Firmament zog, die Erde plünderte und seine Schätze tief in sich verbarg.«

»Ja ... ja. Ich erinnere mich daran. Diese Geschichte ist nicht so weitverbreitet, vielleicht, weil sie nicht so viel Furcht in dem Herz des Zuhörers hervorruft.«

»Vielleicht. Und es ist vielleicht die einzige, die ein Körnchen Wahrheit in sich trägt. Sehen Sie, Nepur ist nicht weit vom alten Babylon entfernt, dem altertümlichen Königreich von Nimrod, das in der Bibel erwähnt wird — Genesis Kapitel 10.«

»Ich habe es nicht gelesen.«

»Nimrod war ein mächtiger Herrscher, der von seinem Volk als Gottheit verehrt wurde. Er plünderte die Erde aus und hat zweifellos einen unglaublichen Schatz angehäuft. Wenn die Überlieferung und meine Interpretation von ihr stimmen, dann könnte hier zumindest ein Reichtum an Erkenntnissen vergraben liegen, neue Informationen über die Frühgeschichte der Menschheit, direkt nach der Zeit Noahs.«

Gozan lehnte sich in seinem Sitz zurück und schüttelte ein wenig den Kopf. »Sind Sie wieder im Dienst Ihres Gottes unterwegs, guter Doktor?«

»Genau so ist es«, sagte Dr. Cooper, während er durch ein Fernglas zu der seltsamen Grube hinabstarrte. »Ich habe es mir zur Aufgabe gemacht, die Reste der Zivilisationen aufzuspüren, von denen die Bibel spricht. Die Informationen, die ich erbringe, sind für Bibelschüler von unschätzbarem Wert.«

»*Wenn* Sie es schaffen, die Tür zu öffnen. Vielleicht *war* dieser Nimrod, von dem Sie sprechen, eine Gottheit, und vielleicht ist es sein Fluch, der die Tür jetzt schützt.«

»Wo ist diese Tür, von der Sie immer reden?«

»Oh, wie wir Ihnen schon sagten, irgendwo dort unten im Schlund des Drachen. Ich habe sie nie selbst gesehen. Manche behaupten, dort etwas gesehen zu haben. Nur wenige haben überlebt, um uns *überhaupt etwas* berichten zu können.«

Dr. Cooper wandte sich Jay und Lila zu, die sich ein weiteres Fernglas teilten. »Habt ihr beiden dazu irgend etwas zu sagen?«

Jay blickte erst seinen Vater, dann Gozan an. »Unser Gott ist mächtiger«, sagte er achselzuckend.

Dr. Cooper lächelte. »Genau meine Gedanken.«

»Wir werden es sehen«, murmelte Gozan.

»Aber zuerst müssen wir diese Tür finden, nicht wahr?«

Gozan verstand diese Andeutung und startete den Jeep wieder. Jay und Lila sprangen wieder hinten ins Fahrzeug, und schon ging es los, den Hügel hinab und hinein in das Tal. Der Rest der Karawane begann schwerfällig sich hinter ihnen in Bewegung zu setzen, wie die vielen Glieder einer Kette, die man hinter sich herzieht.

Der Wind wehte im Tal anders, er bewegte sich in weiten Bögen, wie Wasser, das in einem großen Becken umherwirbelt. Staubböen drehten und wiegten sich über dem Wüstenboden, und Luftspiegelungen flackerten auf dem Sand wie weit entferntes Lametta. Die vorbeiziehenden Fahrzeuge erweckten den Wüstenboden zum Leben, als Eidechsen, Schlangen und große krabbelnde Insekten in alle Richtungen auseinanderliefen.

Gozan brachte den Jeep etwa fünfzig Fuß vor dem Rand des leblosen Kreises zum Stehen.

»Wenn es Ihnen nichts ausmacht, würde ich gerne hier warten«, sagte er, während er den Motor abstellte.

Die Karawane rumpelte den Berg hinunter und schwärmte hinter ihnen aus, wie Tiere, die an ein

Wasserloch kommen. Dr. Cooper blieb in dem Jeep und beobachtete sie alle. Er wußte nicht, ob er davon gereizt oder einfach nur verblüfft sein sollte. Er hatte noch nie zuvor etwas Ähnliches erlebt. Bill, Jeff und Tom fuhren mit dem Jeep und den beiden Lastwagen auf gleiche Höhe auf, aber sie stiegen nicht aus und waren bereit, damit zu warten, bis es Dr. Cooper als erster tun würde.

Dr. Cooper wartete, bis die Karawane — die Autos, Trucks, Fahrräder, schwitzenden Arbeiter, weinenden Kinder, mühsam schleppenden Mütter und vor sich hin murmelnden Bettler — schließlich zum Stillstand und zur Ruhe gekommen war, und dies dauerte fast eine Viertelstunde. Als der Lärm schließlich verstummte und sich alles beruhigte, saß er noch einige weitere Minuten still und horchte.

Zum ersten Mal konnten sie das tiefe, kehlige Heulen des Windes hören, der sich über den Schlund des Drachen bewegte und den bis dahin die Maschinen und Motoren übertönt hatten. Die Höhle warf das Heulen mit einem schauerlichen Ton, wie eine große Flasche zurück; der Klang erinnerte an ein Stöhnen.

Von dem großen Lastwagen, der direkt neben ihnen stand, rief Tom herüber: »Was denken Sie, Doc?«

Dr. Cooper blieb ziemlich gleichmütig, als er bemerkte: »Ich habe hier vor mir am Wagen eine Kreuzotter. Ich warte darauf, wie sie sich verhält.«

Jay und Lila lehnten sich aus dem Jeep heraus, um sie zu sehen. Tatsächlich lag dort neben der Tür auf der Seite ihres Vaters eine Schlange, die zu ihnen hochblickte, während ihr Hals sich in anmutigen Bögen vor- und zurückbewegte und ihre Zunge in der Luft zischelte.

»Was für Schuhe habt ihr an?« fragte Dr. Cooper.

Jay hob seinen Fuß, und Lila folgte seinem Beispiel. Sie beide trugen Marschschuhe, die dicke Sohlen hatten und aus festem Leder waren.

»Da drüben ist noch eine«, sagte Tom und deutete auf ein sich schlängelndes, schillerndes Band, das sich um die Reifen herum bewegte.

»Aber keine von ihnen in diesem Kreis...«, dachte Dr. Cooper laut.

»Dann laßt uns dort hineinfahren«, schlug Tom vor.

»Nein!« stieß Gozan hervor. »Kein Stück weiter!«

Dr. Cooper beobachtete, wie die Otter sich schließlich entschied, sich abzuwenden und anderswo nach einem Opfer zu suchen.

»Gut, laßt uns losgehen«, sagte er, »aber paßt auf, wo ihr hintretet.«

Sie stiegen vorsichtig aus den Fahrzeugen und überquerten die Felsen mit gezielten Schritten. Gozan saß im Jeep und beobachtete jede ihrer Bewegungen. Das gleiche taten auch Hunderte hinter ihnen, die auf oder in ihren Fahrzeugen saßen, die im Umkreis um das verbotene Gebiet standen. Sie beobachteten sie und warteten.

Dr. Cooper, Jay, Lila und die drei Männer der Mannschaft gelangten an den äußersten Rand des Kreises. Dr. Cooper blieb stehen, um ihn sich noch einmal aus der Nähe zu betrachten.

»Nicht einmal Insekten«, stellte er fest. »Kein Lebewesen betritt diesen Kreis. Jeff und Tom, fahrt die LKWs hier heran. Lila, mach den Geigerzähler bereit.«

Dr. Cooper nahm den Geigerzähler von Lila entgegen und hielt die Sensoren dicht an den Rand des Kreises. Kein Ausschlag.

Jeff entnahm Bodenproben. »Keine ätzenden Substanzen. Ziemlich neutrales Zeug, einfacher Sand, hoher Quarzgehalt.«

»Mit anderen Worten, völlig normal«, sagte Dr. Cooper. »Jay, hol die Funksprechgeräte raus. Ich werde dich und Lila um das Gebiet herumschicken, um nach geophysischen Anzeichen zu suchen, Risse, Spalten, Niederschlag von Asche, irgend etwas, was uns auf die richtige Spur bringen könnte.«

Jay hatte sich bereits in Bewegung gesetzt.

Dr. Cooper bemerkte plötzlich, daß Gozan sich der Gruppe am Rand des Kreises genähert hatte.

»Oh, da sind Sie ja«, sagte Dr. Cooper.

Gozan zuckte mit den Achseln. »Nun, Sie sind noch am Leben, und ich habe meine Befehle vom Präsidenten.«

Dr. Cooper lächelte. »Dies hier ist wirklich seltsam. Es paßt zu nichts, was sonst irgendwo bekannt geworden ist. Kein Vulkan, kein Wirbelsturm ...«

Jay hatte die Funksprechgeräte bereit.

»Geht um den Kreis herum«, instruierte Dr. Cooper sie, »aber betretet nicht den Kreis. Paßt nur genau auf, wo ihr hintretet, und teilt uns alles mit, was ein möglicher Hinweis sein könnte. Wir bleiben in Funkkontakt.«

Jay und Lila begannen, um den Ring des Kreises herumzugehen, wobei sie die starrenden Blicke der vielen Beobachter ertragen mußten, an denen sie vorbeikamen.

Gozan lächelte etwas hämisch. »Jetzt, Doktor, sind Sie doch nicht mehr so schnell dabei, Ihren Mut zu beweisen!«

»Ein Grund dafür, weshalb ich heute noch lebe, liegt darin, daß ich mich nie auf mein reines Glück verlasse. Na ja, zumindest nicht allzu oft.« Er betätigte das Sprechgerät. »Jay und Lila, wie kommt ihr voran?«

»Nichts zu berichten«, kam die Antwort.

Dr. Cooper ergriff einen Stein und warf ihn in den Kreis, nur um zu sehen, ob etwas geschehen würde.

Gozan lachte ihn aus. »Doktor, der Schlund des Drachen ist für Menschen tabu, nicht für Steine.«

Dr. Cooper stellte vorsichtig eine Fußspitze in den Kreis, dann bewegte er als eine Art Test ein wenig Sand hin und her, und schließlich trat er, ohne zu zögern, einige Schritte weit in den Kreis hinein. Viele Schreie und Schreckenslaute wurden unter den Beobachtern laut. Er warf einen erneuten Blick auf den Geigerzähler; er schlug immer noch nicht aus. Er ging etwas weiter in den Kreis hinein. Als er zurückblickte, konnte er sehen, wie die erschreckten Augen der Menge sich weiteten und ihre Münder offenstanden.

Er sprach in sein Sprechgerät. »Jay und Lila, macht Meldung.«

Die beiden Teenager waren immer noch auf ihrem vorsichtigen Weg um den Kreis herum. Ihnen waren keine weiteren Schlangen begegnet, zumindest keine, die sie hatten sehen können, aber Lila hatte versehentlich einem Skorpion den Schwanz zertreten, und Jay hatte zwei Eidechsen mit Steinen beworfen. Alles in allem gab es nichts, was es dem Vater zu berichten gab.

Sie kamen jetzt an eine felsige Erhebung, die bis an den unmittelbaren Rand des Kreises reichte. Sie waren gezwungen, sie außen herum zu umgehen, wenn sie nicht den Kreis betreten wollten.

Jay antwortete in sein Sprechgerät. »Nichts Ungewöhnliches, Dad. Wir haben den Kreis jetzt fast zur Hälfte umrundet. Kannst du uns sehen?«

»Ja«, kam die Antwort des Vaters.

»Wir werden jetzt für eine Weile hinter diesen Felsen verschwinden. Wir melden uns wieder.«

Ein starker, unnachgiebiger Wind wehte auf dieser Seite des Kreises. Die großen Felsen schützten vor ihm, aber Staubwolken erhoben sich über dem Wüstenboden und verhüllten zeitweise ihren Weg.

»Ich hätte eine Schutzbrille mitnehmen sollen«, murmelte Lila, während sie blinzelte und sich die Augen rieb.

Plötzlich fühlte sie, wie Jay ihren Arm ergriff. Sie verharrte regungslos, da sie wußte, daß Jay sie damit auf eine Gefahr aufmerksam machen wollte. Sie suchte den Boden nach einem bedrohlichen Insekt oder Reptil ab, aber ihre Augen richteten sich schnell auf das, was bereits Jays Aufmerksamkeit erregt hatte.

Der Staub hatte sich in einem windstillen Moment in einer schmalen Grotte zwischen zwei Felsen über sie gelegt, und dort stand, als sei sie aus dem Nichts erschienen, die geisterhafte Gestalt eines Mannes — alt, grau, mit einem langen, zottigen Bart und bekleidet mit einem verschlissenen Mantel. Sein Gesicht war dunkel, ledrig und faltig; seine Augen starrten sie durchdringend an. Er hielt einen gekrümmten Stock in der Hand, den er auf sie richtete.

Jay flüsterte Lila zu: »Siehst du auch, was ich sehe?«

»Ich glaube, ja.«

Jay schrie der seltsamen Erscheinung zu: »Sind Sie für oder gegen uns?« Diese Frage klang recht biblisch, und das gab Jay ein wenig Mut.

Die Stimme des alten Mannes klang wie ein Steinschlag, als er mit dem Stock auf sie zeigte und sagte: »Amerikaner — Christen — vernehmt meine Warnung! Geht nicht in die Nähe des Schlundes des Drachen! Öffnet nicht die Tür!«

Lila erhob ihre Stimme: »Wer sind Sie?«

»Öffnet nicht die Tür! Sonst erwartet euch unbeschreibliches Übel und der Tod!«

Der Fremde wandte sich zum Gehen.

»Hey«, schrie Jay, »warten Sie einen Moment!«

Aber der Wind trug eine Staubwolke in die Öffnung zwischen den Felsen, als würde ein Vorhang vor einem abtretenden Schauspieler zugezogen. Als der Staub vorübergezogen war, war der alte Mann verschwunden.

Jetzt gab es für sie natürlich etwas zu berichten. Jay griff nach seinem Sprechgerät.

»Dad ...«

Lila tat einen falschen Schritt, als sie festzustellen versuchte, wohin der alte Mann verschwunden war. Ihr Fuß trat einen Stein zur Seite, und was als nächstes geschah, kam einer plötzlichen Explosion des Grauens gleich.

ZISCH!!!

Sie erstarrten beide vor Angst. Ein silbrig glänzender Schaft schoß aus den Felsen hervor und rollte sich direkt vor ihnen zu einer Art tödlichem Fragezeichen zusammen.

Dr. Cooper antwortete auf Jays Ruf. »Ja, melde dich, Jay.« Jay antwortete nicht. »Jay, hast du mich gerufen?« Stille.

Jay hielt das Sprechgerät nahe an sein Gesicht, aber kein Laut drang aus seiner Kehle. Lila drängte sich dicht an ihn. Beide waren wie gelähmt. Ein langer, dünner Schatten bewegte sich zu ihren Füßen von einer Seite auf die andere — der Schatten einer riesigen Königskobra, deren Kopf sich jetzt mitsamt dem weit aufgerissenen Rachen direkt in ihre Richtung wandte. Sie waren zwischen den Felsen festgenagelt und erstarrten selbst zu Felsen. Nur ihre Augen bewegten sich und beobachteten jede Bewegung der Schlange. Die Kobra gab aus der Tiefe ihres Schlundes einen schauerlichen, fauchenden Laut von sich, ihr weißes Maul war aufgerissen, und die Fangzähne glitzerten vor Gift.

»Jay, bist du noch da?« quäkte das Sprechgerät. »Melde dich.«

Die schwarzen Augen der Kobra schienen beinahe Löcher durch sie zu boren. Sie beobachtete sie, zischte sie an und ließ ihre lange rote Zunge hervorschnellen.

Die Sekunden schienen zu Stunden zu werden, während der Schweiß Spuren in dem Staub auf ihren Gesichtern zog und sie ins Angesicht des Todes starrten.

»Jay!« quäkte das Sprechgerät wieder. »Jay, melde dich! Kannst du mich hören?«

Jay konnte deutlich das Klopfen seines Herzens bis in seine Fingerspitzen fühlen, als er mit aller Vorsicht und äußerst langsam die Sprechtaste drückte. Er hoffte, daß seine Stimme laut genug sein würde, daß sein Vater sie hören konnte, obwohl sie vor Schrecken brüchig war. »Dad ... wir haben eine Kobra aufgeschreckt ... sie hat uns in die Enge getrieben.«

Gozan hatte nur einen Augenblick lang zur Seite geblickt, aber als er wieder dorthin schaute, wo Dr. Cooper gerade noch gestanden hatte, sah er nur noch den Geigerzähler dort im Sand liegen, wo er fallengelassen worden war.

»Herr Gott«, betete Dr. Cooper, »bewahre das Leben meiner beiden Kinder!«

Er rannte mit einer erstaunlichen Geschwindigkeit über die leere und leblose Fläche des Kreises, wobei er nach der Stelle Ausschau hielt, an der er zuletzt seine Kinder gesehen hatte. »Halb um den Kreis herum ... halb herum ... in der Nähe der aufragenden Felsen ... gerade hinüber ...« Seine Füße peitschten den weißen Sand auf, als er bei diesem Rennen auf Leben und Tod vorwärtsstürmte.

Jay und Lila blieben unbeweglich stehen, und die Kobra schien sich wieder etwas zu beruhigen. Ihr aufgerichteter Kopf senkte sich Zentimeter um Zentimeter zum Boden, obwohl ihre kalten schwarzen Augen sie immer noch im Blickfeld behielten. Lila konnte spüren, wie sich ihre angespannten Muskeln verspannten und zu schmerzen begannen. Der Schweiß strömte Jays Rücken herab.

Dr. Cooper rannte genau am Rande des Schlunds des Drachen vorbei, gerade als der Wind durch den tiefen Tunnel als ein zorniges Heulen zurückgeworfen wurde. Eine furchtbare Angst schoß durch jeden seiner Nerven, und er konnte fühlen, wie ein Adrenalinstoß ihn durchflutete. Er rannte weiter, von der Energie vorangetrieben, die durch diese äußerste Panik verursacht wurde. Er hatte keine Zeit, darüber nachzudenken, woher diese plötzliche Angst gekommen war; er vermutete, daß es an seiner Angst um seine Kinder lag.

Der Kopf der Schlange war nur noch wenige Zentimeter vom Boden entfernt, als auf einmal ein Kieselstein neben ihr auf dem Boden aufschlug. Der Kopf richtete sich erneut auf, und wieder drang derselbe zischende Laut aus dem aufgerissenen weißen Maul.

Plötzlich verschwand der Kopf der Schlange in einem Aufspritzen von Blut. Das laute Krachen von Dr. Coopers 357er drang an die Ohren der Kinder, als der zuckende Hals in den Staub fiel und der Körper der Schlange sich in die Totenstellung zusammenrollte.

Jay und Lila verharrten immer noch bewegungslos. Die Schlange war tot, aber sie konnten es immer noch nicht ganz fassen.

»Seid ihr in Ordnung?« kam der Ruf von Dr. Cooper.

Sie bewegten sich gerade genug, um in Richtung der Stimme zu blicken, und sahen, wie Dr. Cooper auf sie zukam, während er immer noch seine Pistole schwang. Sie entspannten sich, schauten sich um, um festzustellen, ob nun keine weitere Gefahr mehr bestand, sich zu bewegen, und dann krabbelten sie aus ihrer Falle heraus.

Lila rannte zu ihrem Vater, und er legte seinen Arm um sie. Sie brach in Tränen aus und gab ein paar laute Schluchzer von sich.

»Es ist alles in Ordnung, Kleines, alles ist gut«, beruhigte er sie.

»Ich weiß«, sagte sie, während sie tief schluckte. »Ich muß nur die Anspannung aus mir herauslassen.«

»Wie geht es dir?« fragte er Jay.

»Ich ... ich muß mich erst einmal eine Minute lang hinsetzen«, gab Jay zu.

»Laßt uns in den Kreis gehen. Dort ist offenes Gelände, und es ist sicher dort.«

Sie traten über die verbotene Linie und gingen ein Stück über den weißen Sand, bis sie das Gefühl hatten, weit genug von der finsteren Wüste entfernt zu sein. Sie setzten sich einen Augenblick lang hin. Der Sand unter ihnen brannte heiß.

»Guter Schuß, Dad«, sagte Jay, dessen Stimme immer noch ein wenig zitterte.

»Man muß eben in Übung bleiben.«

»Oh, ja!«

»Habt ihr außer einer verärgerten Kobra sonst noch etwas gefunden?«

»Einen Skorpion und zwei Eidechsen. Aber nichts Geologisches. Können wir mit Sicherheit sagen, daß diese ganze Sache nicht von Menschenhand errichtet worden ist?«

»Im Moment können wir so gut wie gar nichts mit Sicherheit sagen. Wie geht es dir, Lila?«

»Ich ... ich habe eine ungeheure Angst.«

»Ich auch«, sagte Jay.

»Und mir geht es genauso«, sagte ihr Vater. Das kam ihnen ein wenig ungewöhnlich vor; Dr. Cooper war normalerweise durch kaum etwas zu erschrecken. »Ich weiß nicht. Gefühle sind so subjektiv, es ist schwierig festzustellen, wodurch sie hervorgerufen werden ...«

»Ich hasse es, das sagen zu müssen«, stellte Lila fest, »aber ich fühle mich dort drüben im Kobraland fast sicherer als hier.«

Dr. Cooper blickte zu den großen Felsen hinüber, die sie gerade verlassen hatten, und betrachtete dann den seltsamen öden Kreis, der sie jetzt umgab. Dann blickte er für eine besonders lange Zeit in Richtung der klaffenden Öffnung.

»Ich denke«, sagte er schließlich, »meine Angst rührt von dieser Höhle dort drüben her.«

Jay und Lila waren besorgt, so etwas zu hören. Jay fragte: »Was willst du damit sagen, Dad?«

Dr. Cooper legte seine Stirn in Falten und schüttelte den Kopf. »Jay, das ist es, was mir Sorge bereitet. Ich habe keinen wirklich guten Grund dafür. Ich kann einfach nicht sagen, was genau in uns diese Furcht hervorrufen könnte.«

Jay erinnerte sich schließlich an die Begegnung mit dem alten Mann. »Dad, wir haben jemanden gesehen, genau bevor wir auf diese Kobra gestoßen sind ...«

Dr. Cooper hörte mit größtem Interesse zu, als Jay ihm die ganze Geschichte erzählte. »Er hat euch nicht gesagt, wer er ist?«

»Nein, er erschien nur, und dann verschwand er wieder, und er gab uns nur diese Warnung.«

Dr. Cooper dachte eine Zeitlang darüber nach, dann sagte er: »Diese ganze Sache sieht allmählich nach mehr als einer routinemäßigen archäologischen Ausgrabung aus. Warum sind alle so an dieser Höhle interessiert? Und was veranlaßt Hunderte von Menschen, so weit hier hinauszufahren, mit der absoluten Gewißheit, uns sterben zu sehen? Der Aberglaube in dieser Gegend ist unglaublich!«

Jay mußte zugeben: »Mir gefällt diese ganze Angelegenheit überhaupt nicht.«

Lila fügte hinzu: »Ich frage mich, wo wir hier tatsächlich hineingeraten.«

»Wir werden jetzt erst einmal in diese Höhle hineingeraten«, antwortete Dr. Cooper. »Laßt uns jetzt einen Blick auf sie werfen.«

Sie zwangen sich, ob sie nun Angst hatten oder nicht, durch den kahlen Kreis auf das Zentrum zuzugehen, wo der Schlund des Drachen sie erwartete und mit einem dumpfen, stöhnenden Heulen empfing. Der Wind fegte vorüber und trug den feinen Sand in kleinen Böen mit sich, bis er zu dem Abgrund kam und dort wie in einem Strudel herumwirbelte und dabei die Wände des Schachtes zum Klingen brachte, als wäre dieser eine riesige, umgedrehte Glocke. Das heulende Geräusch war an der Stelle, an der die drei jetzt standen, ziemlich laut, und die vielen verschiedenen Töne, das tiefe Brummen, die schrillen Pfeiftöne, die Klagelaute und das Stöhnen aus den zahllosen Nischen und Kammern in den felsigen Wänden der Höhle konnten deutlich wahrgenommen werden.

Die drei standen direkt am Rand und blickten zu den steil abfallenden felsigen Wänden hinunter, die unten irgendwo in der Dunkelheit verschwanden. Den Boden der Höhle konnten sie überhaupt nicht sehen. Die Wände des Drachenschlundes, vor denen sie jetzt standen, waren senkrecht abfallende Kliffs, aber die Wände auf der anderen Seite der Grube schienen etwas abgeflachter und abgestufter und damit für einen Abstieg geeignet zu sein. Sie glaubten sogar, so etwas wie einen primitiven Pfad entdecken zu können. Sie gingen auf die andere Seite, um es näher betrachten zu können.

Jay blickte die ganze Zeit in die Grube hinab und schüttelte den Kopf. »Oh Mann, das sieht ja tatsächlich aus, als ob man einem Drachen in den Schlund schauen würde.«

»Und der Drache faucht uns an«, fügte Lila hinzu.

Dr. Coopers Beobachtungen waren etwas wissenschaftlicherer Natur. »Ich schätze, die Öffnung ist mindestens hundertfünfzig Fuß breit ... unmöglich zu sagen, wie tief die Grube ist. Aber der Schacht fällt schräg ab, nicht vertikal, und das macht es wahrscheinlich leichter, hinunterzuklettern. Dies ist kein Kalkstein ... das entspricht nicht den normalen Formationsmustern einer natürlichen Höhle. Man könnte mutmaßen, daß es sich um einen Vulkanschacht handelt, abgesehen davon, daß kein Niederschlag von Asche, kein vulkanisches Gestein, *gar nichts* vorhanden ist.«

Lila starrte in das tiefe Loch hinab und sagte: »Es hat etwas Übles an sich. Das fühle ich ganz genau.«

Dr. Cooper machte keine offensichtlichen Anstalten, ihr zu widersprechen, sondern er zog beide dicht zu sich heran und sagte: »Dies ist ein guter Moment, um sich zu besinnen. Wer sind wir?«

Jay und Lila antworteten nicht sofort. Sie waren von der Höhle wie hypnotisiert.

»Kommt schon«, stieß Dr. Cooper hervor, »wer sind wir?«

»Wir sind Gottes Kinder«, antworteten sie schließlich.

»Und selbst wenn wir durch das Tal des Todes wandern mögen ...«

»Werden wir doch kein Übel fürchten.«

Jay fügte hinzu: »Der ist mächtiger, der in uns ist, als der, der von dieser Welt ist.«

Dr. Cooper drückte sie beide liebevoll an sich. »Gut, hört zu — bei unserer Arbeit ist es immer von größter Wichtigkeit, vorsichtig und bedachtsam zu bleiben, aber wir dürfen uns niemals von unbegründeter Furcht überwältigen lassen. Hört zu, wenn wir Gott nicht vertrauen, wie können wir dann von anderen erwarten, daß sie es tun? Er wird uns beschützen — er hat es immer getan. Wir haben eine Arbeit zu verrichten, also laßt uns damit beginnen.«

Bei der Rückkehr zu dem Platz, wo die anderen gewartet hatten, erwartete Gozan sie bereits mit ungeduldigen Fragen. »Sie ... Sie waren so lange fort. Ich hatte befürchtet, der Schlund des Drachen hätte Sie verschlungen. Manche haben gesagt, der Schlund des Drachen ist lebendig und ernährt sich von denen, die ihm zu nahe kommen.«

»Ich denke, er hatte heute keinen Appetit«, murmelte Dr. Cooper, als er eine Liste der notwendigen Aufgaben und Vorbereitungen erstellte.

»Aber ... aber haben Sie es gespürt? Haben Sie das Böse, den Fluch gespürt?«

Dr. Cooper blickte mit zusammengekniffenen Augen von seiner Liste auf und sagte mit fester Stimme: »Die Höhle ist eine natürliche Formation in der Erdkruste. Was diesen Fluch anbetrifft, ist das Böse, von dem Sie sprechen, nichts als Ihre eigene Furcht, die Ihnen einen Streich spielt. Und jetzt möchte ich einen Teil der Ausrüstung vom Lastwagen abladen. Sie steigen mit uns in die Höhle hinunter.«

Gozan schreckte zurück, streckte dem Doktor seine Handflächen abwehrend entgegen, schüttelte seinen Kopf, und seine Augen weiteten sich. »Nein, nein, ich nicht, guter Doktor!«

»Hören Sie zu, wir sind immer noch ziemlich lebendig, und wir haben nicht vor, etwas daran zu ändern. Wir werden Sie beschützen, in Ordnung? Es ist Teil unserer Abmachung mit Ihrer Regierung, daß wir einen einheimischen Beobachter mitnehmen, und ich glaube, es handelt sich dabei um Sie. Sie können dem Präsidenten über alles Bericht erstatten, was wir entdecken werden.«

»Aber ... aber was ist mit dem Fluch?«

»Wir dienen einem Herrn und Erretter, der mächtiger ist als alle Flüche. Wir haben keine Angst.«

»Kein Gott ist mächtiger als der Fluch des Drachenschlunds. Ich habe miterlebt, was er anrichten kann.«

»*Unser* Gott ist mächtiger. Sie werden es sehen.«

Jeff, Bill und Tom hatten bereits alle Fahrzeuge auf die freie Sandfläche gefahren, fern von den versteckten Kreaturen. Sie stellten nun die Kletter- und Höhlenausrüstung zusammen: spezielle Kletterstiefel, Spikes, Seile, Lampen. Dr. Cooper stellte das Forschungsteam zusammen, das aus allen sechs Mitgliedern plus Gozan bestand, obwohl dieser immer noch verängstigt war.

Innerhalb einer halben Stunde befanden sich die Fahrzeuge bereits am Rand zum Schlund des Drachen. Gozan fuhr sogar selbst den Jeep dorthin, obwohl er die ganze Strecke über jammerte und protestierte.

»Laßt uns anfangen«, sagte Dr. Cooper, und die sieben Personen begannen sich der Seite des Abgrunds zu nähern, an der der Abstieg durch die Neigung der Wand möglich war.

»Mögen die Götter mich beschützen ...«, jammerte Gozan. »Mögen die Geister meiner Ahnen mich schützen.«

Genau in dem Moment, als sie den Abstiegspunkt erreichten, erhob sich ein Geheul aus der Tiefe, das einem das Blut gefrieren ließ.

»Der Drache faucht uns an!« schrie Gozan.

Dr. Cooper blieb am Rande des Abgrunds stehen, und die ganze Mannschaft — außer Gozan — nahm instinktiv ihre Hüte ab.

Dr. Cooper betete laut: »Herr im Himmel, wir danken dir, daß du uns hierhergeführt hast, zu einem neuen Abenteuer und der Möglichkeit einer neuen Entdeckung. Wir beten um Erfolg und das Wachsen deines Reiches durch das Wissen, das wir hier erlangen mögen. Wir bitten nun, daß uns das vergossene Blut Jesu bedecken und vor Gefahren schützen möge. Amen.«

»Amen!« sagten Jay und Lila.

»Amen!« sagten die drei Männer der Mannschaft.

»Laßt mich wieder zurückgehen!« sagte Gozan.

Dr. Cooper tat die ersten Schritte in die Höhle hinab, wobei er sich vorsichtig auf einen Felsvorsprung genau unter ihm hinabließ. Bill ließ die Sicherheitsleine des Doktors Meter um Meter hinunter und hielt sie stramm.

Bald darauf waren alle Teilnehmer auf dem Weg hinab in den Schlund des Drachen, zusammengebunden durch die Sicherheitsleinen, wobei jeder versuchte, auf derselben Stelle aufzutreten wie sein Vorgänger. Jeder Fels wurde ausprobiert, bevor jemand sein Gewicht auf ihn verlagerte. Einige Felsen hielten die Probe nicht aus, brachen ab, stürzten in den Schacht und verschwanden in der Finsternis, bevor man ein fernes Klappern hörte, wenn sie auf dem unsichtbaren Boden weit unten aufschlugen.

»Nun«, sagte Jay, »zumindest wissen wir jetzt, daß das Ding einen Boden hat.«

»Ich wäre enttäuscht, wenn das alles wäre, was sich dort unten befindet«, sagte Dr. Cooper.

Sie arbeiteten sich langsam wie vorsichtige Bergziegen vor und zurück, Stein für Stein, von Vorsprung zu Vorsprung, und bewegten sich auf diese Weise eine Stunde lang beständig weiter nach unten. Eine ganze Zeit lang herrschte in dem Schacht ein wirbelnder Wind, der den Schacht peitschte, aber als sie tiefer und tiefer vordrangen, wurde die Luft still und moderig.

Dr. Cooper leuchtete mit seiner Lampe in die Tiefe, und sie konnten erkennen, daß der Schacht eine Biegung zur Seite machte. Die Steilwände, die ihnen gegenüberlagen, entfernten sich immer weiter, während die Wände, an denen sie hinabkletterten, waagerechter wurden.

Ganz offensichtlich näherten sie sich dem Grund der Höhle. Hoch über ihnen war der Eingang zum Schlund des Drachen zu einem kleinen Kreis aus Licht zusammengeschrumpft, der von schwarzen Wänden und Dunkelheit umgeben war. Es war fast so, als seien sie in einen großen, tiefen Brunnen hinabgestiegen.

Das Klettern wurde zum Boden hin leichter, und schließlich kletterten sie gar nicht mehr, sondern sprangen von Fels zu Fels, bis sie den Grund der Höhle erreichten. Der Boden war sandig, etwas feucht und gut zu begehen.

Gozan leuchtete in der Höhle mit seiner Lampe umher, wobei der Lichtstrahl aufgrund seiner offensichtlichen Nervosität etwas zitterte.

Plötzlich hallte die ganze Höhle vom Aufschrei Gozans wider. Sechs weitere Lampen richteten sich sofort in dieselbe Richtung wie Gozans Licht und strahlten ein verrottetes Skelett mit aufgerissenem

Kiefer und leeren Augenhöhlen an, das auf dem Boden lag, die Glieder dicht zusammengerollt.

»Der Fluch!« schrie Gozan. »Wir werden alle sterben, genau wie er dort!«

Dr. Cooper ergriff Gozan bei den Schultern und versuchte, die gewaltgeplagten Gefühle des Mannes zu bändigen. »Beruhigen Sie sich! Hören Sie? Beruhigen Sie sich! Wir sind direkt hier bei Ihnen, und wir leben noch, sehen Sie das nicht?«

Gozan beruhigte sich etwas, aber sein Atem ging immer noch unregelmäßig und keuchend.

»So ist es besser. Nun, können Sie uns sagen, wer das sein könnte?«

Gozan leuchtete die tote Gestalt an und tat einen schmerzhaften Blick auf die Einzelheiten. »Ja ... ja, dort auf dem Rucksack. Die Insignien. Er war das verschwundene Mitglied der Schweizer Expedition. Fünf stiegen in den Schlund des Drachen hinab ... nur vier kamen wieder heraus. Sie flohen alle in völliger Panik, und sie hatten kein Interesse daran, zurückzukehren, um ... diesen zu holen.«

Jeff richtete seinen Lichtstrahl auf die Wände und Überhänge und untersuchte sie. »Glaubt ihr, daß er vielleicht von dort oben herabgestürzt ist? Das wäre ein ganz schönes Stück.«

Dr. Cooper, von diesem Vorschlag nicht überzeugt, betrachtete den Toten näher. »Ich glaube nicht, daß er durch einen Sturz umgekommen ist. Schau dir an, wie der Körper dort am Boden liegt — ganz eingerollt, die Arme schützend vor den Kopf gelegt. Etwas hat ihn zu Tode geängstigt.«

Jay flüsterte: »Dad, hörst du auch etwas?«

Die Gruppe verstummte und lauschte angestrengt.

Gozan fragte nervös: »Was ist das?«

»Schhh!« antworteten alle.

Sie standen still da und hielten den Atem an. Sie wußten nicht, ob sie etwas hörten oder vielmehr fühlten, so tief war es, so unglaublich leise, so allesdurchdringend. Von irgendwoher kam eine sehr tiefe Vibration, ein fernes, kaum vernehmbares Rumpeln. Es schien von allen Seiten zu kommen. Manche von ihnen hatten das Gefühl, daß es durch den Boden drang.

Dr. Cooper war fasziniert. »Luftadern vielleicht. Die ganze Höhle ist unglaublich resonant.«

Gozan hatte seine eigene Theorie. »Geister, überall um uns herum! Die Geister der Hölle!«

Dr. Cooper fragte die Gruppe: »Schenkt irgendeiner von euch seinem Gerede Aufmerksamkeit?«

Keine Antwort.

»Gut. In Ordnung, laßt uns die Seile für den Moment wegpacken. Wir gehen in derselben Reihenfolge weiter, einer hinter dem anderen. Vorwärts.«

Es gab keinen anderen Weg, den sie einschlagen konnten, als den, der weiter in die Tiefe führte. Sie folgten der Neigung des sandigen Bodens durch einen riesigen Tunnel, der immer tiefer in die Erde eindrang. Unterwegs fanden sie verschiedene Gegenstände der Ausrüstung, die von der fliehenden Schweizer Mannschaft fallengelassen worden waren. Hier und dort lagen einige große Felsbrocken, die von der Decke des Ganges herabgestürzt waren — kein sehr beruhigender Gedanke.

Während sie sich Schritt für Schritt durch den allmählich breiter werdenden Tunnel voranarbeiteten, wurde das seltsame, brummende Geräusch immer lauter, bis es nicht mehr nur eine Vermutung war. Es war wirklich dort, ein wahrnehmbares Geräusch. Sie konnten es in den widerhallenden Steinwänden vibrieren spüren; sie konnten es in ihren Füßen spüren.

Sie bewegten sich weiter voran. Das Geräusch jeden Schrittes, jeden Atemzugs, jeden Raschelns schien in einer Myriade von Echos durch die Höhle zu sausen, bevor es schließlich schwächer wurde. Abgesehen von den schwankenden Strahlen der Taschenlampen herrschte eine vollkommene, tintenschwarze Dunkelheit.

Es waren die Echos, diese hüpfenden, nicht endenwollenden Geräusche, die ihnen zuerst anzeigten, daß der Tunnel in einem großen Raum zu enden schien. Der gedrängte, einem Meeresrauschen ähnliche Klang der Luft in dem Tunnel begann langsam nachzulassen, während die Echos schwächer wurden und weiterwanderten, bevor sie zurückgeworfen wurden. Die dichtstehenden Wände rückten auseinander, die Decke hob sich.

Dr. Cooper legte eine Pause ein, und die Mannschaft blieb still hinter ihm stehen. Er leuchtete zur Decke hinauf, und obwohl der Lichtstrahl stark war, war er nur noch als ein schwach gelber Fleck zu erkennen, als er endlich die Decke erreichte. Die anderen leuchteten die Höhle nach allen Seiten hin aus und stellten fest, daß sie in dem Eingang zu einem Gewölbe standen, das zumindest die Größe eines Fußballstadions hatte. Die Luft stand völlig bewegungslos im Raum, und es war totenstill; die Höhle war kalt, feucht und dunkel.

Und das brummende Geräusch hielt immer noch an. Was immer auch dieses Geräusch hervorrief, es mußte in diesem großen Gewölbe sein.

»Wir teilen uns in zwei Gruppen auf«, befahl Dr. Cooper. »Gozan, Jeff und Lila, ihr kommt mit mir. Die anderen folgen Bill. Wir werden an den gegenüberliegenden Seiten des Gewölbes entlanggehen und uns auf der anderen Seite treffen. Bleibt immer auf Empfang mit den Sprechgeräten.«

Die beiden Gruppen zogen los, eine links, die andere rechts herum. Sie gingen vorsichtig an den Wänden der Höhle entlang, die Strahlen ihrer Lampen tanzten an den Wänden, streiften die hohen Deckengewölbe und warfen unheimliche, tanzende Schatten, die schwankten, wuchsen, schrumpften, sich erhoben und fielen. Die Geräusche ihrer Schritte und das leise Klappern ihrer Rucksäcke und ihrer Ausrüstung wurden von dem riesigen leeren Raum verschluckt.

Dr. Cooper stieg über hinabgestürzte Felsen und zerklüftete Formationen, gefolgt von Lila, die Gozan mehr oder weniger im Schlepptau mit sich führte. Dann folgte der kräftige und stämmige Jeff, der den Schluß bildete. Auf ihrem Weg konnten sie die tanzenden Lampen der anderen Gruppe sehen.

»Bill, wie läuft es?« fragte Dr. Cooper über sein Sprechgerät.

»Alles bestens. Nichts Ungewöhnliches«, kam die Antwort.

»Fein. Wir können eure Lampen sehen, und wir sind ...«

Dr. Cooper beendete seinen Satz nicht. Seine Füße fühlten mehr als nur das mysteriöse Rumpeln. Der Boden unter ihm schien nun zu zittern. Gozan fühlte es auch und begann zu wimmern.

»Geht in Deckung!« befahl Dr. Cooper.

Sie alle duckten sich unter vorstehende Felsen oder preßten sich dicht an die Wand, als die Erschütterungen zunahmen. Die Erde bebte unter ihren Füßen; es schien so, als ob ein gigantischer Güterzug nur ein paar Meter entfernt an ihnen vorbeifahren würde, aber es gab keinen donnernden Lärm, nur das Klickern und Klackern von einzelnen Steinen hier und dort und das Zischen fallenden Sandes von der Decke.

»Bill, wie geht es euch?« wollte Dr. Cooper wissen.

»Wir stehen es durch, Doc«, kam Bills Antwort.

Und dann, als sei der Zug vorbeigefahren, verebbte das Beben. Alles war wieder ruhig.

»Sind alle in Ordnung?« fragte Dr. Cooper.

»Alles klar«, sagte Lila.

»Ja, alles in Ordnung«, sagte Jeff.

»Ich ... ich lebe noch«, sagte Gozan.

Bill meldete über das Sprechgerät dasselbe von den anderen.

Dr. Cooper leuchtete mit seiner Lampe nach oben und überprüfte die Felsformationen an den Wänden und der Decke des Gewölbes. »Ich möchte wirklich nicht, daß ein Überraschungspaket von dort oben auf mich herabstürzt.«

Sie setzten ihren Weg durch den großen Raum fort, aber es dauerte nicht lange, bis aus Dr. Coopers Sprechgerät Bills aufgeregte Stimme quäkte: »Doc, ich glaube, wir haben etwas entdeckt!«

»Laßt uns eure Lampen sehen«, sagte Dr. Cooper, und gleich darauf begannen die Lampen von der anderen Gruppe in nicht allzuweiter Entfernung an den Wänden und der Decke aufgeregt hin und her zu wandern. »Ich sehe euch. Bleibt dort, wir kommen hinüber!«

Er und die anderen beschleunigten das Tempo, sie wählten ihre Schritte sorgfältig, aber eilig, kletterten über die Felsen und Hindernisse, die Strahlen ihrer Lampen durchschnitten wild die Dunkelheit.

Schließlich erreichten sie die anderen. Bill, Tom und Jay zitterten vor Aufregung.

Jay ließ seine Lampe weiter nach vorn leuchten, zu dem hintersten Ende des Raumes hin. »Schau dir das an, Dad!«

Die Lichtstrahlen der anderen Lampen folgten Jays, und Dr. Cooper betrachtete das, was er dort sah, voller Erstaunen. Er hatte das Gefühl, sein Herz müßte stehenbleiben, als er dort still stand, sein Gesicht gezeichnet von Ehrfurcht und Faszination. Dann merkte er, wie sich Gozan hinter ihm duckte und versteckte, und es war Gozan, der zuerst etwas sagte.

»Die ... die Tür!« verkündete er atemlos.

Dr. Cooper erhob seine Stimme. »Jay, richte deine Lampe auf das Oberteil. Bill, leuchte du die Mitte aus. Laßt uns unser Licht so verteilen, daß wir das ganze Ding sehen können.«

Die Lichtstrahlen überfluteten die neue Entdeckung und machten sie deutlicher sichtbar — und sogar noch unglaublicher.

Dort, in der fernen Wand des riesigen Raumes, war etwas, das wie eine massive, hochaufragende Tür aussah. Sie konnte aus Stein, sie konnte aus Eisen sein; von hier aus war es unmöglich, dies festzustellen. Die untere Hälfte war verschüttet durch das Geröll eines Einsturzes, aber die obere Hälfte war deutlich zu sehen. Sie hatte eine Höhe von etwa achtzig Fuß und eine Breite von mindestens dreißig Fuß. Sie war von einem schmutzigen, staubigen Grau und schien dort seit Anbeginn aller Zeiten gestanden zu haben. Sie war in die hochaufragende Wand so dicht eingelassen, daß sie selbst wie ein Teil der Wand erschien.

Dr. Cooper war völlig von Ehrfurcht ergriffen, und den anderen erging es nicht anders.

Gozan konnte nur zittern und murmeln: »Die Legende ist wahr! Die Legende von der Tür ist wahr!«

Dr. Cooper wandte sich Gozan zu und fragte: »Dann haben Sie tatsächlich diese Tür noch nie zuvor gesehen?«

Gozan schüttelte den Kopf, unfähig, seinen Blick von der Tür abzuwenden. »Nein, niemals. Ich habe nur die Überlieferungen gehört.«

»Nun, irgend jemand muß diese Tür schon einmal gesehen haben ...«

Gozan lachte nervös und sagte: »Viele, guter Doktor, aber keiner von ihnen hat überlebt, um es mitzuteilen.« Dann fügte er mit einem Kloß im Hals hinzu: »Und wir werden es auch nicht überleben!«

Dr. Cooper führte Gozan zu Jeff hinüber, der an Dr. Coopers Gesichtsausdruck erkennen konnte, daß er auf den armen, verängstigten Kerl achten sollte. Dr. Cooper näherte sich der Tür, indem er auf den Geröllhaufen stieg, der sich vor der unteren Hälfte der Tür auftürmte.

»Was für eine Art von Schatz mag sich hinter einer so riesigen Tür verbergen?« fragte er sich laut.

Niemand hatte Zeit, ihm darauf zu antworten. Plötzlich, wie als Antwort auf Dr. Coopers Frage, begann die Erde wieder zu beben, aber dieses Mal war es kein kleines Beben. Es trat abrupt und mit einer großen Gewalt auf, und mehrere Leute des Teams, einschließlich Gozan, wurden zu Boden gerissen. Kleine Steine begannen wie Hagel herabzufallen, und ein tiefes Rumpeln wurde lauter und lauter. Der Boden der Höhle bewegte sich vor und zurück und warf die Forscher hin und her, bis sie sich schließlich an Felsen, Spalten — irgend etwas, was ihnen einen gewissen Halt verschaffen konnte, festhalten mußten. Jay duckte sich unter einem Felsvorsprung und konnte die Kiesel auf dem Höhlenboden durch die Macht der Erschütterung umherkullern sehen. Mit

Schrecken stellten sie alle fest, daß von der Decke Felsen und Steine herabzuregnen begannen; große Brocken kamen mit einem dumpfen Aufschlag herabgesaust und bohrten sich in den Boden. Es gab nur wenig Platz, um sich zu verstecken.

Wo ist Dad? fragte sich Jay und richtete seine Lampe auf die Stelle, an der er zuletzt seinen Vater gesehen hatte. Kein Zeichen von ihm. Zuviel Staub lag in der Luft.

Da war er. Er stand immer noch auf dem Geröllhaufen und versuchte verzweifelt, nicht umzufallen, als die Felsen unter ihm nachzugeben begannen.

»Dad!« schrie Jay und rannte los, um seinem Vater zu helfen.

Es verging nur der Bruchteil einer Sekunde, bevor Jay fühlte, wie ihn eine große Gestalt zur Seite schleuderte. Es war Jeff, der ihn mit einem Hechtsprung zu Boden warf und ihn dann mit sich zog.

BUMMM! Ein Felsen von der Größe eines Automobils schlug an der Stelle einen Krater in den Boden, an der Jay gerade noch gestanden hatte.

Jeff und Jay verkrochen sich zum Schutz in einer schmalen Nische in der Wand der Höhle.

Jay schaute verzweifelt in Richtung der Tür und des Geröllhaufens, um etwas von seinem Vater zu erblicken. Er war immer noch dort, er versuchte, sich irgendwo in Sicherheit zu bringen, er kämpfte darum, einen festen Stand zu bewahren, und versuchte, den Felsen auszuweichen, die an ihm vorbeirollten und -flogen.

Aber Jay konnte auch einen verräterischen Streifen von Staub und Kieseln erkennen, der in einem dichten Strom von irgendwoher über dem Kopf seines Vaters herabrieselte. Er richtete seine Lampe nach dort oben und folgte mit dem Licht der Staubspur, bis er erkennen konnte, daß sich um einen unglaublich großen Felsbrocken in der Decke die Erde und das Gestein zu lösen begann. Der tonnenschwere Fels hatte sich gelockert, und er befand sich direkt über seinem Vater!

Jay schrie mit aller Kraft: »Dad, paß auf!«

Aber der Lärm und das Grollen des Bebens und das Trommeln der herabfallenden Gesteinsbrocken waren zu laut und verschluckten Jays verzweifelte Rufe. Dr. Cooper konnte die Warnung nicht hören und blieb an der gleichen Stelle stehen.

Dann begann der große Fels sich mit einem lauten Krachen und Knacken zu verschieben und loszureißen, und dann stürzte er herab.

3

Während eines Augenblickes, der in Zeitlupe zu vergehen schien, einer Sekunde von unbeschreiblichem Schrecken, stieß Jay einen einzigen langen, hilflosen Schrei aus, den niemand hören konnte.

»JEEEEESUUUUUUUUSSSSS!«

In diesem Moment machte die Erde einen mächtigen, plötzlichen Stoß, der Jay zurück in Jeffs Arme warf. Die beiden schlugen gegen die Höhlenwand, als seien sie dorthin geschleudert worden, und sie konnten Dr. Cooper nicht länger sehen.

Langsam taumelnd bohrte sich der Felsen mit einem erschreckenden, endgültigen Krachen in den Geröllhaufen, drehte sich dann auf die Seite und lag schließlich dort wie ein großes totes Geschöpf.

Das Erdbeben wurde sofort schwächer. Das Grollen der Erde ging in das Geräusch fallender Steine über, und dieses Geräusch schließlich in ein sanfteres, regenartiges Geräusch von klickernden, klackernden, hüpfenden Kieseln, die dort überall zur Ruhe kamen.

Die Mannschaft, besonders Jay und Lila, konnten es kaum abwarten, aus ihren Verstecken hervorzukommen. Lichtstrahlen formten kegelförmige Schächte, die den Staub und Nebel durchstießen und wild hin- und herschwangen, als die Forscher versuchten, sich gegenseitig wiederzufinden.

Jay wollte gerade nach seinem Vater rufen, als sie alle Dr. Coopers befehlende Stimme hinter dem Mörderfelsen hörten. »Irgend jemand verletzt? Meldet euch.«

»Hier ist Bill. Ich bin okay.«

»Hier Jeff. Jay und ich sind in Ordnung.«

Jay beschäftigten eigene Fragen. »Dad, ich will

wissen, wie es *dir* geht! Bist du in Ordnung? Wo bist du?«

Dr. Cooper antwortete mit einer anderen Frage. »Lila, geht es dir gut?«

Lila wurde ärgerlich über das Verhalten ihres Vaters, einfach aus Sorge um ihn. »Dad, jetzt im Ernst: Sag uns, wie es dir geht!«

Dann sahen sie einen Lichtstrahl hinter dem Felsen hin und her zappeln, und schließlich tauchte auch Dr. Coopers Kopf direkt über dem Rand des Felsens auf.

»Dad!« schrien beide Kinder vor Glück und Erleichterung auf. Sie kletterten zu ihm hoch.

»Vorsichtig!« warnte er sie. »Diese Felsen sind gerade erst herabgestürzt; sie sind locker!«

»Sind Sie unverletzt, Dr. Cooper?« fragte Bill.

Die Kinder konnten eine schmale Blutspur auf der Stirn ihres Vaters erkennen. Er hatte die Wunde selbst auch entdeckt und fuhr damit fort, sie mit seinem Taschentuch abzutupfen.

»Ich bin in Ordnung«, meldete Dr. Cooper schließlich den anderen. »Eine kleine Wunde auf der Stirn, aber nichts Ernsthaftes. Ich bin hinter die Felsen geschleudert worden.«

Dann ertönte Gozans heisere, hysterische Stimme aus der Dunkelheit. »Ich habe es gesehen! Ich habe es gesehen! Der Felsen war gerade dabei, den guten Doktor zu zermalmen, aber dann reagierte die Erde auf den Ruf von dem jungen Jay und schleuderte den Doktor aus der Bahn!«

»Das kann man so sagen«, stellte Dr. Cooper fest. »Die letzte große Erschütterung hat mich umgeworfen, und das gerade noch rechtzeitig. Ich würde sagen, diese Wunde an meinem Kopf ist ein fairer Preis für mein Leben.«

Zu diesem Zeitpunkt umarmten ihn Jay und Lila bereits, und er schien mehr um ihr Wohlergehen besorgt als um sein eigenes.

Gozan, dessen Gesicht von Staub und Schweiß geschwärzt war, kam schließlich aus seinem Versteck hervor, seine Augen waren groß und rund.

»Euer Gott hat Macht über die Gewalten der Erde, ja?« sagte er.

Dr. Cooper hielt Jay und Lila fest im Arm, als er mit fester Stimme antwortete: »Gozan, unser Gott hat Macht über alle Dinge. Er ist der Schöpfer aller Dinge.«

»Vielleicht«, wagte Gozan eine Vermutung, »vielleicht ist er auch mächtiger als der Fluch, der die Tür beschützt?«

Dr. Cooper fand seinen Hut, aber Lila nahm ihm diesen aus der Hand, während sie sagte: »Unser Gott ist mächtiger als jeder Fluch!« Dann sagte sie zu ihrem Vater: »Du setzt keinen Hut auf, bevor ich mir nicht genau deinen Kopf angesehen habe!«

Die drei kletterten von dem Geröllhaufen herab, um zu den anderen zu gelangen, während Gozan immer noch verblüfft dastand.

»Alle anderen Expeditionen wären jetzt schon längst tot oder vor Furcht geflohen. Euer Gott hat euch beschützt. Er hat uns alle beschützt.«

»Das ist richtig«, sagte Dr. Cooper, während sie sich alle auf dem Höhlenboden niederließen. »Und wir werden ihm dafür jetzt unseren Dank darbringen.«

Sie nahmen ihre Hüte ab, legten ihre Arme um die Schultern der anderen, senkten die Köpfe, und Dr. Cooper sprach ein aus dem tiefsten Herzen kommendes Dankgebet für den Schutz des Herrn. Gozan stand bloß daneben, immer noch mit aufgerissenen

Augen, beeindruckt von dem seltsamen Glauben dieser Gruppe und noch viel, viel mehr beeindruckt von der hochaufragenden, berüchtigten Tür, die sie alle zu beobachten schien, als könnte sie ihre Anwesenheit spüren.

Sie hatten also gefunden, wonach sie gesucht hatten, was immer es auch sein mochte. Aber zuerst mußten grundlegende Dinge erledigt werden. Zelte, Schutzunterstände und improvisierte Lagerhütten wurden eilig am Rande des Schlundes des Drachen errichtet, und die Hotelzimmer in Zahidah wurden nicht länger reserviert gehalten. Jeff gelang es, einem etwas zwielichtigen Händler in der Stadt alten Plunder abzuhandeln, und in den nächsten Tagen war die Mannschaft damit beschäftigt, eine sehr effektive Strickleiter und Stufen von den oberen Klippen des Schachtes bis zu dem Grund zu verlegen. Ein starker Gasgenerator versorgte nicht nur das Camp mit Elektrizität, sondern auch die großen Flutlichter, die den gesamten Höhlengang bis zu dem großen Raum hin mit Licht versorgten, wo die Tür immer noch als Herausforderung auf sie wartete.

Während der ganzen Zeit konnte man, wann immer einmal das Geräusch der Hämmer, Sägen oder Stimmen für einen Moment verstummte, das seltsame grollende Geräusch weiterhin hören. Interessanterweise wurde es jedesmal lauter und schriller, sobald jemand sich der Tür näherte; und nicht nur das, auch die Erde schien sich in diesen Momenten nervös, bebend und vibrierend zu regen.

Jeden Tag raste Gozan mit seinem alten Jeep nach Zahidah und ließ den Präsidenten Al-Dallam wissen, wie die Arbeiten vorangingen.

An einem solchen Tag, eine Woche nachdem die Expedition angekommen war, erlaubte Gozan sich eine Ruhepause auf der weichen Couch des Präsidenten und trank eine große Tasse Kräutertee, während er dem Präsidenten die neuesten Mitteilungen überbrachte.

»Vielleicht hattet Ihr Recht, mein Gebieter«, sagte er nach einem laut geschlürften Schluck. »Diese Forscher, diese Christen sind vielleicht wirklich anders. Sie sind immer noch hier, und sie leben noch immer.«

Der Präsident versuchte seine Hoffnung zu bewahren, aber er konnte es nicht verhindern, daß er im Raum auf- und abmarschierte und aus dem Fenster in Richtung der verbotenen Wüste blickte. »Sie haben es noch nicht *geschafft*, Gozan!«

»Aber, mein Gebieter, sie leben noch. Vielleicht hilft ihnen ihr Gott auch dabei, die Tür zu öffnen.«

Bei dieser Bemerkung konnte sich der Präsident zumindest einen kleinen Moment der stillen Freude nicht verkneifen. »Ja ... ja, vielleicht wird die große Tür schließlich doch geöffnet, und der fabelhafte Reichtum, der sich dahinter versteckt, wird mir ... ähh ... dem Volk von Nepur gehören. Dieser Reichtum wird uns genauso groß machen wie die anderen Staaten, denen unser Volk angehört. Ha! Laß die anderen nur ihr Öl haben! Wir werden die Nationen der Welt einladen, hierher zu kommen und unsere großartigen, unbezahlbaren Schätze zu bewundern.«

»Vorausgesetzt, der Fluch der Tür zerstört nicht unser ganzes Land ...«, überlegte Gozan, während er die Teeblätter in seiner Tasse herumwirbeln ließ.

»Aber diese Christen ...! Sie könnten die Lösung sein. Sie sind vielleicht in der Lage, den Fluch zu brechen.«

»Viel Böses ist schon geschehen, und nur weil wir es gewagt haben, den Schlund des Drachen zu betreten ...«, konnte sich Gozan nicht verkneifen zu murmeln. »Was für ein Übel könnte freigesetzt werden, wenn schließlich die Tür selbst geöffnet wird?«

Diese Frage verfolgte Gozan auch noch am nächsten Tag, als er Dr. Cooper an den Fuß der Tür begleitete. Die Flutlichter waren installiert, die Tür war taghell erleuchtet, und Dr. Cooper war nun bereit, einen erneuten Versuch zu starten, sich ihr zu nähern.

»Guter Doktor«, bat Gozan, »die Erde bebt jedesmal, wenn sich irgend jemand der Tür nähert. Die Tür weiß, daß wir hier sind.«

Dr. Cooper kontrollierte unbeeindruckt die Werkzeuge in seiner Werkzeugtasche, drückte Gozan die Tasche in die Hand und sagte: »Gozan, eines Tages muß ich Ihnen eine Grundlektion darüber geben, wodurch genau Erdbeben ausgelöst werden. Glauben Sie mir, Menschen sind für so etwas nicht verantwortlich. Und jetzt lassen Sie uns einen Blick auf die Tür werfen.«

Sie erklommen den Geröllhaufen — ein Schritt, ein Felsen, ein wackeliger Stein nach dem anderen, vorsichtig auf dem Geröll Halt suchend. Die unglaubliche Größe der Tür ließ sie ganz nah erscheinen, aber es war immer noch ein ganzes Stück zu klettern, ehe sie sie erreichten. Jetzt, wo sie vom Licht angestrahlt war, schien sie sogar noch unglaublicher, noch bedrohlicher zu sein. Das letzte Erdbeben hatte eine Menge des dicken Staubes von ihr gelöst und darunter eine sehr rauhe, alte, bronzeartige Oberfläche freigelegt. Sie mußte mit Sicherheit Hunderte von Tonnen wiegen.

Auf einmal schrie Gozan vor Angst auf.

»Nicht schon wieder!« stöhnte Dr. Cooper.

Die Höhle begann erneut zu beben. Das Grollen und tiefe, stöhnende Geräusche warfen von überall her Echos. Felsen erzitterten und rollten von den Wänden herab; der Staub begann vom Höhlenboden aufzusteigen wie ein immer dichter werdender Teppich aus Nebel.

»Was habe ich Ihnen gesagt, Doktor!« sagte Gozan mit zitternder Stimme. »Was habe ich Ihnen gesagt! Die Tür! Sie weiß, daß wir da sind!«

»Oh, genug jetzt!« befahl Dr. Cooper.

Das Beben verstummte — einfach so.

Was Gozan anging, so war selbst diese plötzliche Stille für ihn furchteinflößend. »Die Erde! Sie hört auf Sie! Sie hat Ihnen gehorcht!«

Dr. Cooper schüttelte nur den Kopf. »Na los, lassen Sie uns gehen.«

Sie lehnten sich gegen die Tür und lauschten. Es gab keinen Zweifel. Von irgendwo hinter der monströsen Tür, tief in der Erde, kam dieses seltsame Geräusch. Von dieser Stelle aus ließ es sich besser erkennen, mit komplexeren Obertönen: ein sehr tiefes Brummen, mit vielen unterschiedlichen sirrenden, summenden und höher klingenden rauschenden Tönen.

»Es hört sich wie ein furchtbarer Bienenstock an«, bemerkte Gozan.

»In Ermangelung einer besseren Beschreibung«, sagte Dr. Cooper mit einem Ohr dicht an der Tür. »Es könnten Luftadern sein ... vielleicht geothermische Ausdehnungen und Kontraktionen ... vielleicht ist es auch nur ein Schwarm Fledermäuse. Ich habe noch nie zuvor so etwas gehört, aber dieses Geräusch setzt sich durch die ganze Höhle fort und hat mit ziemlicher Sicherheit hier seinen Ursprung.«

»Es scheint jetzt viel leiser zu sein. Vielleicht hat die Tür vor Ihnen Angst.«

Dr. Cooper ignorierte diese Bemerkung. »Geben Sie mir diese Bürste herüber.«

Gozan gab ihm die Bürste, und Dr. Cooper begann vorsichtig, den Schmutz und den Niederschlag von der Oberfläche der Tür zu entfernen.

»Ja...«, murmelte er gedankenverloren, während er arbeitete. »Bronze. Altertümlich gehämmerte Bronze. Aber was für eine primitive Kultur könnte etwas von dieser Größe erschaffen haben?«

Gozan zeigte aufgeregt auf eine Stelle. »Was... was ist das?«

»Das ist das, was wir suchen«, antwortete Dr. Cooper. »Hier. Kratzen Sie den Dreck genau an dieser Stelle weg. Benutzen Sie dieses Werkzeug. Genau so. Lassen Sie mich jetzt den Staub wegbürsten. Aha...«

»Schriftzeichen!«

»Ja, wir enthüllen gerade eine Art Inschrift. Ein ungewöhnlicher Schreibstil, aber es könnte eine Form von Babylonisch sein. Das könnte zu solch einem Gebilde passen. Vielleicht kann ich es feststellen.«

Die beiden arbeiteten fieberhaft weiter, während sie immer aufgeregter wurden. Dr. Cooper fuhr damit fort, den Schmutz von der Inschrift zu bürsten, die allmählich ganz enthüllt wurde.

»In Ordnung!« sagte er plötzlich. »Schauen Sie — das Symbol dort, genau dort in der Ecke. Es bedeutet ›Stern‹.«

Sofort dachte Gozan an die Überlieferung. »Der Stern... des Himmels, glauben Sie?«

Dr. Cooper schenkte Gozan diesmal einen zustimmenden Blick, dann setzte er sein Kratzen und Bürsten fort. »Ja... ja, das ist es! Hier! Dieses Symbol hier bedeutet Himmel, die obere Atmosphäre...«

Gozan konnte es nur laut ausrufen: »Stern, Himmel!«

Die Inschrift kam unter Dr. Coopers schneller Arbeit mit der Bürste immer mehr zum Vorschein. »Ja ... und hier ist das Symbol für ... Fallen, Fliegen, Geschleudertwerden. Ja! Hier ist der ganze Satz: ›Der Stern, der durch den Himmel flog ...‹«

»Die Legende!« sagte Gozan, dem beinahe die Augen aus den Höhlen traten. »Die Legende ist wahr!«

»Nimrod ...«, Dr. Cooper kam nicht umhin, sich laut zu fragen: »Könnte dies der verlorene Schatz von Nimrod sein ...?«

Gozan griff dieses geliebte Wort auf. »Schatz!«

»Schauen Sie her. Da steht noch mehr. Schlüssel. Da steht das Wort für Schlüssel. ›Der Stern, der durch den Himmel flog ... ähh ... trägt ... hat gebracht ... nein, *wird* den Schlüssel bringen, und alles ... wird freigelassen werden.‹«

»Nimrods Schatz!«

»Das können wir jetzt noch nicht mit letzter Sicherheit sagen, aber es würde einen Sinn ergeben. Nimrod, der altertümliche Herrscher Babylons, eroberte die Welt, versteckte seine Schätze hier und war offensichtlich der einzige Besitzer des Schlüssels zu dieser Tür.«

»Der Schatz von Nimrod! Dr. Cooper, wir sind reich!«

Dr. Cooper dachte bereits weiter. »Wir müssen diesen Geröllhaufen vor der Tür entfernen. Gehen Sie zu Jeff und Bill und sagen Sie ihnen, sie sollen die Sprengausrüstung herbringen.«

Gozan zögerte und blickte sich um.

»Ist etwas nicht in Ordnung?« fragte Dr. Cooper.

Gozan zögerte, schaute zu Boden, dann lächelte er Dr. Cooper auf eine sehr merkwürdige Weise an, wie es Dr. Cooper noch nie zuvor bei ihm gesehen hatte. »Guter Doktor, warten Sie. Nehmen Sie ... sich nur einen Augenblick Zeit, um über folgendes nachzudenken. *Wir*, Doktor ... *wir* sind diejenigen, die den Schatz gefunden haben. Er gehört uns.«

Dr. Cooper wußte, daß dies keine Unterhaltung werden würde, die ihm gefiel und die er noch weiterführen wollte. »Gozan, wir wissen gar nicht sicher, ob dort überhaupt ein Schatz ist, und selbst wenn es so wäre, würde er dem Land Nepur gehören, nicht Ihnen und auch nicht mir.«

Gozan warf seinen Kopf zurück und lachte laut auf. »Oh, Dr. Cooper, mir gegenüber können Sie ruhig ehrlich sein. Sie hätten doch sicher nicht den ganzen Schatz dem Staat Nepur übergeben und nichts für sich behalten. Kein Mensch wäre so dumm.«

»Ich glaube, ich habe Sie darum gebeten, die Sprengausrüstung holen zu lassen.«

Aber Gozan wurde jetzt ernst. Er hätte einen hervorragenden Verkäufer abgegeben.

»Doktor, Doktor, hören Sie! Nur Sie können sich, mit Hilfe Ihres Gottes, der Tür nähern und überleben. Nur Sie und ich wissen, was hinter ihr liegt. Wir müssen es niemandem sonst erzählen, und niemand sonst wird es auch nur wagen, den Schlund des Drachen zu betreten. Der Schatz kann uns gehören!«

Dr. Coopers Stimme kam kalt und drohend zurück. »Vielleicht sollte ich das Präsident Al-Dallam erzählen ...«

Das half. Gozan erhob seine Hände und jammerte: »Oh, nein! Nein! Das dürfen Sie nicht tun! Ich werde Jeff und Bill holen ... und die Sprengausrüstung.«

»Und sagen Sie Jay und Lila, sie sollen schnell mit dem Sonargerät herkommen.«

»Ja, ja ...«, sagte Gozan, als er die Felsen hinabkletterte. »Aber ... denken Sie darüber nach, Doktor! Denken Sie darüber nach!«

»Das werde ich nicht tun!« murmelte Dr. Cooper ärgerlich.

Jay, der sich auf dem Geröllhaufen auf der einen Seite der Tür befand, bearbeitete die Wände mit einem großen Vorschlaghammer. Auf der anderen Seite der Tür drückte Lila einen besonderen elektronischen Sensor gegen die Steinwand der Höhle. Dr. Cooper betrachtete den Ausschlag auf einem speziellen Sonargerät, lauschte den Echos von Jays Schlägen, die aus dem Raum auf der anderen Seite der Tür widerhallten, und beobachtete das Linienmuster, das sich auf dem kleinen Bildschirm formte. Er schnitt Grimassen, drehte an Knöpfen herum und sah verwirrt aus.

»Hmm...Jay, komm ein wenig näher. Lila, du auch.«
Sie folgten seinen Anweisungen.
»Okay, jetzt versucht es noch einmal.«
Jay schlug mehrere Male gegen die Wand, und Lila hielt den Sensor gegen die gegenüberliegende Wand.

Dr. Cooper lehnte sich zurück und schüttelte den Kopf, wobei er perplex das Gerät anstarrte. »Ich muß Bill die Maschine noch einmal kontrollieren lassen. Ich habe den Eindruck, sie funktioniert nicht.«

»Was ist mit ihr?« fragte Jay.

Dr. Cooper kratzte sich den Kopf und sagte: »Nun, nach den Messungen, die ich hier bekomme, ist dort hinter der Tür nichts als unendlicher Raum. Das Geräusch wandert bloß vorwärts in die Unendlichkeit, ohne zurückgeworfen zu werden.«

Lila widersprach: »Aber da muß irgend etwas sein — Wände oder *irgend etwas*!«

Dr. Cooper schüttelte nur den Kopf. »Kein bißchen.«

»Da wären wir, Doc!« ertönte Bills rauhe Stimme. Bill und Jeff kamen von oben und trugen eine Kiste mit hochexplosivem Plastiksprengstoff und einem Zündmechanismus mit sich.

»Okay, großartig«, sagte Dr. Cooper und packte sein Gerät zur Seite. »Laßt uns dieses Geröll beseitigen.«

»Überlassen Sie das nur uns, Dr. Cooper!« sagte Jeff.

»Oh, wir verschwinden hier, in Ordnung!« sagte Jay.

Bald darauf stand die ganze Mannschaft am Fuße des langen Treppenaufganges — weit unterhalb des Eingangs zur Höhle und weit entfernt von dem großen Raum, in dem die Sprengladungen aufgebaut worden waren.

Bill hielt den kleinen elektrischen Zünder in seiner Hand.

»Dieser Teil der Arbeit gefällt mir«, sagte er. »Wir werden die Felsblöcke wie Popcorn tanzen lassen!«

»Sind alle bereit?« fragte Dr. Cooper.

Keiner verneinte, und Bill legte den Schalter um.

Und tatsächlich hätte man sagen können, daß es sich wie Popcorn anhörte, das alles auf einmal platzte — vorausgesetzt, die Maiskörner hätten die Größe eines Hauses gehabt und jedes hätte mehrere Tonnen gewogen und der Topf wäre ein riesiges Stadion gewesen. Jeder hielt sich die Ohren zu, aber immer noch konnten sie hören, wie die Felsen wie wilde Tischtennisbälle gegen die Wände und die Decke der Höhle schlugen. Sie alle richteten ihre weit aufgerissenen Augen auf den Korridor, in der Erwartung, daß jeden Moment einer dieser Tischtennisbälle auf sie zugesprungen kommen würde.

Sie sahen allerdings nicht mehr als Rauch und Staub, der einige Minuten nachdem die Explosion und das Krachen der Felsen verstummt war, langsam den Korridor heraufzog.

»Nun, vielleicht hast du es hingekriegt, Bill«, sagte Dr. Cooper stichelnd.

»Da gibt es kein ›Vielleicht‹, Doc«, antwortete Bill. »Wenn Sie dorthin gehen, werden Sie eine freigelegte Tür vorfinden, sauber wie eine Pfeife.«

»Es wird eine Weile dauern, bis sich der Staub gelegt hat. Jay, jetzt wäre eine gute Gelegenheit für dich, deinen Seismographen oben aufzubauen. Stell einige Sensoren oben innerhalb des Kreises auf, damit wir eine bessere Vorstellung davon bekommen können, wo die Beben herkommen. Gozan, warum begleiten Sie ihn nicht? Sie könnten ein wenig Frischluft vertragen.«

Jay liebte es, mit dem Seismographen zu arbeiten. Eigentlich mochte er jede Art von elektrischem Spielzeug. Dieses spezielle Gerät jedoch war sein Lieblingsinstrument, und er hatte schon oft mit ihm gearbeitet. Es war eine faszinierende Maschine. Sie konnte die Schritte eines Mannes auf die Entfernung von einigen Kilometern registrieren. Sollte ein weiteres Beben auftreten, würde die Maschine feststellen können, wo es herrührte, wie stark es sein würde und, was am wichtigsten war, wodurch es verursacht wurde.

Gozan half Jay, so gut er konnte. Er folgte Jay über die kreisrunde Fläche und stellte die verschiedenen

Sensoren gleichmäßig in der Umgebung auf. Er war aber eher ein Hindernis als eine Hilfe, als sein Gehirn wieder begann, in falsche Richtungen zu denken.

»Tja ...«, begann er, mit demselben seltsamen Lächeln auf seinem Gesicht, »was halten Sie von unserer großen Entdeckung?«

Jay sagte seine ehrliche Meinung. »Ich glaube, es ist großartig. Ich kann es kaum abwarten zu sehen, was sich hinter dieser Tür befindet.«

Gozan gab ein gackerndes Lachen von sich und sagte: »Nun, ein Schatz, natürlich. Der verschollene Schatz des Nimrod.« Dann senkte er seine Stimme und trat näher an Jay heran. »Wissen Sie, wenn Sie wollten, könnten Sie ein sehr reicher junger Mann sein.«

Jay lächelte nur geduldig. »*Falls* es dort einen Schatz *gäbe*, und *wenn* er mir von vornherein gehört hätte.«

Gozan blieb dicht bei Jay, während sie weitergingen. Jay beschäftigte sich weiter damit, wo er den nächsten Sensor setzen sollte, obwohl Gozan unaufhörlich in sein Ohr quasselte.

»Sie ... Sie haben Ihrem Vater geholfen, ihn zu finden«, sagte er überschwenglich, »und ich weiß nicht, wie Sie darüber denken, aber ... ich habe immer geglaubt, daß ... derjenige, der etwas findet, es auch behalten darf.«

»Mit anderen Worten, der Finder ist der Eigentümer«, sagte Jay und stellte einen weiteren Sensor auf, wobei er den Abstand von den übrigen überprüfte.

Gozan hatte keinen Gedanken für Sensoren übrig. »Ja! Der Finder ist der Eigentümer, ja, genau, wie Sie gesagt haben!«

Tief unten, in dem großen Gewölbe, inspizierten Dr. Cooper, Bill, Jeff, Tom und Lila die untere Hälfte der Tür, die nun »sauber wie eine Pfeife«, wie Bill es gesagt hatte, und leicht zugänglich war. Jetzt war die Tür doppelt so groß, und man fühlte sich zweimal so klein, wenn man neben ihr stand. Dr. Cooper ließ seine Finger vorsichtig an den Kanten der Tür entlangwandern und probierte auch den feinsten Riß mit einem Werkzeug aus.

»Perfekt eingearbeitet«, berichtete er. »Völlig plan eingefügt und dicht versiegelt. Sie ist seit Jahrhunderten in diesem Zustand belassen worden.«

Tom war immer derjenige, der für die schwere Arbeitsausrüstung zuständig war. »Ich könnte versuchen, mich durchzubohren.«

»Versuchen wir es«, sagte Dr. Cooper zustimmend.

In der Zwischenzeit ließ Jays Geduld mit Gozans Geplapper merklich nach.

Gozan redete immer weiter auf ihn ein. »Es wäre so einfach, den Schatz fortzubringen, aus dem Land hinaus. Ihr habt das Flugzeug und die Fahrzeuge ...«

»Gozan!« fiel ihm schließlich Jay ins Wort. »Sie fordern mich auf, etwas zu nehmen, was mir nicht gehört. Das ist Diebstahl, Unterschlagung, Intrige und Betrug, und ich werde es nicht tun!«

»Aber ... aber warum nicht? Was Ihnen Recht ist, ist auch in Ordnung!«

Bei diesen Worten fiel Jay die Kinnlade nach unten. »Was *mir* Recht ist? Ist das alles, woran Sie denken können, was *Sie* wollen? Hören Sie zu, Sie sollten nicht gegen Gottes Gebote handeln! Wenn Sie das tun, bringen Sie sich nur selber in Schwierigkeiten.«

»Aber will euer Gott nicht, daß Sie glücklich sind? Will er nicht, daß Ihr Vater glücklich ist?«

»Gott will, daß wir unsere Pflicht tun und dem folgen, was er von uns verlangt. Darin liegt wirkliches Glück!«

»Jay, ich versuche nur, Ihnen zu helfen!«

Jay wurde jetzt wirklich zornig. »Nein, Sie versuchen vielmehr, dieses Projekt zu ruinieren, und ich würde Ihnen empfehlen, jetzt lieber ruhig zu sein und mir beim Aufstellen der Sensoren zu helfen. Ist das zuviel verlangt?«

Das Brummen von Toms Bohrer füllte den Raum mit einer Kaskade von Echos. Er schwitzte aus allen Poren, während er sich gegen den Bohrer lehnte und die Tür an ihrem unteren Stück abzuschleifen begann. Jeder, der in der Nähe stand, konnte den Geruch von etwas Verbranntem wahrnehmen, und nur kurz darauf brach der Bohrer einfach ab.

»Mist!« schrie Tom verärgert auf. »Berührt das Teil nicht. Es ist heiß.«

»Wie sieht es aus?« fragte Dr. Cooper.

Tom betrachtete die Stelle, an der er gebohrt hatte. »Tut mir leid, Doc, aber es wird nicht funktionieren. Sehen Sie, ich habe nicht einmal einen Kratzer verursacht, dabei habe ich schon den größten Bohrer benutzt.«

Dr. Cooper richtete sich auf und schob seinen Hut ein wenig zurück. »Nun, dann ist es auf keinen Fall Bronze. Welches Metall könnte so hart sein, daß man es nicht einmal durchbohren kann? Im alten Babylon gab es solch ein Metall nicht.«

Bill fragte: »Und was jetzt, Doc?«

Dr. Cooper sah bereits den Plastiksprengstoff in

Bills Händen. »In Ordnung, versuch es damit. Plaziere die Sprengladungen überall an den Rändern der Tür entlang, in den Spalten. Wir werden sehen, ob wir die Tür genug lösen können, um sie zu öffnen.«

»Beobachtet das Ganze nur!« sagte Bill. »Hey, ich habe die Zünder vergessen ...«

»Ich bin schon unterwegs«, meldete sich Lila freiwillig.

Jay und Gozan hatten das Aufstellen der Sensoren beendet, und jetzt hockten sie neben dem eigentlichen Herzstück der ganzen Apparatur, dem Seismographen selbst, der auf einem Gestell nahe des Drachenschlundes in der Mitte des Kreises plaziert war. Jay regulierte die Kontrollen und führte einige Testmessungen durch.

Gozan schaute ihm fasziniert zu. »Wie funktioniert das Gerät?«

Jay erklärte es ihm. »Nun, sehen Sie all diese Nadeln hier, die Linien auf das Papier zeichnen, während es unter ihnen vorbeiläuft? Jede von ihnen ist mit einem der Sensoren verbunden, und wenn ein Sensor irgendwelche Erschütterungen in der Erde empfängt, beginnt die Nadel zu schwingen und zieht eine Wellenlinie. Wir werten das Muster der Welle aus, und das Ergebnis sagt uns, was hier gerade geschieht.«

»Aber ... aber einige der Linien schwanken jetzt gerade.«

Jay sah es auch und versuchte das Gerät genauer einzustellen, um eine akkurate Messung zu erhalten. »Jaaa ... nichts Großes, zumindest im Moment nicht. Aber es gibt eine gewisse Aktivität dort unten, und sie scheint in der Nähe der Tür zu liegen ...«

Lila hatte gerade den oberen Rand der Treppe erreicht und war etwas außer Atem. Sie war auf dem Weg zur Ausrüstungshütte, als sie ein ihr bekanntes und unwillkommenes Beben unter ihren Füßen spürte.

Jay und Gozan betrachteten weiter den Seismographen. Jays Augen hafteten gebannt an dem Nadelausschlag auf dem Papier.

»In Ordnung«, sagte er, »das Gerät zeigt jetzt starke Erschütterungen an ...«

»Ja!« sagte Gozan aufgeregt. »Ich kann sie spüren. Die Erde ist zornig.«

»Die Sensoren vier ... fünf ... acht ... zehn ... jetzt kommt neun. Die Schockwellen dringen nach außen ... von der Tür!«

»Die Tür! Die Tür! Jemand macht etwas an ihr!«

Lila ging weiter, obwohl sie durch die Erschütterungen taumelte. Was für ein Leben muß das sein, dachte sie, wenn man sich schon an Erdbeben *gewöhnt* hat! Sie schwankte nach links, dann nach rechts. Ihre Spuren im Sand glichen denen eines Betrunkenen, ging es ihr durch den Kopf, als sie auf die Ausrüstungshütte zuwankte. Als sie dort ankam, wackelte und quietschte die ganze Hütte, und die Tür bebte in ihrem Rahmen. Sie griff nach dem Türknauf.

Die Tür schwang mit einem Ruck von selbst auf, und Lila fand sich auf dem Boden liegend wieder, von dem plötzlichen Schwung überrascht. Was hatte sie umgeworfen? Der Wind? Das Erdbeben? Was hatte die Tür — ?

Sie erstarrte vor Entsetzen, denn direkt über ihr stand, mit weißem Haar, das wild im Wind flatterte, mit Augen, die groß und durchdringend waren, der mysteriöse alte Mann mit dem gekrümmten Stab und dem ledernen Gesicht! Aus dieser Nähe sah er sogar noch furchterregender aus, und Lila bemerkte, daß ihr Schrei irgendwo in ihrer Kehle erstickte. Dies glich einem Alptraum. Sie wollte davonrennen, aber sie konnte nicht; sie wollte aufstehen, aber der Untergrund bebte so stark, daß ihr auch das nicht gelang.

Der alte Mann riß sie brutal hoch und begann mit langen, kraftvollen Schritten den öden Kreis zu durchqueren, sie spürte seinen heißen Atem in ihrem Gesicht, seine Umklammerung war hart und unnachgiebig.

Lila trat, kämpfte, versuchte den Griff des Mannes zu lockern, versuchte, an die Selbstverteidigungstechniken zu denken, die sie gelernt hatte. Aber dies war kein normaler Mensch, der sie da fortschleppte, mit Wahnsinn im Blick und einer unglaublichen Schnelligkeit.

Und immer noch war sie unfähig zu schreien.

4

Jay und Gozan betrachteten den Seismographen und ahnten nichts von dem, was sich hinter ihrem Rücken abspielte.

Endlich gelang es Lila jedoch, einen verzweifelten Schrei auszustoßen. Jay und Gozan fuhren herum und sahen die alte geisterhafte Gestalt mit ihrem sich wehrenden Opfer unter dem Arm schnell in der Ferne verschwinden. Sie starteten eine aussichtslose Aufholjagd, sie wußten, daß es kaum möglich war, den Vorsprung aufzuholen.

Der alte Mann blickte sich um und blieb schließlich stehen. Was jetzt? dachte Lila. Sie hatte vor, ihm bei der ersten falschen Bewegung die Augen auszukratzen.

Aber er ließ sie sanft zum Boden hinunter und murmelte: »Hier wirst du in Sicherheit sein.« Dann rannte er wie ein erschrecktes Tier davon.

Einige Sekunden später erreichten Jay und Gozan sie.

»Bist du in Ordnung?« fragte Jay.

Lila formte gerade die Lippen zu einer Antwort, als alle drei auf einmal von einem unglaublichen orangenen Lichtblitz geblendet und dann von einer gewaltigen, ohrenbetäubenden Explosion überrascht wurden. Sie ließen sich in den Sand fallen und schützten mit den Händen sich selbst und die anderen.

Die Ausrüstungshütte platzte in einem Feuerball auseinander, und Bruchstücke der Ausrüstung wurden in alle Richtungen geschleudert. Eine dicke Rauchwolke stieg zum Himmel auf. Das Geräusch der Detonation raste in die umliegenden Berge und Felsenschluchten, wo es in Hunderte einzelner Geräusche aufgesplittert wurde, die über das Tal zurückhallten und die Luft und den Boden der Wüste mit Echo auf Echo, Explosion auf Explosion peitschten. Bretter und Splitter kehrten als ein bedrohlicher Schauer auf die Erde zurück; Papierfetzen rieselten wie glühende Schneeflocken herab.

Jay riskierte einen vorsichtigen Blick. Das Schlimmste war überstanden. Gozan und Lila richteten sich auf. Gozan war der erste, der wieder sprach, oder vielmehr schrie.

»Der Schamane! Der Schamane der Wüste! Er war es! Geht es Ihnen gut, Miss Lila?«

»Hat er dich verletzt?« fragte Jay.

Lila antwortete: »Nein, ich glaube nicht. Wie geht es dir?«

»Mach dir um mich keine Sorgen.« Jay wandte sich Gozan zu. »Gozan, was haben Sie gerade gesagt?«

Gozan zitterte vor Furcht. »Es war der Schamane der Wüste. Er hat die Gerätehütte in die Luft gejagt.«

»Sie wissen, wer das war?«

Gozans Augen waren furchtgeweitet; er zitterte am ganzen Körper. »Der Schamane! Ein Magier! Unsterblich! Er ist Teil der Legende, die sich um die Tür rankt. Man sagt, daß er sie bewacht und daß er über die Macht verfügt, jeden zu vernichten, der es wagt, dem Fluch zu trotzen.«

Lila bemerkte skeptisch: »Du meine Güte! Wir hätten es besser wissen sollen, als Sie zu fragen.«

»Es ist aber *wahr*, Miss Lila. Sie waren in furchtbarer Gefahr.«

»Was für ein Magier!« sagte Jay. »Er kommt mir eher wie ein kleiner Saboteur vor. Gut, daß wir in der anderen Hütte noch weiteren Sprengstoff haben.«

Gozan schüttelte den Kopf, stampfte vor Verzweiflung auf den Boden, und stöhnte seine Klagen. »Wir sind dem Tode geweiht! Wir haben den Zorn des Schamanen erregt! Alles wird sich gegen uns stellen! Unser Leben ist nun für einen furchtbaren Tod vorbestimmt!«

»Das ... das glaube ich nicht«, sagte Lila. »Das glaube ich ganz und gar nicht.«

»Wieso nicht?« fragte Jay.

»Ich glaube nicht, daß er mich entführen wollte. Hast du gesehen, wie er mich bis hierher getragen und dann abgesetzt hat? Er sagte etwas davon, daß ich hier in Sicherheit sei. Ich glaube, er hat einfach versucht, mich von der Explosionsstelle fortzubringen. Er versuchte, mich vor Schaden zu bewahren.«

Jay konnte den Sinn darin erkennen, aber zu viele andere Dinge ergaben immer noch keinen Sinn. »Er hat uns gewarnt, die Tür zu öffnen. Dann hat er unsere Ausrüstung in die Luft gejagt, offensichtlich, um zu verhindern, daß wir unser Ziel erreichen. Was bezweckt er nur damit?«

»Nun, ich merke gerade, das Beben hat aufgehört.«

Jay grinste ein wenig. »Und ich habe nicht einmal mitgekriegt, seit wann. Schwesterherz, ich hätte nie gedacht, daß du aufregender sein könntest als ein Erdbeben.«

»Nun, erwarte bloß nicht, daß ich zu deiner Unterhaltung noch einmal so etwas durchmachen werde.«

Gozan blickte wie ein Häufchen Elend auf und murmelte: »Die Erde bebte nur, als *er* hier war!«

Lila war bereit, das Thema zu wechseln. »Dad wartet auf einige Zünder«, sagte sie und stand auf.

»Ja«, sagte Jay zustimmend. »Laßt uns unsere Arbeit fortsetzen. Huii! Wartet nur ab, bis er das Chaos hier oben sieht!«

Dr. Cooper hörte sich den Bericht von Jay und Lila an und kam nicht umhin, sich auch Gozans farbenprächtige Ausschmückungen anhören zu müssen. Dann stand er für einen Moment nachdenklich da, während das Team auf seinen nächsten Befehl wartete. Er blickte finster drein, wühlte mit seiner Schuhspitze im Sand, ging auf und ab, während seine Hände seine stillen Gedanken gestikulierend unterstützten, und dann starrte er die Tür lange Zeit an, wie ein Gladiator seinen Gegner betrachtet, wie ein General, der die Waffenstärke des Feindes einschätzt. Er starrte vor sich hin, er dachte nach, und sie alle warteten währenddessen. Einmal atmete er tief und lange durch.

»Die Antwort auf all das liegt hinter dieser Tür«, sagte er schließlich. Dann schaute er Bill an, der immer noch seinen geliebten Sprengstoff in den Händen hielt, und sagte: »Öffne sie.«

Bill lächelte sehr zuversichtlich und ging sofort an die Arbeit, indem er der Mannschaft erklärte, wie sie die Sprengladungen rund um die Tür herum anbringen sollten. Sie benutzten Seile und Leitern, um so hoch wie möglich an den Seiten der Tür hinaufzureichen, wobei sie vorsichtig den Sprengstoff in die Ritzen im Gestein steckten. Bill inspizierte jede Ladung, die Arbeit jedes einzelnen, jede einzelne Menge des Stoffes. Alles würde haargenau stimmen müssen. Die Arbeit nahm mehrere Stunden in Anspruch.

Dann versammelten sie sich alle, diesmal nicht am Fuß des Aufganges, sondern ganz oben an der Oberfläche, am Rande des Drachenschlundes. Bill würde dieses Mal einen Funkzünder und eine Reihe von speziellen Überträgern verwenden. Diesmal durfte niemand in der Nähe sein, wenn es zur Explosion kam.

»Nun Sir«, sagte Bill und blickte sie alle an, »wenn das die Tür nicht öffnet, dann wird es auch nichts anderes schaffen. Ich hoffe nur, daß wir nicht die ganze Höhle zum Einsturz bringen.«

»Ich vertraue dir, Bill«, sagte Dr. Cooper.

»Danke schön«, sagte Bill ziemlich grimmig. Er war wegen dieser Explosion besorgter, als man es sonst von ihm gewohnt war. »Haltet eure Hüte fest!«

Er legte den Schalter um. Jay, der den Seismographen beobachtete, sah sofort, wie die Nadeln vom Papier sprangen. Jeder konnte das Grollen der Detonation unter den Füßen spüren. Der Schlund des Drachen begann zu rumpeln und zu grollen und ließ dann ein unglaublich zorniges Fauchen aus Staub, Rauch und Gas los, die aus dem Schacht wie die Eruption eines Vulkans herausschossen. Sie alle brachten sich noch ein Stück weiter in Sicherheit, als die Wolke sich aus dem Höhlenschacht ergoß und schwarz und ekelhaft über dem Wüstenboden ausbreitete.

»Juchhuuu!« schrie Bill auf. »Das war spitze!«

»Was mag dort unten geschehen sein?« fragte sich Dr. Cooper. »Ich wäre nicht überrascht, wenn du dort unten alles vernichtet hättest.«

»Vertrauen Sie mir«, sagte Bill.

Um sicherzugehen, warteten sie bis zum folgenden Tag ab, ehe sie die Höhle wieder betraten. Als sie in den großen Raum kamen, konnten sie sehen, daß Bills Vorhaben ziemlich erfolgreich gewesen war. Das Gewölbe selbst war einer verheerenden Verwüstung entgangen; die ganze Gewalt der Explosion hatte sich auf die Wand am anderen Ende des Raumes konzentriert.

Sie eilten auf diese Wand zu, indem sie sich durch das Halbdunkel vorwärtstasteten. Tom fand schließlich den Schalter, um die Lichter am anderen Ende der Höhle einzuschalten. Die Flutlichter gingen an, die große Wand wurde hell erleuchtet, und sie alle standen verblüfft, mit offenen Mündern da und trauten kaum ihren Augen.

»Oh!« war alles, was Dr. Cooper sagen konnte.

»Ich ... ich glaube es einfach nicht!« sagte Bill.

Die Tür war durch die Explosion nun völlig vom Schmutz befreit und erstrahlte wie glühende Bronze; auch die Wände um sie herum waren durch die Detonation abgeschliffen worden. Aber die Tür war weiterhin fest geschlossen. Sie hatte sich kein Stück bewegt.

Sie alle traten näher an die Tür heran. Die gesamte Tür lag jetzt frei, jeder Zentimeter von ihr; der Schmutz und Staub der Jahrhunderte war verschwunden. Die Fugen waren frei, und viele der umliegenden Felsen waren zu Staub zermahlen worden.

Aber die Tür saß immer noch fest in der Wand. Sie erhob sich abwehrend über sie, wie der mysteriöse Eingang zu dem Schloß eines Riesen.

Jay war, ebenso wie die anderen, erstaunt und beeindruckt. Tatsächlich konnte man jetzt erkennen, daß die Tür sehr schön war, wenn sie, wie jetzt, im Licht schimmerte. Seine Augen wanderten die Fugen entlang die Tür hoch, betrachteten noch einmal die seltsame Inschrift, die auf halber Höhe stand, und bemerkte dann etwas, was keiner vor ihm entdeckt hatte.

»Dad«, sagte er, »schau einmal, dort.«

»Wo?«

»Siehst du, da vorne? Direkt über der Inschrift. Was ist das?«

Dr. Cooper blickte zu der Stelle hoch, und die anderen taten es ihm nach. Tom gluckste ein wenig.

Dr. Cooper sagte leise: »Das darf doch nicht wahr sein!«

Lila sprach schließlich laut aus, was alle dachten. »Das sieht wie eine Art Schlüsselloch aus.«

Dr. Cooper mußte beinahe selbst lachen, als er sagte: »Genau so sieht es aus. Die letzte Sprengung hat es freigelegt.«

»Die Legende!« stieß Gozan hervor. »Die Inschrift, Doktor!«

»›Der Stern, der durch den Himmel flog, wird den Schlüssel bringen, und alles wird freigelassen werden‹«, zitierte Dr. Cooper. »Großartig! Ist also irgendwo ein Schlüssel, um dieses Ding zu öffnen?«

Bill, der kaugummikauend neben Dr. Cooper stand, kam zu der Schlußfolgerung: »Nun, wenn man einmal betrachtet, wie mein Sprengstoff gewirkt hat, dann wäre ein Schlüssel vielleicht ganz hilfreich.«

»Es wird Zeit für ein Gerüst«, sagte Dr. Cooper. »Laßt uns eine Plattform auf diese Höhe errichten, damit wir uns dieses Schlüsselloch, oder was immer es ist, genauer ansehen können. Hat irgend jemand hier Erfahrung im Schlösserknacken?«

Keiner meldete sich.

Dennoch begaben sie sich an die Arbeit und begannen, ein Gerüst zu errichten, um an das Schlüsselloch zu gelangen.

Lila besorgte einige der Werkzeuge. Nach der Explosion war der feine Staub, der sich gebildet hatte, zu einem Problem geworden, und sie stellte fest, daß sie einige der verstellbaren Zangen erst einmal reinigen mußte, bis sie sie lösen konnte. Sie griff in ihre Hosentasche, um ein Taschentuch hervorzuholen, fand dort aber statt dessen ein kleines Stück Papier.

Sie faltete es auseinander und fand einige seltsame Schriftzeichen darauf. Sie blickte finster drein und verdrehte die Augen, während sie das Blatt studierte, und dann rief sie Jay.

»Jay, sieh dir das an!«

Jay schlug einen Nagel in die Wand und trat anschließend zu ihr. »Was um alles in der Welt ...?«

»Dieser seltsame alte Mann muß mir dies in die Tasche gesteckt haben, als er mich gestern abgesetzt hat. Kannst du die Worte entziffern?«

Die beiden hielten den Zettel ins Licht, um besser sehen zu können. Das Geschriebene war schwierig zu lesen, aber gemeinsam entzifferten sie schließlich folgendes: »Bitte treffen Sie mich ... 1107 ... Straße des Skorpions ... morgen bei Sonnenuntergang. Ich werde alles erklären.«

»Oh, Mann!« sagte Lila. »Das ist heute abend.«

Jay rief: »Dad, ich glaube, du siehst dir dies besser einmal an.«

Die Sonne war ein riesiger roter Feuerball, der gerade die Sanddünen am Horizont berührte, als Dr. Cooper mit dem Jeep die Stadtgrenze von Zahidah passierte. Jay und Lila studierten eine ungenaue Straßenkarte der Stadt und versuchten, die Straße des Skorpions auf ihr zu entdecken.

»Oh«, sagte Lila, »hier ist sie. Im Ostteil der Stadt.«

»Das habe ich bereits befürchtet«, sagte Dr. Cooper. »Das ist der am wenigsten einladende Teil von Zahidah. Es ist ein Gewimmel von kleinen Gassen, ein Ameisenhaufen von verarmten, verzweifelten Menschen. Es ist voll von Dieben, Kriminellen, Okkultisten, Zauberern ...«

»Schamanen?« fragte Jay.

»Zumindest einem, vermute ich.«

»Was tun wir, wenn es eine Falle ist?«

»Damit müssen wir rechnen. Ich habe gehört, weshalb die örtliche Miliz sich nie diesem Gebiet nähert. Teilweise, weil es hier für einen Kriminellen zu viele Schlupfwinkel gibt, um sich zu verstecken, und teilweise aus Angst und Aberglauben. Ich glaube, dieser Alte weiß das genau.«

»Das wird ja immer schlimmer«, sagte Jay.

»Nun, wer immer er ist, wenn er uns wirklich hätte töten wollen, hätte er das schon früher leicht erledigen können.«

Lila fügte hinzu: »Und ich glaube immer noch, daß er versucht hat, mir das Leben zu retten.«

»Aber er hat unsere Ausrüstungshütte in die Luft gesprengt«, wurde sie von Jay erinnert.

»Offensichtlich«, stellte Dr. Cooper fest, »will er uns nur aufhalten, nicht töten. Dafür muß es einen Grund geben.«

Sie fuhren in die Stadt und bogen in östliche Richtung ab. Beinahe von einer Sekunde auf die andere, als würden sie eine Grenze passieren, gelangten sie von einer Stadt von königlichem Glanz in einen stinkenden See von Verwahrlosung und Schmutz. Sie fuhren an windig gebauten Baracken und Hütten vorbei, die aus Holzresten, Wellpappe, alten Autoteilen, allem, was man finden konnte, bestanden. Der Rauch von Holzfeuern hing in der Luft wie dicker, stechender Smog; streunende Hunde durchstöberten in Rudeln die Straßen; zerlumpte, halbnackte Kinder spielten im Dreck. Die Straßen waren kaum mehr als winzige Zwischenräume zwischen endlosen Reihen von alten Steingassen mit rattenverseuchten Rinnsteinen und dreckigen Menschen mit ausdruckslosen Gesichtern und leeren Blicken.

Sie fuhren in ein Gewirr von kleinen Gassen, die sich zwischen, um, durch und unter alten Gebäuden aus Stein und Ziegeln, Holz und Lehm, Gerümpel und Resten schlängelten. Die Nacht und die Gegend wurde finsterer und finsterer, und Jay versuchte, die Karte mit Hilfe einer Taschenlampe zu lesen. Auf Jays Anweisungen hin fuhr Dr. Cooper erst links, dann rechts, dann lenkte er den Jeep unter einer sehr niedrigen Brücke hindurch, dann fuhr er über einen alten Platz, vorbei an einem zerbrochenen Brunnen, aus dem grüner Schlick auslief. Von dort aus wanden sie sich immer tiefer und tiefer in das Straßengewirr. Die Steinwände der trübseligen Unterkünfte begannen nach einiger Zeit alle gleich auszusehen.

Dr. Cooper brachte den Jeep neben einem alten Mann mit einem räudigen, von Abfällen ernährten Hund zum Stehen. Er redete auf den Mann in zwei oder drei verschiedenen Sprachen ein, bis er schließlich eine Antwort bekam und ein Finger des Mannes ihnen die Richtung wies. Sie fuhren weiter.

Der letzte Rest Tageslicht war verschwunden, als Dr. Cooper den Jeep in etwas, das wie eine Sackgasse aussah, zum Stehen brachte. Steinwände erhoben sich überall um sie herum wie die Wände eines Canyons — oder eines Gefängnisses. Es gab eine Reihe von kleinen Fußwegen, die aus diesem winzigen Platz herausführten, aber keiner davon war breit genug für ein Fahrzeug. Dr. Cooper leuchtete mit seiner Taschenlampe hierhin und dorthin und entdeckte schließlich die seltsamen, fremden Schriftzeichen auf einem verbleichten Straßenschild.

»Die Straße des Skorpions«, sagte er.

»Na, wunderbar«, sagte Lila mit einem unguten Gefühl.

Dr. Cooper überprüfte seine Pistole. »In Ordnung, laßt uns gehen.«

Sie stiegen aus dem Jeep und gingen auf den kleinen Durchgang zu, der auf irgendeine seltsame Weise diesen Straßennamen erlangt haben mußte und in die Dunkelheit führte. Von ihrer Position aus betrachtet, sah die Straße wie eine gefährliche, dunkle Tropfsteinhöhle aus, mit Steinmauern, die sich direkt in die Schwärze der Nacht erhoben, und einem feuchten, schmierigen Boden, der durch die Lichtstrahlen ihrer Lampen schimmerte.

»Bleibt dicht zusammen«, sagte Dr. Cooper.

Sie betraten die kleine Gasse, einen Schritt nach dem anderen, blickten sich genau um und versuchten so leise wie möglich zu sein. Die dicke, feuchte Luft schien das Geräusch eines Kicherns oder eines feindseligen Lachens herüberzutragen. Sie konnten die unsichtbar bleibenden Ratten direkt vor ihren Füßen umherrennen hören. Miaauuuuu! Ein schwarzer Kater sprang zur Seite, und die Kinder sprangen ein Stück zurück.

Trübe, gelbe Kerzen brannten in den Fenstern, an denen sie vorbeigingen, und dunkle Schatten bewegten sich geräuschlos in diesen Räumen. Gelegentlich begegneten sie dem Blick gelber Augen, die gesichtslos in der Dunkelheit zu schweben schienen. Die Augen starrten sie für einen Moment an, um dann desinteressiert zu verschwinden.

»Paßt auf, wo ihr hintretet«, flüsterte Dr. Cooper, und sie alle umgingen vorsichtig ein tiefes Loch, das sich in der Mitte der Gasse befand — ein Loch, das nach Abwassern und verhungerten Kadavern stank.

Wieder hörten sie das Kichern. Es klang teuflisch.

»Wie weit müssen wir denn noch gehen?« flüsterte Lila, während sie direkt hinter Jay herging.

»Ich weiß nicht«, antwortete Jay leise. »Ich kann keine einzige Hausnummer erkennen.«

»Nun, ich hoffe nur ...«

Dann ertönte ein erstickter Aufschrei, ein Füßescharren, das Rascheln von Kleidung, und dann herrschte absolute Stille. Jay griff hinter sich und tastete mit seiner Hand vor und zurück, aber er fühlte nichts.

»Lila?« Keine Antwort. »*Lila*?«

Dr. Cooper hörte Jays erstickten Aufschrei, dann ein Handgemenge und ein Scharren über den Boden. Er wirbelte herum, und der Strahl seiner Lampe erfaßte gerade noch einen Fuß, der durch eine sehr niedrige Türöffnung verschwand.

»*Jay*!«

Er stürmte zur Tür, rannte durch sie hindurch und befand sich augenblicklich in etwas, was ihn an einen Maulwurfsgang erinnerte. Die Decke war so niedrig, daß er fast kriechen mußte. Er blickte sich um und sah, wie sich eine Tür am Ende des Ganges gerade schloß. Er eilte auf sie zu, aber sie fiel ins Schloß, bevor er sie erreichen konnte. Sie war verschlossen.

Die 357 kam zum Einsatz, und Feuer blitzte aus dem Lauf, als der Tunnel von den Schüssen widerhallte. Das Schloß gab nach, und Dr. Coopers Stiefel übernahm den Rest. Er stürzte durch den Türrahmen und stand vier weiteren Gängen gegenüber, die alle in verschiedene Richtungen führten. Er lauschte angestrengt. Aus einem der Gänge konnte man gerade noch leise Schlurfgeräusche wahrnehmen. Er rannte in diesen Gang, kam an eine weitere Tür, ging durch sie hindurch, landete in einer Sackgasse, eilte zurück, probierte einen anderen Durchgang aus, fand dort nichts, versuchte einen dritten, kam an eine Tür, ging durch sie hindurch ... und fand sich an seinem ursprünglichen Ausgangspunkt wieder.

Er blieb regungslos stehen. Er blickte sich um. Er horchte.

Er hörte das teuflische Kichern wieder, zusammen mit dem fernen Schrei einer Katze und dem Trippeln von Rattenfüßen in der Dunkelheit. Er hörte und fühlte das stetige, stinkende Tröpfeln der Fäulnis, die in der schweren, feuchten Luft lag.

Sonst war nichts mehr zu hören.

Präsident Al-Dallam saß gerade bequem auf seiner weichen Couch in seinen Privatgemächern, kaute auf Rosinen und Nüssen herum und beobachtete eine Satellitenübertragung eines Fußballspieles auf seinem Großflächenbildschirm, als die großen, ornamentgeschmückten Türen aufflogen und Dr. Cooper wie eine Invasion einer Armee in den Raum stürmte.

»Herr Präsident!« rief der Amerikaner aus.

Der Präsident, völlig verwirrt, war sofort auf den Beinen, seine Augen waren mit Überraschung und Fragen gefüllt, seine fetten Wangen mit einer Ladung Rosinen.

»Was soll das bedeuten?« verlangte er zu wissen.

Eine äußerst imposante Wache tauchte hinter Dr. Cooper auf und versuchte ihn festzuhalten, aber Dr. Cooper stieß seinen Ellbogen in den Magen der Wache und war offensichtlich darauf eingestellt, sich noch weiter zu verteidigen.

»Laß ihn in Ruhe«, befahl der Präsident. Die Wache verließ verschämt den Raum. »Doktor, was Sie gerade gemacht haben, war höchst ungehörig!«

»Herr Präsident, ich habe für lange Anstandsfloskeln keine Zeit. Meine Kinder sind entführt worden.«

»Was?«

»Wir wollten zu einem Treffen in die Stadt gehen, und jemand hat sie geschnappt und verschleppt. Ich brauche Ihre Unterstützung! Ihre Polizei! Ihre Miliz!«

Der Präsident schien den Ernst der Lage nur äußerst schwerfällig einzusehen. »Entführt?«

»Sie kennen doch die Bedeutung dieses Wortes?« fragte Dr. Cooper sarkastisch.

Al-Dallam war von dieser Bemerkung verwirrt. »Natürlich kenne ich die Bedeutung ...«

»Dann müssen Sie mir helfen. Wir haben keine Zeit zu verlieren.«

Aber der Präsident rollte nur empört mit den Augen und sank wieder auf seine Couch zurück.

»Entführt«, stöhnte er unwillig. »Oh, diese Kinder! Ich wußte, daß sie Ärger machen würden. Doktor, ich habe Sie hierher eingeladen, um diese mysteriöse Tür zu öffnen, und Sie bringen mir statt dessen nichts als Probleme. Kinder, die sich verlaufen haben!«

Dr. Cooper glaubte, nicht richtig zu hören. Er ging um die große Couch herum und sah dem Präsidenten direkt ins Gesicht.

»Können Sie nicht einmal an etwas anderes als diese Tür denken? Haben Sie überhaupt ein Herz? Meine Kinder befinden sich in Gefahr! Ich verlange von Ihnen, daß Sie etwas unternehmen! Ich biete Ihnen eine Belohnung an!«

Bei dieser Bemerkung ertönte ein plötzliches Schnarchen und dann die schläfrige Frage: »Eine ... Belohnung?«

In einer Ecke auf der anderen Seite des Zimmers erschien Gozans zerzauster Kopf über der Rückenlehne einer Couch, auf der er geschlafen hatte. Die Erwähnung einer Belohnung hatte ihn geweckt.

Dr. Cooper meinte, was er gesagt hatte. »Ja, ich biete demjenigen eine Belohnung, der meine Kinder wiederfindet.«

»Wieviel?« fragte Gozan, und seine Zähne glitzerten unter einem gierigen Lächeln.

»Nennen Sie Ihren Preis.«

Der Präsident sprang wieder auf, er wurde immer wütender. »*Mein* Preis besteht darin, daß Sie die Tür aufbekommen! Deshalb habe ich Sie hierherholen lassen!«

Aber Dr. Cooper zählte nicht zu den Leuten, die sich von oben herab behandeln oder einschüchtern ließen, noch nicht einmal von diesem hohen Potentaten. »Es werden keine weiteren Arbeiten an der Tür ausgeführt, bis meine Kinder wieder in Sicherheit sind.« Seine Augen verengten sich, und er fügte hinzu: »Punkt.«

Der Blick des Präsidenten sank nach unten und wanderte dann zu der Stelle, wo Gozan saß. »Gozan, finde diese Kinder.«

Gozan erhob sich mit der Anmut einer Schnecke von der Couch und sagte: »Natürlich, natürlich. Für eine *Belohnung*.«

»Dein *Leben* vielleicht?« erwiderte der Präsident kalt.

Es war erstaunlich, wie schnell sich Gozan auf einmal zur Mitarbeit entschloß. Er eilte energisch auf Dr. Cooper zu und fragte: »Wo wurden die Kinder zuletzt gesehen, guter Doktor?«

»In der Straße des Skorpions im Ostteil der Stadt.«

Hätte Dr. Cooper Gozan ein Messer durch das Herz gestoßen, hätte er die gleiche Reaktion erlebt.

»Die ... Straße des Skorpions!« keuchte Gozan.

Auch der Präsident war sehr verstört. »Was hatten Sie *dort* zu suchen?«

Gozan ließ seine Finger gegeneinander trommeln, als er sagte: »Der Schamane! Es muß der Schamane gewesen sein!«

»Das stimmt«, antwortete Dr. Cooper.

Das Gesicht des Präsidenten wurde rot vor Zorn. »Er ist also wieder aus seinem Versteck gekommen und hat dieses Unheil verursacht?«

Gozan erklärte: »Herr Präsident, er ist jetzt bereits

zweimal am Schlund des Drachen erschienen. Er hat schon vorher versucht, das Mädchen Lila zu entführen, aber wir konnten ihn verjagen, und dann sprengte er die Ausrüstungshütte in die Luft.«

Der Präsident sank wieder auf seine Couch zurück, aber ganz offensichtlich fühlte er sich keineswegs wohl. »Der Schamane ist wieder aufgetaucht!«

»Was wissen Sie über diesen ... diesen Schamanen?« wollte Dr. Cooper wissen.

»Er ist ein Magier«, sagte Gozan, »ein mächtiger Zauberer!«

»Er ist ein Unruhestifter!« konterte der Präsident. »Eine Bedrohung für dieses Land und für meine Pläne! Bei jeder Ankunft einer Expedition, die vorhat, den Schlund des Drachen zu betreten, kommt dieses unfaßbare, runzlige kleine Wiesel aus seinem Schlupfloch und spielt sich als eine Art Orakel, einen Verkünder des Unheils auf! Er hat mir mit seinen Flüchen gedroht, und nicht nur mir, sondern auch dem ganzen Land, in dem Versuch, uns davon abzuhalten, die Tür zu öffnen!«

»Und warum haben Sie ihn nicht festgenommen?«

»Er lebt in der Straße des Skorpions!« antwortete Gozan.

Al-Dallam fügte verdrossen hinzu: »Die Straße des Skorpions ist für jeden Außenstehenden eine tödliche Falle, besonders für unsere Miliz. Das Ganze käme einer Suche nach einem lebensgefährlichen Raubtier in dessen eigener Höhle gleich. Es gibt dort Hunderte geheimer Wege, Hintergassen, Durchgänge, Verstecke und Fluchtwege, die nur der Schamane kennt. Wenn wir dieses Straßengewirr betreten würden, würden wir uns direkt in seine Hände spielen, und er könnte mit uns nach seinem Belieben verfahren.«

»Und genau das hat er mit Jay und Lila gemacht«, sagte Dr. Cooper.

»Sie schweben in höchster Gefahr«, sagte Gozan. »Wir müssen ... wir müssen sie finden ... irgendwie!«

Zur gleichen Zeit hockten Jay und Lila an eine Wand gelehnt auf dem Boden eines sehr engen, dunklen und feuchten Flachdachhauses, das tief in dem undurchdringlichen Gewirr von gewundenen Straßen, Sackgassen und versteckten Pfaden lag. Beide blickten zu etwas empor, was wirklich wie ein Geist aussah: Dem im Halbdunkel stehenden, zerlumpt gekleideten, ledergesichtigen alten Mann, dem Schamanen der Wüste. Er stand dort zitternd gegen eine roh wirkende Holztür gelehnt, das gelbe Licht einer einzigen Kerze warf einen langsam tanzenden Schatten hinter seinem Rücken.

Jay fand als erster die Sprache wieder, und er zeigte sich verärgert. »In Ordnung, Sie haben uns entführt, Sie haben uns hier hineingeworfen, und ich nehme an, Sie werden uns nicht wieder gehen lassen. Was haben Sie jetzt vor?«

Der alte Mann blockierte die Tür, aber seltsamerweise schien er durch Jay und Lila ebenso verängstigt zu sein wie sie durch ihn.

Mit einer tiefen und zittrigen Stimme sagte er: »Bitte, tut mir nichts. Ich will euch nichts Böses.«

Jay und Lila guckten einander erstaunt an. Was für ein Entführer sollte das sein?

Die Augen des alten Mannes waren voll Furcht, und fast schien er sich gegen die Tür zu drücken, als stände er mit dem Rücken zur Wand.

»Erlegt mir keinen Fluch auf«, bat er, »und möge

ich Gnade in den Augen eures Gottes finden. Ich muß mit euch sprechen!«

Jay und Lila beschlossen, mitzuspielen; im Moment sah es so aus, als hätten sie die Oberhand.

»In Ordnung«, sagte Jay. »Was wollen Sie?«

»Ich habe gesehen, daß der Gott, dem ihr dient, mächtig ist — tatsächlich stärker als alle anderen Götter! Ich brauche eure Hilfe!«

»Nicht so schnell«, forderte Lila. »Lassen Sie uns erst einmal die Angelegenheit mit unserer Ausrüstungshütte, und weshalb Sie sie gesprengt haben, klären.«

»Ich mußte euch aufhalten. Ihr ... ihr dürft die Tür nicht öffnen. Glaubt mir, dahinter befindet sich kein Schatz, sondern nur das Böse.«

»Woher wollen Sie das wissen?« fragte Jay.

Als Antwort auf Jays Frage ging der alte Mann langsam auf ein Regal zu, schob eine dicke Decke zur Seite und hob eine seltsame schwarze Kiste heraus. Er trug sie zu dem Tisch in der Mitte des Raumes und holte die Kerze näher heran.

»Ich«, sagte der alte Mann, »bin der Hüter der heiligen Truhe.«

»Der heiligen Truhe?« fragte Lila, als sie und Jay auf den Tisch zugingen.

Der alte Mann drehte die schwarze Truhe in ihre Richtung, so daß sie einen besseren Blick auf den Deckel werfen konnten.

»Jetzt schau dir das an!« entfuhr es Jay.

»Die Inschrift!« rief Lila aus. »Es ist genau dieselbe Inschrift wie die auf der Tür.«

Jay konnte die ihm bereits bekannten Symbole entziffern. »Der Stern, der durch den Himmel flog...«

Der alte Mann vervollständigte den Satz, wobei er auf die jeweiligen Symbole auf dem Deckel deutete, während er sie vorlas: »... wird den Schlüssel bringen, und alles wird freigelassen werden.«

»Was ist das für eine Kiste?« fragte Jay. »Was ist in ihr?«

»Unseren alten Traditionen zufolge«, sagte der alte Mann, »ist dies die heilige Truhe von Shandago, dem Gott der Erde.«

Jay fragte noch einmal: »Und was ist in ihr?«

Der alte Mann zögerte, bevor er antwortete, so, als sei er im Begriff, ein finsteres und verbotenes Geheimnis zu enthüllen. »Den alten Traditionen zufolge...« Wieder zögerte er. »... befindet sich in ihr der einzige Schlüssel zu der verbotenen Tür von Shandago!«

Jay und Lila blickten sich gegenseitig an. Sie versuchten zwar, ihre Aufregung zu verbergen, aber dies war nun wahrlich eine sehr, sehr faszinierende Entdeckung.

»Die Tür von Shandago?« fragte Jay.

»Die Tür im Schlund des Drachen!«

»Und Sie haben den Schlüssel?« fragte Lila.

»Nach den Überlieferungen enthält die heilige Truhe den Schlüssel...«

»Wissen Sie das nicht genau?« fragte Jay.

»Es ist verboten, die heilige Truhe zu öffnen.«

»Sie haben sie also nie geöffnet?«

»Nur Shandago, der Gott der Erde, kann die Truhe öffnen, und nur zu seiner vorbestimmten Zeit.«

»Ähh... welcher Religion gehören Sie eigentlich an?« fragte Lila.

Der alte Mann schaute sie mit Tränen in den Augen an und erklärte ihnen: »Ich bin... war... ein chaldäischer Hexer, ein Zauberer. Alle meine Vorfahren und meine Familie waren Chaldäer und Magier, belesen in den altertümlichen geheimnisvollen Religionen Babylons. Jahrhundertelang haben wir die Geister der Natur angebetet, den Mond, die Sterne ... und Shandago, den Gott der Erde!« Er blickte hinab auf die alte schwarze Truhe und ließ seine krummen ledrigen Finger über ihre Oberfläche gleiten, während er sagte: »Und wir waren die Hüter der heiligen Truhe von Shandago. Ich bekam sie von meinem Vater, der sie von seinem Vater bekommen hatte. Von Generation zu Generation ist das Hüten der heiligen Truhe uns vererbt und anvertraut worden.«

Jay fragte: »Und wir haben richtig verstanden, daß Sie niemals dieses Ding geöffnet haben, nicht ein einziges Mal?«

»Es ist *jedem* verboten, sie zu öffnen«, sagte der alte Mann, und seine Augen weiteten sich und schimmerten im Kerzenlicht. »Uns ist nicht einmal gestattet, davon zu sprechen. Mein Vater ...« Seine Stimme brach vor Furcht. »Mein Vater versuchte, die heilige Truhe zu öffnen, und er starb einen furchtbaren Tod! Er hatte keine Lehren aus dem Tod *seines* Vaters gezogen, der ebenfalls einen furchtbaren Tod erlitt, nachdem *er* versucht hatte, sie zu öffnen.«

»Mit anderen Worten, wir sprechen über einen Fluch«, sagte Lila.

»Ein Fluch, der ungebrochen bleibt«, sagte der alte Mann. Seine Augen blickten gespannt, als er sich vorbeugte und fragte: »Aber euer Gott ist mächtiger als jeder Fluch, ja? Ich habe gehört, daß ihr so etwas gesagt habt, und ihr seid bis zur Tür gelangt und habt überlebt!«

»Nun, er ist mit Sicherheit diesem ... diesem Shandago überlegen«, sagte Jay. »Aber wie paßt Ihr Gott in diese ganze Geschichte? Wollen Sie sagen, daß Ihr Gott der Erde diese Tür dort aufgestellt hat?«

Der alte Mann deutete wieder auf die Inschrift. »Er ist der Stern! Der Stern, der vom Himmel fiel!«

»Fiel? Ich dachte, das Wort bedeutete ›flog‹.«

»Er ist der Stern vom Himmel«, wiederholte der Alte. Dann senkte er seine Stimme und beugte sich tief über den Tisch, als wollte er ihnen Geheimnisse mitteilen. »Ich bin vom Geist eures Gottes verfolgt worden! Hört mir zu — euer Gott will mich nicht freigeben! Er ist mir gefolgt; er hat zu meinem Herzen gesprochen. Er hat meine Augen geöffnet, und ich erkenne jetzt, daß Shandago ein Lügner ist.«

Der alte Mann ächzte ein wenig und ließ seine Blicke durch den Raum schweifen, voller Furcht, daß vielleicht der heidnische Gott, dem er diente, diese verräterischen Worte gehört haben könnte. Verzweifelt flüsterte er weiter. »Diese heilige Truhe ... und die Tür im Schlund des Drachen ... und der Gott der Erde — sie alle bedeuten unaussprechliches Übel. Shandago hat gelogen. Er hat das Volk von Nepur zu der Meinung verleitet, daß hinter der Tür ein riesiger Schatz steckt, damit sie versuchen, die Tür zu öffnen, aber die Tür verbirgt ein fürchterliches Übel, das er über die Welt bringen will. Bitte, ich flehe euch an, öffnet die Tür nicht. Denkt nicht einmal daran.«

»Würden Sie uns für einen Moment entschuldigen?« bat Jay ihn und zog Lila zur Seite.

Die beiden steckten in einer Ecke des Raumes die Köpfe zusammen und hatten eine kurze Besprechung.

»Was hältst du von der Sache?« fragte Jay.

»Ich kenne mich mit dem, was er sagt, gar nicht aus. Was er da andeutet, ergibt keinen Sinn.«

»Nun, es ergibt schon Sinn, wenn du das, was er sagt, richtig deutest. Denk einmal nach, Lila.

Nimrod wurde im alten Babylon als Gottheit verehrt, und sie glaubten sogar, daß er zur Sonne wurde und jeden Tag über den Himmel zog.«

Lilas Augen leuchteten auf. »Der Stern vom Himmel?«

»Genau. All diese Furcht und der Aberglaube sind natürlich auch Teil der alten mystischen Religionen, aber laß all das beiseite, und was kommt dabei heraus?«

»Der Schlüssel zu dieser lausigen Tür.«

»*Und* dem Schatz von Nimrod.«

»Was machen wir jetzt also?«

»Wir beten und folgen dem Gebet.«

»In Ordnung.«

Sie gingen wieder zu dem alten Mann am Tisch zurück.

Jay fragte: »Wie können wir Ihnen helfen?«

Der alte Mann schien erleichtert, Jays Angebot zu hören. »Der Gott, dem ihr dient, ist mächtiger als alle anderen Götter, selbst als der Gott der Erde. Ich besitze diese Truhe nicht — sie besitzt *mich*! Shandago bestimmt mein Leben und bedroht mich mit seinen Flüchen, und jetzt ... seit ihr hier seid und euren mächtigen Gott mitgebracht habt, frage ich mich ...« Die Augen des alten Mannes füllten sich mit Tränen, und er begann zu zittern. »Ich frage mich, ob euer Gott mir keine Möglichkeit geben kann, zu entkommen, ob er mich nicht von dem Fluch der heiligen Truhe und von Shandago befreien kann! Euer Gott hat vielleicht Macht über den Fluch, der mich bindet.«

Lila sprach sanft. »Sein Name ist Jesus, und er hat Macht über diesen Fluch. Er hat Macht über jeden Fluch.«

Für den zitternden, verängstigten Schamanen waren das wunderbare Neuigkeiten. »Dann muß ich mich diesem Jesus zuwenden! Bitte, weil ihr den Namen von Jesus tragt, nehmt die heilige Truhe. Zerstört sie und den Fluch! Ihr könnt mich befreien!«

Lila beugte sich vor und sprach aus der Tiefe ihres Herzens. »Ich glaube, daß Sie nur von Ihrer Sünde befreit werden müssen.«

Der Alte schüttelte den Kopf. »Ich habe mein ganzes Leben in Dunkelheit und Furcht verbracht. Meine Sünden liegen wie eine Kette um mein Herz.«

»Hören Sie«, sagte Jay und legte seine Hand auf die Schulter des alten Mannes. »Sie haben einfach dem falschen Gott gedient. Lassen Sie uns Ihnen von Jesus erzählen.«

Und das taten sie auch. In dieser kleinen Hütte, beim Schein der einen Kerze, begannen Jay und Lila, dem alten chaldäischen Zauberer davon zu berichten, wie er seine altertümlichen okkulten Gaben aufgeben und wahren Frieden und Vergebung in Jesus finden konnte. Sie mußten die Frohe Botschaft in sehr vereinfachte Worte fassen, aber bereits nach kurzer Zeit begann der Alte zu verstehen, daß Jesus, der reine und heilige Sohn Gottes, den Preis für die Sünden der Menschen mit seinem eigenen Leben bezahlt hatte, so daß jeder Mensch frei von Sünde, Furcht und Tod sein konnte, und sogar frei von allen lügnerischen, bösen Göttern, die vielleicht sein Leben bestimmten.

Mit zitternden, zu einem brennenden Gebet gefalteten Händen, weinte der alte Mann und rief aus: »Ich schwöre dem Gott der Erde ab. Ich werde nicht länger die Sonne, den Mond, und die Sterne, noch die Geister der Toten anbeten. Ich bete jetzt Jesus und seinen heiligen Vater, den einzigen wahren Gott, an.«

Irgendwie schien der Raum auf einmal etwas heller zu werden. Der alte Mann weinte vor Freude, als

er zum Himmel emporblickte und seine Hände vor
Freude und zum Dank erhob.

Draußen vor dem kleinen Fenster, ungesehen von
den feiernden Heiligen in der Hütte, lauerte eine leise
verstohlene Gestalt in der Dunkelheit. Sie beobachtete sie und lauschte.

Der alte Mann holte tief Luft und lächelte zum ersten
Mal seit Jahren wieder.
»Ich bin gerade neu geboren!« rief er aus.
»Wiedergeboren ist der Ausdruck, den Jesus gebrauchte!« sagte Jay glücklich.
Der alte Mann klatschte lachend in die Hände. »Ja, ja! Ich habe angefangen, neu zu leben! Der Fluch, das Böse ist aus meinem Leben verschwunden!« Aber plötzlich wurde er wieder sehr ernst. »Aber die Tür! Die Tür ist immer noch da! Sie darf nicht geöffnet werden!« Er griff nach der schwarzen Kiste und legte sie Jay in die Arme. »Hier, bitte, du bist stark durch deinen Gott. Nimm die Truhe und zerstöre sie.«
»Gut«, sagte Jay, »aber zuerst werde ich sie öffnen.«
Das Gesicht des Alten wurde vor Schreck totenbleich. »Nein! Nein! Die Truhe zu öffnen bedeutet, sterben zu müssen!«
»Unser Gott ist mächtiger, erinnern Sie sich?«
»Ja, er ist mächtiger, aber ...«
»Machen Sie sich keine Sorgen«, sagte Lila. »Die Truhe kann jetzt nichts mehr anrichten.«
»Ich werde vorsichtig sein«, versicherte Jay ihm. »Aber es ist Zeit, daß diese seltsame kleine Kiste geöffnet wird.«

Der alte Mann entfernte sich aus Furcht, die er nicht unterdrücken konnte, vom Tisch, Jay aber zog sein Taschenmesser hervor und begann sehr vorsichtig, den Deckel zu erforschen.

Das alte, dunkle Holz war hart wie Stahl, und der Deckel lag sehr dicht auf. Wie die Tür, war auch die Truhe all die Jahrhunderte nicht geöffnet worden. Verbissen zwängte Jay die scharfe Klinge in den Spalt unter dem Deckel.

In genau diesem Moment schien das Licht in dem Raum schwächer zu werden.

Lila keuchte: »Was ist geschehen?«

»Beruhige dich«, sagte Jay. »Wahrscheinlich hat sich draußen eine Wolke vor den Mond geschoben, oder so etwas.«

Aus der dunklen Ecke kam die Stimme des furchtsamen alten Mannes. »Jesus, du wirst uns schützen, ja?«

»Das wird er.«

Jay hatte das Gefühl, einen kleinen Spalt in einer Ecke der Truhe gefunden zu haben. Von dieser Stelle aus arbeitete er weiter, erforschte jeden Zentimeter des Deckels und weitete den Spalt immer mehr. Kleine Stücke von Schmutz und Staub fielen auf den Tisch hinab.

Irgendwo weit draußen auf der Straße des Skorpions begann ein Hund ein langes, klagendes Heulen auszustoßen.

Lila wurde ungeduldig. »Jay, ich glaube, du beeilst dich besser.«

»Ich will diese Truhe nicht beschädigen«, antwortete er, während er langsam und methodisch weiterarbeitete.

Der Spalt wurde unter Jays geduldigen Bemühungen immer größer, und schließlich begann der Deckel sich von der Truhe zu lösen.

»Nur noch ein kleines Stück«, sagte Jay.

Er konnte das nervöse Atmen des Mannes aus der dunklen Ecke hören. Der ganze Raum erschien auf einmal so finster.

»Wie klappt es, Jay?« fragte Lila, und jetzt trat sie einen Schritt vom Tisch weg und beobachtete das Ganze aus der Entfernung.

»Er ist fast los«, antwortete er.

Er bohrte noch ein wenig mit der Klinge, und dann löste sich der Deckel und bewegte sich leicht nach oben. Er öffnete sich einen Spalt, und dann noch ein Stück.

Und dann ging die Truhe ganz auf.

Der Raum füllte sich mit einem alten fauligen Geruch, als ob eine Grabkammer gerade geöffnet worden wäre. Feiner grauer Staub fiel in kleinen Häufchen von dem Deckel herab, als Jay ihn auf den Tisch legte. Die ganze Truhe schien mit diesem Staub gefüllt zu sein. Jay nahm einen Löffel und tastete über die graue Oberfläche. Er stieß auf ein Stück Tuch, das jetzt völlig zersetzt und brüchig war, und schob es zur Seite. Es zerfiel zu Staub. Er entfernte vorsichtig diesen Staub und die kleinen Überreste, die nicht zerfallen waren.

Lila trat wieder näher an den Tisch heran, um besser sehen zu können, und mußte etwas von dem grauen Staub aus ihrer Nase niesen. Schließlich trat auch der alte Mann sehr verschüchtert an den Tisch, und die drei starrten in die Truhe.

Jay nahm den Löffel und begann vorsichtig, den grauen Staub und die Überreste vom Tuch aus der Truhe zu entfernen. Nach einigen Löffeln voll Staub schlug der Löffel gegen etwas Metallenes.

»Aha«, sagte Jay.

Er griff in die Truhe, ergriff, was immer es war,

was er da in die Hand bekommen hatte, und zog es langsam aus der Tiefe der Truhe hervor. Der Staub fiel von dem Gegenstand ab. Der Geruch war faulig und furchtbar.

»Bingo ... denke ich zumindest«, sagte Lila.

»Ich sehe es«, sagte der alte Mann. »Ich sehe es mit meinen eigenen Augen.«

Jay blies den Staub weg und polierte den Gegenstand mit einem alten Lappen. Je mehr er ihn abwischte, desto glänzender wurde er, bis sie sehen konnten, daß er aus einem wunderschönen, schimmernden, bronzeartigen Metall war.

Lila stellte fest: »Er ist aus demselben Metall wie die Tür!«

»Jetzt schau dir das an!« sagte Jay, hielt ihn in die Luft, drehte ihn hin und her und versuchte, aus der Form schlau zu werden.

Das Metallobjekt sah wie ein seltsames, außerirdisches Gartenwerkzeug aus — mit einem Griff an einem Ende, einem langen, dünnen Stiel, und schließlich einer seltsamen, klauenartigen Anhäufung von Fingern an dem anderen Ende.

Jay glaubte, die Funktion durchschaut zu haben. »Erinnerst du dich an die Form des Schlüssellochs in der Tür? Man hält dieses Ende, und dieses Stück mit den ganzen Fingern wird in das Schloß gesteckt, und schon ist es geschafft!«

»Der Schlüssel zur Tür von Shandago!« rief der Alte aus.

»Oder Nimrod«, fügte Jay hinzu.

Plötzlich spürten sie einen kalten Windhauch in ihrem Nacken, so daß sich ihre Nackenhaare aufrichteten. Draußen jaulten und jammerten jetzt noch mehr Hunde, deren Töne durch die vielen engen Straßen und Gassen gedämpft wurden.

»Ich habe Angst«, sagte der alte Mann.

Jay beachtete diese Bemerkung nicht; er war zu sehr mit seiner Theorie über den Schlüssel beschäftigt. »Natürlich, das ergibt einen Sinn. Die mystische Religion der Chaldäer und ihr Glaube stammte aus dem alten Babylon, von Nimrod. Offensichtlich vertraute Nimrod den Chaldäern, als er ihnen seine Religion vererbte, auch den Schlüssel zu seinem Schatz an. Das Hüten des Schlüssels wurde zu einem Teil ihrer Religion.«

»Da ist noch mehr«, sagte der alte Mann, dessen Augen vor Angst weit geöffnet waren, als er seinen Blick durch den Raum schweifen ließ und aus dem Fenster blickte. »Ich kann es fühlen. Das Böse ist heute nacht am Werk.«

Der kalte Wind blies wieder durch das Fenster und ließ sie mit eisigen Fingern aus Luft frösteln. Die Kerze flackerte.

»Lila, schau einmal, ob du das Fenster ganz schließen kannst.«

Lila trat nur einige Schritte ans Fenster heran und schrie dann laut auf.

»Was ist?« schrie Jay und eilte an ihre Seite.

»Dort draußen war jemand!« keuchte sie.

Der alte Mann war ebenfalls sofort zur Stelle und blickte aus dem Fenster.

»Ich sehe niemanden«, sagte er.

»Ich habe aber jemanden gesehen!« bestand Lila. »Jemand mit einem breitkrempigen Hut. Er stand genau vor dem Fenster.«

Die drei blickten auf die Straße, aber sie konnten in keiner Richtung jemanden sehen.

»Nun, er ist wohl verschwunden«, sagte Jay.

Sie wandten sich wieder dem Innenraum zu.

Der alte Mann keuchte. Er taumelte rückwärts

gegen die Wand, hielt sich sein Herz, und seine Augen waren mit Schrecken erfüllt.

Jay und Lila folgten seinem erschreckten Blick. Die schwere Tür stand offen, während kalter Nachtwind durch den Raum fegte, der bei ihnen eine Gänsehaut erzeugte und die Kerzenflamme umspielte. Auf dem Tisch in der Mitte des Raumes stand immer noch die offene Truhe.

Aber der Schlüssel — der Schlüssel zu der Tür — war verschwunden.

6

Jay stürmte zur Tür und schaffte gerade den ersten Schritt auf die Straße, bevor ihn der Alte mit einem stählernen Griff festhielt.

»Lassen Sie mich los!« schrie Jay. »Er hat den Schlüssel!«

»Nein! Nein!« blieb der alte Mann standhaft. »Nicht auf der Straße des Skorpions. Du wirst ihn niemals finden und dich verlaufen, und dann wird *er dich* finden!«

»Aber er hat den Schlüssel.«

»Er hat auch den Fluch.«

»Es gibt keinen Fluch.«

»Bist du dir da so sicher?«

Plötzlich ertönte ein furchtbares Donnergrollen, und ein kalter Windstoß fegte durch die Straße. Der Mond verschwand hinter einem brodelnden Vorhang tintenschwarzer Wolken, und in der ganzen Stadt begannen die Hunde zu heulen und zu bellen. Von irgendwoher ertönte ein Schrei, dann ein weiterer, und dann der nervenzerreißende Schrei einer Katze.

»Wir müssen euren Vater aufsuchen«, sagte der alte Mann. »Wir müssen ihm alles erklären. Ich zeige euch den Weg hier heraus.«

Die drei gingen in die furchtbare Dunkelheit hinein und eilten durch das Gewirr der engen Straßen und Gassen. Jay und Lila hatten keine Ahnung, wohin sie liefen, aber der alte Mann schien jede Abzweigung, jeden Durchgang, jede schmale Passage zu kennen. Er rannte voraus, zog sie an seiner Hand mit sich, duckte sich, rannte, schlüpfte durch Türen, unter Wänden hindurch und auf schmalen Simsen entlang. Sie sprangen von Dach zu Dach und kletterten lange, unsichere Treppen auf und ab.

Die Wolken über ihnen schäumten und brodelten immer weiter. Plötzlich begannen Blitze den Himmel zu zerteilen, gefolgt von markerschütterndem Donner, und das plötzliche, grelle Leuchten ließ sie zusammenfahren.

Der alte Mann rannte und rannte, wobei er Jay und Lila mit sich zog. Sie kamen an eine Mauer. Von hier aus führte eine alte Steintreppe nach oben und ein enger Gang nach unten.

»Die Treppe wäre der sicherste Weg«, sagte er, »aber der Tunnel ist der schnellste.«

»Wir nehmen den Tunnel«, sagte Jay.

Lila blieb keine Zeit, ihre Meinung dazu abzugeben, denn schon beugten sie sich hinunter in das enge Loch. Bald darauf rutschten sie auf ihren Hinterteilen einen schmierigen und schleimigen Abwasserkanal hinunter, der an vielen alten Steinfundamenten, Abwasserleitungen und Seitentunneln vorbeiführte. Ihre Reise endete abrupt in einem unterirdischen Gewölbe, wo sie Hunderte von katzengroßen Ratten aufschreckten. Jays Taschenlampe erfaßte die glänzend weißen Gesichter von unzähligen Totenköpfen, die sie von den Wänden herab angrinsten.

»Eine Grabkammer?« fragte er.

»Dieser Ort ist tabu, aber er ist ein sehr guter Durchgang, wenn man von Flüchen befreit ist«, sagte der Alte.

Die drei eilten weiter, duckten sich unter niedrigen Balken hindurch und rannten um enge Kurven, ihre Füße ließen große Pfützen schwarzen, ranzigen Wassers aufspritzen. Dicke herabhängende Spinnweben legten sich immer wieder um ihre Gesichter, aber sie rissen sie herunter und rannten weiter.

Endlich, nachdem sie sich durch einen sehr engen Zwischenraum zwischen zwei Wänden gequetscht hatten, kamen sie an einen Brunnenschacht, der in grausige Finsternis hinabführte, sich aber auch über ihnen fortsetzte. Wasser tropfte an seinen Wänden herab, während Blitze über der oberen Öffnung aufflackerten und von den feuchten Wänden reflektiert wurden, wobei sie den Schacht mit unheimlichen blauen Strahlen erleuchteten.

Der alte Mann begann mit Hilfe von primitiven Fuß- und Handgriffen den Brunnenschacht hinaufzuklettern, und Jay und Lila folgten ihm. Jeder Schritt war gefährlich glatt, und manchmal hielten sie sich nur noch an ihren Fingernägeln, verzweifelt nach irgendeinem Halt suchend. Unter ihnen verschwand der tiefe Brunnenschacht in der Finsternis, und sie konnten das mit Echos zurückgeworfene Tröpfeln von Wasser hören.

Plötzlich rutschte Lila ab. Sie griff nach Jays Fuß über ihr, während ihre eigenen Füße hilflos über dem Abgrund baumelten. Der alte Mann hielt Jay fest, bis Lila ihre Füße wieder in eine der glatten Nischen gesetzt hatte. Dann setzten sie ihren langen, senkrechten Aufstieg fort.

Sie konnten das Echo des Windes in den Schacht hinunterheulen hören, und Gewitterblitze tauchten plötzlich und gewaltig aus der Dunkelheit auf. Der Wind wirbelte in den Schacht hinab und sprühte ihnen eine feuchte Gischt ins Gesicht.

Schließlich, nach einigen letzten verzweifelten Griffen nach den rutschigen Steinen, tauchten sie aus dem Schacht auf und fanden sich auf einer großen, verlassenen Straße wieder. Um sie herum waren alle Fenster der Häuser fest verschlossen; nirgendwo war eine Menschenseele zu sehen. Die Wolken über ihnen brodelten immer noch wie wild, und die Blitze zuckten erschreckend nahe auf. Der alte Mann blickte sich um, sein Gesicht war von Furcht erfüllt.

»Bitte«, sagte er, während der kalte Wind ihm ins Gesicht blies, »wir müssen den Namen Jesus und seinen Vater, unseren Gott, anrufen. Das Böse ist heute nacht in dieser Stadt unterwegs. Vielleicht haben wir selbst es über uns gebracht.«

Plötzlich waren sie in einen grellen Lichtkegel getaucht. Die ganze Straße schien aufzuleuchten, und sie warfen sich zu Boden.

»Jay!« rief eine altvertraute, tiefe Stimme. »Lila!«

Es war ihr Vater! Das Licht kam von den Scheinwerfern seines Jeeps.

»Dad!« schrien sie auf. Sie rannten auf ihn zu, während er aus dem Jeep hüpfte und sie schließlich in seine Arme nahm.

»Seid ihr in Ordnung?« fragte er sie.

»Alles in Ordnung«, antwortete Jay.

»Mensch, wir haben dir etwas zu erzählen!« ging Lila dazwischen.

Dr. Cooper bemerkte nun den alten ehemaligen Schamanen, und seine Muskeln spannten sich an.

»Wer ist dieser Mann?« fragte er abweisend.

Jay versuchte, ihn zu beruhigen. »Ein Freund, Dad. Ein Freund, der es gut mit uns meint — und der ein neuer Gläubiger Jesu ist!«

Immer noch mit einer gewissen Zurückhaltung reichte Dr. Cooper dem ehemaligen Entführer seine Hand. »Ich bin Dr. Cooper ...«

»Ja, ja«, antwortete der alte Mann und ergriff Dr. Coopers Hand. »Der Vater dieser Kinder!«

»Steigt alle in den Jeep«, sagte Dr. Cooper. »Wir müssen zu dem Palast des Präsidenten zurückfahren. Ich habe etwas entdeckt, was für uns alle von größter Wichtigkeit ist.«

Sie kletterten alle in den Jeep, und Lila sagte: »Das haben wir auch, Dad.«

Während der Jeep aus dem Ostteil der Stadt herausraste, zurück zu dem wohlhabenderen Stadtteil, erzählten Jay und Lila Dr. Cooper alles, was sie erlebt hatten, besonders von der Entdeckung des einzigen Schlüssels zu der Tür und dem geheimnisvollen Dieb, der ihn gestohlen hatte.

Dr. Cooper hörte ihnen aufmerksam zu, dann sagte er: »Jay und Lila, ihr wißt nicht, wie ernst dies ist. Wir müssen den Schlüssel finden. Wir müssen den Präsidenten dazu bewegen, uns zu helfen, selbst wenn er dazu die ganze nepurische Armee aufbieten muß.« Der Jeep brauste bis vor den Präsidentenpalast, und alle vier rannten durch die großen Marmorhallen und stürmten dann durch die großen Teakholztüren in das Büro des Präsidenten.

Der Präsident war nicht da!

»Wo steckt er?« Dr. Cooper stellte diese Frage nur so in den Raum, ohne eine Antwort zu erwarten, während er überall nach einem Zeichen von diesem Mann Ausschau hielt. »Ich hatte ihn gerade erst verlassen, als ich mich auf die Suche nach euch machte. Wir müssen mit ihm sprechen.«

Dr. Cooper ergriff das Telefon auf dem Tisch des Präsidenten. Die Leitung war tot, aber er bemerkte, daß der Empfänger seltsame, rumpelnde Geräusche auffing.

Draußen krachte der Donner, und der Wind begann schreiend und heulend an den Fenstern zu rütteln, die Dachpfannen zu schütteln und die Dachbalken zum Ächzen zu bringen. Die Zweige der Bäume peitschten draußen laut gegen das Gebäude.

Dr. Cooper knallte den Hörer auf die Gabel und verkündete: »Wir werden das Gebäude absuchen müssen.«

»Das wird nicht notwendig sein«, ertönte eine rauhe Stimme hinter ihnen.

Sie drehten sich zur Tür herum, und dort stand Gozan. Er grinste sie breit mit seinen gelben Zähnen an und richtete eine Pistole auf sie.

»Hände hoch, Hände hoch!« befahl er, und sie gehorchten. »Dr. Cooper, lassen Sie Ihre Waffe fallen.«

Dr. Cooper griff langsam in seinen Halfter und zog seine Pistole heraus. Vorsichtig legte er sie auf den Boden.

»Gozan«, fragte er mit bestimmter Stimme, »wo ist der Präsident?«

Gozan grinste nur weiter einfältig. »Das geht Sie nichts an, guter Doktor. Aber er hat mir gewisse Befehle gegeben. Er befahl mir ... auf Sie *aufzupassen!*«

Gozan schien sehr überheblich, aber Dr. Cooper bemerkte, daß seine Hände zitterten.

»Gozan, haben Sie vor irgend etwas Angst?«

Die Hand, in der sich die Waffe befand, begann daraufhin sogar noch stärker zu zittern, vielleicht sogar gefährlich stark, als Gozan zornig schrie: »Versuchen Sie nicht, mit mir zu spielen, Dr. Cooper! Ich habe jetzt hier die Gewalt!« Dann beruhigte sich seine Stimme wieder eine wenig, und er kehrte zu seinem arroganten Grinsen zurück. »Sie hätten nicht im Traum daran gedacht, den Schatz von Nimrod mit mir zu teilen. Und darum werde ich jetzt nicht daran denken, ihn mit Ihnen zu teilen.«

Plötzlich erkannte Lila Gozans altbekannten, breitkrempigen Hut wieder. »Sie sind der Dieb, der draußen vor dem Fenster stand!«

Gozan lachte heimtückisch. »Sie beobachten sehr genau, Miss Lila. Ja, ich bin es gewesen. Ich wußte, wo ich den alten Schamanen finden würde, und ich habe alles mitgehört, was ihr über den wundervollen, magischen Schlüssel gesagt habt.«

Dr. Cooper konnte nicht länger stillstehen. Er trat einen Schritt vor, und sofort richtete Gozan seine Pistole drohend auf ihn.

»Gozan«, sagte Dr. Cooper ernst, »Sie müssen uns den Schlüssel geben. Sie dürfen nicht versuchen, die Tür zu öffnen.«

»Doktor, erzählen Sie mir nicht, was ich zu tun habe. Ich habe jetzt das Sagen. Wir haben den Schlüssel, und wir werden in der Lage sein, die Tür ohne Ihre Hilfe zu öffnen. Sie werden nicht länger gebraucht.«

Dr. Cooper blickte noch einmal auf Gozans Hände. »Gozan, Sie *haben* Angst. Das sehe ich.«

Gozan schrie wie zum Trotz heraus: »Ich habe keine Angst!«

»Hören Sie zu. Hören Sie, Gozan. Es gibt *keinen* Schatz.«

Ein Blitz erhellte den Himmel, und der Donner erschütterte das ganze Gebäude. Die Lampen begannen zu flackern. Gozan stand da, seine Augen irrten hierhin und dorthin; Schweiß rann sein Gesicht herab.

Dr. Cooper redete weiter auf ihn ein. »Haben Sie mich verstanden, Gozan? Es gibt keinen Schatz. Wir haben uns im Blick auf diese Tür geirrt.«

Gozan hörte sich beinahe verzweifelt an, als er schrie: »Ich glaube Ihnen nicht.«

»Alles, was Sie wegen der Tür befürchtet haben, ist wahr. Die Tür birgt das Böse.«

»Die Tür birgt das Böse«, stimmte der alte Mann zu.

Jay war über diese Worte seines Vaters überrascht. »Dad, wovon redest du?«

Dr. Cooper warf Jay einen Seitenblick zu, während er weitersprach und den Lauf von Gozans Pistole im Auge behielt. »Wir haben die Überlieferung völlig falsch gedeutet, Jay. Ich habe die Inschrift falsch übersetzt. Der Stern *flog* nicht *durch* den Himmel; er *fiel vom* Himmel!«

»Das ... das ist ...«

»Das ist das, was *ich* gesagt habe«, sagte der alte Mann.

Dr. Cooper fuhr fort: »Denkt einmal nach. Der Stern, der vom Himmel fiel. Wo habt ihr schon einmal diese Worte gelesen?«

Gozan protestierte: »Sie ... Sie haben gesagt, es war Nimrod, der mächtige babylonische König.«

»Diese Formulierung wurde auch auf jemand anders angewandt. Ich habe es heute entdeckt, in der Bibel. Ich wußte, daß ich es schon einmal irgendwo gelesen hatte.«

Jay drängte jetzt seinen Vater. »Wo, Dad? Was sagt die Stelle?«

Dr. Cooper sprach langsam und überlegt. »Offenbarung, Kapitel 9. Ein Stern, gefallen vom Himmel auf die Erde. Genau diese Worte!«

Jay fing an, sich an diesen Abschnitt zu erinnern. »Ja ... das stimmt.«

Sie alle spürten eine Erschütterung, ein Rumpeln von tief unter dem Boden. Die Kronleuchter begannen hin- und herzuschwingen.

»Es geht wieder los«, sagte Lila.

»Es ist das Böse«, sagte der alte Mann. »Es ist die Tür.«

Gozan begann zu zittern und nach Luft zu schnappen. »Ich glaube Ihnen nicht! Sie versuchen, mich hereinzulegen!«

Dr. Cooper ließ ihn nicht zur Ruhe kommen, sondern sprach weiter mit ernster Stimme zu ihm. »Oh, tue ich das, hm? Erinnern Sie sich, Gozan? Erinnern Sie sich, daß die Erde jedesmal bebte, wenn wir uns der Tür näherten? Erinnern Sie sich, was mit all den anderen Expeditionen geschah? Wie diese Menschen starben, verrückt wurden oder vor Furcht flohen? Erinnern Sie sich daran, daß um den Schlund des Drachen herum nichts wächst?«

Gozans Augen waren vor Furcht geweitet. Er hatte Mühe, auf seinen Beinen zu bleiben. Seine Angst war nun beinahe zuviel, als daß er sie ertragen konnte.

»Die Tür gehört nicht zu Nimrod!« wiederholte Dr. Cooper. »Nimrod hat sie nicht errichten lassen. Jemand anders hat es getan.«

Jay starb fast vor Neugier. »Wer, Dad? Wer?«

»Nimm einmal alles zusammen, Jay. Der Stern, der vom Himmel fiel ... der Gott der Erde ... und dieser Name, den der alte Mann benutzte: Shandago. Das ist ein alter Ausdruck für das Wort Drache oder Schlange. Diese Bezeichnungen finden sich auch in der Bibel.«

Die Wahrheit traf Jay und Lila wie ein Keulenschlag. Der alte Mann hatte es bereits gewußt, aber unter einem anderen Namen.

Jay sagte mit Entsetzen: »Satan!«

Dr. Cooper deutete mit seinem Finger direkt auf Gozan, und es hätte eine Pistole sein können, so gewaltig war der Effekt auf den armen zitternden Mann. »Gozan, wir müssen diesen Schlüssel haben! Sie dürfen die Tür nicht öffnen!«

»Nein ... nein ...«, bat Gozan mit einer immer piepsigeren Stimme.

»Das Grollen, das wir gehört haben, dieses seltsame Summen, wie von einem Bienenstock ... erinnern Sie sich daran?« Dr. Coopers Augen brannten wie Feuer, als er dem zusammenbrechenden Banditen die furchtbare Wahrheit mitteilte. »Es befinden sich *Dämonen* hinter dieser Tür, Gozan, unzählige Dämonen, die extra auserwählt worden sind, die Menschheit zu quälen und zu vernichten. Sie haben Tausende von Jahren darauf gewartet, dort herausgelassen zu werden. Sie müssen uns den Schlüssel geben!«

Ein Wort nach dem nächsten kämpfte sich durch Gozans zitternden Kiefer hinaus. »Ich ... ich habe den Schlüssel nicht ...!«

»Wo ist er, Gozan?«

»Ich ... ich habe ihn dem Präsidenten gegeben. Er ist zum Schlund des Drachen unterwegs ...« Gozan war offensichtlich von seinen eigenen Worten entsetzt. »Er wird ... die Tür öffnen!«

Als wollte er die furchtbare Nachricht, die Gozan eben erhalten hatte, unterstreichen, schoß ein weiterer Blitz im Zickzack vom Himmel und explodierte in einem Ball weißen Lichts direkt vor dem Fenster, wobei er in den Bäumen sirrte und einige Fensterscheiben zerbrach.

Gozan warf die Arme über seinen Kopf und schrie: »Der Fluch! Der Fluch! Wir bringen den Fluch über uns!«

Die Erde bebte und schwankte weiter, und die Kronleuchter schlugen jetzt bereits klirrend gegen die Decke.

»Wir können helfen, Gozan«, schrie Dr. Cooper. »Sie müssen uns Ihnen helfen lassen.«

Gozan fiel durch die Erschütterungen auf seine Knie und begann mitleiderregend über den Boden zu kriechen. »Ihr .. ihr alle tragt den Namen Jesus. Könnt ihr uns vor dem Bösen bewahren?«

»Wenn wir nicht sofort etwas unternehmen, wird es zu spät sein! Legen Sie die Waffe weg!«

Gozan blickte sich mit Verzweiflung in den Augen zu dem Sturm um, der draußen vor den zerbrochenen Fensterscheiben krachte und brüllte, zu den schaukelnden Kronleuchtern und den flackernden Lampen, zum Boden, der unter ihm bebte und schwankte. Schließlich ließ er langsam seine Waffe sinken, seine verkrampfte Hand war ohnehin zu zittrig, als daß er noch ein Ziel hätte treffen können.

»Ja, so ist es gut ...«, drängte Dr. Cooper ihn und ging einige Schritte auf ihn zu.

Aber dann begannen die Erschütterungen nachzulassen, die Lichter flammten wieder auf, und Gozans Nerven stabilisierten sich. Die Pistole richtete

sich wieder auf, und der Lauf zeigte genau auf
Dr. Cooper. Dr. Cooper erstarrte. Gozan grinste heimtückisch.

Aber ohne eine Warnung erschütterte ein weiteres Beben das Haus, ein weiterer Blitz explodierte draußen direkt vor dem Palast. Die Lichter flackerten wieder; der Wind brüllte.

Jetzt hatte Gozan genug. Er warf die Waffe weg. »Ich ergebe mich! Ich ergebe mich!«

Es gab keine Zeit mehr für Diskussionen. Die Cooper-Familie und der alte Mann rannten an Gozans zusammengesunkenen Körper vorbei zur Tür hinaus.

Gozan rollte sich auf dem Boden eng zusammen, schlang seine Arme um den Kopf und zitterte. »Jesus, mächtiger Gott, bitte rette uns!« flehte er.

Die vier rannten, stolperten den schwankenden Marmorgang zu den großen Eingangstüren hinunter, die jetzt wild auf und zu schlugen. Der Wind trug Äste, Blätter, Papierfetzen und Regenböen durch die Luft, der sie fast umwarf, als sie zum Jeep rannten.

Dr. Cooper brachte den alten Motor zum Laufen, legte den Gang ein und trat auf das Gaspedal. Die Hinterräder des Jeeps drehten sich in den Boden und ließen Steine und Schmutz aufspritzen, als der Jeep hierhin und dorthin schlitterte und dann durch die Tore vor dem Palast brauste. Sie rasten an Läden, Geschäften und verängstigten, zitternden Einwohnern vorbei, während der Motor vor Anstrengung aufheulte. Sie schleuderten um eine Ecke herum und kamen auf die Straße, die in die Wüste führte, zum Schlund des Drachen.

Jay deutete auf den Horizont der Wüste, aber sie alle hatten es bereits bemerkt. Ein höllengleiches, rotes Glühen flackerte dort, als ob ein furchtbares Feuer in der Wüste brennen würde. Das Glühen stieg auf und senkte sich, wie ein roter und rosa Bogen, der in den nächtlichen Himmel aufstieg und beinahe die Sterne überstrahlte.

Diese ehrfurchterregende Szenerie erinnerte sie alle an die schrecklichen Worte aus der Offenbarung, Kapitel 9.

»Ich sah einen Stern, gefallen vom Himmel auf die Erde; und ihm wurde der Schlüssel zum Brunnen des Abgrunds gegeben, und er tat den Brunnen des Abgrunds auf, und es stieg auf ein Rauch aus dem Brunnen wie der Rauch eines großen Ofens, und es wurden verfinstert die Sonne und die Luft von dem Rauch des Brunnen. Und aus dem Rauch kamen Heuschrecken auf die Erde, und ihnen wurde Macht gegeben, wie die Skorpione auf Erden Macht haben ... und ihre Qual war wie eine Qual von einem Skorpion, wenn er einen Menschen sticht. Und in jenen Tagen werden die Menschen den Tod suchen und nicht finden, sie werden begehren zu sterben, und der Tod wird vor ihnen fliehen.«

Dämonen waren im Schlund des Drachen eingesperrt! Dämonen, so dick wie Heuschrecken, so viele Millionen von ihnen, daß sie wie eine Rauchwolke erscheinen würden, alle bereitgehalten für das fürchterliche Gericht über diese Welt, sie alle waren versteckt und warteten seit Anbeginn der Zeiten tief in der Erde, tief in der bodenlosen·Grube, dem großen Gefängnis, das durch die mächtige Tür im Schlund des Drachen verschlossen war!

Die Coopers hatten keine Ahnung, was sie tun würden oder was sie tun *konnten*, aber Dr. Cooper fuhr weiter quer durch die Wüste, wobei er das Lenkrad wild herumriß, um den Wagen auf der rutschenden, aufbrechenden Piste zu halten. Die zum Himmel aufragenden Felsen um sie herum begannen zu schwanken und zu brechen. Zu allem Unglück fielen auch noch große Felsstücke wie Geschosse herab und schlugen riesige Löcher in die Straße, erst hier, dann dort, vor ihnen, neben ihnen, hinter ihnen. Dr. Cooper versuchte ihnen auszuweichen, während der Wagen seinen Zickzackkurs fortsetzte.

Während sie einen Hügel hinunter-, den nächsten wieder hinauffuhren, um Kurven rasten, beteten alle vier Heiligen, sie schrien ihre Gebete sogar laut heraus.

»Herr, laß uns rechtzeitig dort ankommen! Wir erbitten vom Blut Jesu, uns zu beschützen und dieses Ding zu besiegen!«

Sie kamen an den letzten Hügel. Als Dr. Cooper den Wagen vorantrieb, kämpfte dieser sich den Weg zur Spitze hoch und fiel dann, wie eine springende Katze, vorne über den Kamm des Hügels, während sie sich alle in ihren Sitzen aufrichteten.

Sie alle konnten es jetzt sehen. Dr. Cooper fuhr überstürzt den Hügel hinab ins Tal, aber sie sahen es und konnten ihre Augen einfach nicht abwenden.

Der Schlund des Drachen war durch ein erschreckendes, karmesinrotes Leuchten zum Leben erwacht, der gesamte leere Kreis reflektierte das rote, pulsierende Licht, das jetzt aus der Grube drang, wie ein unerfaßbarer, spiegelglatter See aus Blut. Die brodelnden Wolken am Himmel wurden in das rote Licht getaucht, während sie wie ein umgedrehter Kessel schäumten, und die vier erschreckten Personen konnten das Heulen hören, das die Grube heraufgerauscht kam, so laut, daß sie es sogar aus dieser Entfernung wahrnehmen konnten.

Sie kamen immer näher und näher, ihre Gesichter waren von dem feurigen roten Licht erleuchtet, ihre Hände hielten sich krampfhaft an dem ruckelnden Jeep fest. Schließlich überquerte der Jeep den Rand zum verbotenen Kreis und raste in das Camp an der Grube, wobei er in einer Wolke von feuerrot erleuchtetem Staub zum Stehen kam. Sie sprangen auf den bebenden Untergrund und suchten hinter dem Jeep Schutz. Es war, als ständen sie am Rande eines Vulkans.

Das Camp war verwüstet. Die Zelte waren zusammengebrochen und zerrissen, die Ausrüstungshütten waren umgeblasen worden und zersplittert, die Ausrüstung lag zerschmettert und umhergeworfen wie Müll herum. Jeff, Tom, und Bill waren nirgendwo zu sehen. Sie waren offenbar geflohen. Aber am Schlund des Drachen, direkt am Rande des Abgrundes geparkt, in der Nähe der Treppe, stand die Limousine des Präsidenten.

»Er ist hier!« schrie Dr. Cooper den anderen zu.

Obwohl sie von einem Gefühl der Gefahr übermannt waren, kamen sie dennoch aus dem Schatten des Jeeps hervor und rannten den Rand der Höhle entlang, bis sie die Limousine erreichen konnten. Sie war leer. Sie konnten Fußabdrücke vom Chauffeur des Präsidenten erkennen, die über den Hügel führten; die Abstände zwischen den Spuren ließen darauf schließen, daß er wie ein Wahnsinniger davongerannt war. Die Spuren des Präsidenten dagegen führten direkt den Abgang hinunter. Genau in diesem Moment befand er sich irgendwo dort unten.

Jay schrie gegen das Brüllen des Windes und das Heulen des Drachenschlundes an: »Was jetzt?«

Dr. Cooper kam näher und schrie: »Wir haben keine andere Wahl. Wir müssen ihm nach unten folgen. Wir müssen uns diesem Grauen stellen.« Er schrie zu dem alten Mann hinüber: »Sie können sich, wenn Sie wollen, in Sicherheit bringen und abwarten.«

Der alte Mann war von Furcht ergriffen und nickte zustimmend. »Das wäre am besten. Ich kann hier oben bleiben und zu unserem Gott beten.« Er umarmte sie rasch und lief dann in die Wüste hinaus.

Dr. Cooper trat, gefolgt von Jay und Lila, an den Rand und schaute hinab in den schwindelig machenden, erschreckenden Wirbelwind aus rotem, glühenden Rauch und Staub, der sich zwischen den Wänden des Drachenschlundes wie ein Wirbelsturm im Kreis drehte. Der Schlund des Drachen hätte keinen passenderen Namen bekommen können, und er schien jetzt versessen darauf zu sein, sie zu verschlingen.

Die Stufen mit der Strickleiter waren stabil gebaut und hatten bis jetzt den Stürmen getrotzt. Sie liefen auf sie zu und ergriffen das Geländer, stiegen einen Schritt nach dem anderen hinab, während sie in Richtung der Wand blickten, an der ihr Leben jetzt hing. Der brüllende Wind riß an ihrer Kleidung und ihrem Haar, der Staub und Schutt prasselte auf ihre Haut wie Hagel.

Einen Schritt hinab, dann noch einen, dann noch einen. Manchmal wirbelte der Wind sie zur Seite und schlug sie gegen die Felsen. Sie hielten sich an dem Geländer und aneinander fest, arbeiteten sich weiter nach unten, in das Herz der Höhle. Der Schlund des Drachen schien förmlich zu atmen. Der Wind brauste in pulsierendem Rhythmus auf, erst heiß und stark, dann weniger verheerend; dann folgte ein weiterer Windstoß aus der Tiefe, der sie beinahe mitriß.

»Dad«, schrie Lila, »wir schaffen es niemals!«

»Unser Gott ist mächtiger!« kam Dr. Coopers rasche Antwort. »Wir haben keine Wahl. Wir müssen es versuchen.«

Als die Neigung etwas abflachte, kamen sie schneller voran und erreichten schließlich den Grund der Höhle.

Jetzt konnten sie nach oben blicken und die glühenden Gase in einem Wirbel wie einen umgedrehten Fluß über sich sehen, der an der Decke des Flures entlang rüttelte und brüllte. Sie duckten sich tief zu dem sandigen Boden hinab und rannten tiefer in die Höhle, wobei sie sich an den Felsen Halt verschafften, während die Erde weiter bebte und aufbrach.

Sie begannen zu rufen: »Herr Präsident! Herr Präsident, wo sind Sie?« Aber sie erhielten keine Antwort.

Während sie vorwärts krochen, vermittelte der »Fluß« über ihren Köpfen ihnen das schwindelerregende Gefühl, mit großer Geschwindigkeit vorwärts zu rasen. Sie mußten ihre Hände an der Wand behalten, um nicht das Gleichgewicht zu verlieren.

Dann kamen sie in den Hauptraum.

Sie ließen sich sofort zu Boden fallen und suchten Schutz.

»Unser Gott ist mächtiger!« schrie Jay, um sich selbst daran zu erinnern.

Noch niemals zuvor hatten sie etwas so Erschreckendes gesehen. Die Tür war am anderen Ende des Raumes zu erkennen und sah aus wie die Sonne bei einer totalen Sonnenfinsternis. Die Oberfläche der Tür war dunkel, vielleicht ansatzweise von einem dunklen Rosa, aber an all ihren Rändern schien ein blendendes rotes Licht, die Strahlen schossen in alle Richtungen und projizierten massive wellenförmige rote Vorhänge durch den Rauch und Nebel, der den Raum erfüllte. Schwarzer Dampf sickerte durch die Spalten in dünnen, sich ringelnden Strömen, und die Tür quietschte, rumpelte, stöhnte, bewegte sich mit einem ohrenbetäubenden Brüllen, wie das von Millionen von gigantischen Hornissen, die hinter ihr zu vibrieren schienen. Die Tür schien zu atmen, ein- und auszuatmen, obwohl sie in Wirklichkeit von der anderen Seite geschoben wurde, Zentimeter für Zentimeter, wobei eine unglaubliche Macht sie stetig, unablässig weiter aufdrückte.

Dr. Cooper schrie den Kindern zu: »Wir müssen diesen Schlüssel finden! Schaut euch das Schlüsselloch an!«

Sie konnten einen scharfen, laserähnlichen roten Strahl erkennen, der aus dem Schlüsselloch schoß und durch den Raum schweifte wie das Licht eines Leuchtturms.

»Die Tür ist aufgeschlossen worden!« erklärte Dr. Cooper. »Wir müssen den Schlüssel finden! Das Schloß läßt sich vielleicht auch wieder schließen!«

Sie hasteten aus ihren Verstecken und schwärmten aus, um den Raum zu durchsuchen. Dr. Cooper nahm sich eine Seite vor, Jay die andere, Lila suchte in der Mitte. Sie begannen, nach dem Präsidenten zu suchen, während das Licht der glühenden, fauchenden Tür selbst die Szenerie erleuchtete.

Die Tür stöhnte wieder auf und bewegte sich ein weiteres Stück vor.

Lila rannte zwischen Felsenformationen und umgestürzten Steinen her, sie schaute hierhin und dorthin und rief nach dem Präsidenten. Sie konnte ihren Vater und ihren Bruder dasselbe tun hören. Alle drei arbeiteten sich langsam durch den Raum und kamen der bedrohlichen Tür näher und näher, sie konnten die Hitze, die von ihr ausging, mehr und mehr spüren.

Lila kroch über einen Felsen, ließ sich an der anderen Seite wieder hinunterrutschen und stolperte auf einmal direkt über den Präsidenten. Er saß mit seinem Rücken gegen den Felsen gelehnt, sein Mund stand offen, seine Augen waren wie unter einem tranceartigen Schock geweitet. Bewegungslos starrte er die Tür an.

»Jay! Dad! Kommt hierher!«

Jay und Dr. Cooper waren sofort zur Stelle.

Dr. Cooper beugte sich hinab und schüttelte den von der Furcht verwirrten Mann. »Herr Präsident! Herr Präsident!«

Einen Augenblick lang vermochten sie nicht zu sagen, ob er tot oder lebendig war.

»Er hat einen Schock«, sagte Jay.

»Oder etwas Schlimmeres!« sagte Dr. Cooper.

Es ertönte ein weiterer lauter, nervenzerreißender, metallischer Laut, der durch das große Gewölbe hallte. Die Tür bewegte sich wieder ein Stückchen weiter, und sie konnten eine neue Welle von Hitze spüren.

Dann sah Jay es. »Dad! In seiner Hand!«

Es war der Schlüssel. Die Hand des Präsidenten hatte sich dicht um ihn geschmiegt. Jay griff hinab, um ihn zu nehmen, aber die Hand war völlig verkrampft.

»Bitte, Herr Präsident«, sagte er, »bitte geben Sie mir den Schlüssel.«

Sie versuchten, jeden einzelnen Finger von ihm aufzubiegen.

»Na los ... mach schon ...«

Plötzlich, mit einem Schrei, der einem das Blut in den Adern gefrieren ließ, sprang der Präsident vom Boden auf und warf sie dabei fast um. Er warf einen wahnsinnigen Blick auf die Tür, schrie: »Sie kommen heraus, sie kommen heraus«, und rannte dann wie ein Verrückter im Kreis, über die Felsen, rannte gegen Steine, schrie und versuchte zu fliehen.

»Ihm nach!« rief Dr. Cooper. »Herr Präsident, kommen Sie zurück!«

Sie versuchten ihn zu fangen, aber sein Weg war völlig unvorhersehbar. Wie ein aufgescheuchtes Tier kletterte er eine felsige Wand der Höhle empor, bewegte sich höher und höher, sprang von einem Felsvorsprung auf den nächsten, griff nach den Felsen, keuchte vor Angst. Die Coopers folgten ihm und versuchten ihn zu rufen, aber er war taub für ihre Stimmen. Er erreichte einen hohen, gefährlichen Felsvorsprung und blieb zögernd stehen, in der Falle, unfähig, weiter zu fliehen.

Dr. Cooper schrie: »Herr Präsident, hier ist Dr. Cooper, Jay, Lila! Wir sind hier, um Ihnen zu helfen! Verstehen Sie?«

»Sie kommen heraus!« schrie er und drehte sich in wilden, verrückten Kreisen auf dem Felsvorsprung.

Die Coopers begannen, zu ihm hochzuklettern, aber es war schon zu spät. Auf einmal erschütterte ein weiters Beben der Erde die Höhle. Die Felsen bebten, begannen zu rollen und zu rutschen, und die Coopers mußten in Deckung gehen.

Ein langer, furchtbarer Schrei ertönte, und Jay konnte gerade noch sehen, wie der Präsident von dem Felsvorsprung taumelte und sich überschlug, bis er in der Tiefe eines Spalts verschwand. In dem roten Licht der Tür konnte Jay die schimmernde, sich drehende Reflektion des Schlüssels sehen, als er durch die Luft flog, auf einigen Felsen aufschlug, sich mehrere Male beim Aufschlag mit einem metallischen Klirren drehte und schließlich in dem Spalt und außer Sicht verschwand.

»Nein, Herr, nein!« schrie er auf.

Sie alle rannten zu dem Rand und stellten fest, daß, wie durch ein Wunder, noch Hoffnung bestand. Der Schlüssel war auf einem schmalen Felsvorsprung etwa acht Fuß unter ihnen gelandet und balancierte dort unsicher über dem Abgrund.

Die Tür wackelte, stieß mehr Rauch aus und bewegte sich ein weiteres Stück vor.

Dr. Cooper brüllte: »Lila, du zuerst!«

Lila kroch mit dem Kopf voran hinab in den Spalt, während Jay sie an den Füßen festhielt. Jay folgte ihr direkt als zweites Glied der Kette nach, und Dr. Cooper klemmte seinen Körper zwischen einige Felsen und hielt Jays Fußgelenke fest.

Lila griff nach dem Schlüssel, aber sie kam nicht nahe genug heran.

Dr. Cooper rutschte ein Stück vorwärts und ließ Jay und Lila etwas weiter in den Abgrund hinab. Lila versuchte wieder, den Schlüssel zu ergreifen, aber auch jetzt konnte sie ihn noch nicht erreichen.

Der Raum war von einem lauten, gewaltigen Klopfen erfüllt, als die Tür unter dem Einfluß der mächtigen Kräfte, die von innen gegen sie rammten, zu bersten drohte. Die Ränder der Tür wurden jetzt tatsächlich sichtbar, während sie sich vorwärts bewegte.

Dr. Cooper nahm alle seine Kräfte zusammen und betete verzweifelt. Die Erde bebte gewaltig und ließ Lila über dem Abgrund wie eine Lumpenpuppe hin und her baumeln. Der Schlüssel begann aus dem Gleichgewicht zu geraten, dann rutschte er ein wenig. Lila schwang immer noch hin und her, aber nun nutzte sie ihre Bewegung, stieß sich von einer Wand des Spaltes ab und schwang nahe an den Schlüssel heran. Sie griff mit ausgestreckten Fingerspitzen nach ihm.

Sie hatte ihn!

»Zieht mich hoch!« schrie sie. »Zieht mich hoch!«

Dr. Cooper stemmte sich gegen den Abgrund und zog sich an den Felsen hoch, um von der Kante fortzukommen, und zog schließlich Jay aus dem Spalt. Dann zogen die beiden Lila aus den Zähnen des Abgrundes.

Felsen stürzten überall um sie herum herab. Die Decke stürzte ein! Sie versuchten sich in Sicherheit zu bringen. Während Dr. Cooper und Lila sich in den hinteren Teil des Raumes schleppten, gab es für Jay keinen anderen Weg, als in Richtung der Tür zu fliehen. Mit einem unglaublichen Rumpeln und Aufbrüllen stürzte ein ganzer Teil der Decke herab, und sofort erhob sich ein Geröllhaufen in der Mitte des Gewölbes, der Jay wie eine gewaltige Mauer von seiner Familie trennte.

Ein großer Stein sprang wild umher, drehte sich wie verrückt in der Luft, schlug mehrere Löcher in den Boden und traf dann Dr. Cooper von hinten und schleuderte ihn zu Boden.

»Dad!« schrie Lila auf.

Dr. Cooper blickte den plötzlich entstandenen Wall aus Steinen an und wußte, daß Jay auf der anderen Seite war.

»Jay!« schrie er.

»Ich bin in Ordnung!« ertönte die Antwort.

Dr. Cooper blickte durch den Raum zu Lila hinüber, die immer noch versuchte, sich vor den herabstürzenden Steinen in Sicherheit zu bringen.

»Lila!« rief er sie. »Der Schlüssel!«

Sie warf den Schlüssel mit aller Kraft. Er wirbelte durch die Luft und landete direkt neben ihrem Vater. Er ergriff ihn, brüllte »Jay!« und warf dann den Schlüssel in hohem Bogen über die Felsenbarrikade.

Er kam in einem hohen wirbelnden Bogen herab, schlug gegen einen Felsen, wirbelte weitere Male durch die Luft, schlug klimpernd und springend auf einigen weiteren Felsblöcken auf und landete dann in einer kleinen Staubwolke auf dem Boden. Jay war sofort zur Stelle, um ihn aufzuheben, und wandte sich dann der Tür zu.

Die Tür stöhnte metallisch, quietschte, dehnte sich und glühte rot auf. Die Spalten um sie herum wurden weiter, weiter, weiter. Rotes Licht strahlte überall aus ihnen hervor, und Rauch und Dampf ergoß sich in den Raum. Von hinter der Tür kam das Geräusch eines Hurrikans. Plötzlich fühlte sich Jay sehr klein, wie eine winzige Ameise vor dem furchtbaren, hochaufragenden Monster, das sich jetzt auf ihn zubewegte. Einen Moment lang fühlte er sich selbst vor Furcht wie gelähmt; er hatte sogar das Gefühl, daß sein Herz ausgesetzt hätte.

Dann hörte er die Stimme seines Vaters von der anderen Seite der Felsen: »Jay, verweise es! Jage sie fort!«

Wach auf, Jay, wach auf! dachte er zu sich selbst. Er hielt den Schlüssel mit einem zitternden ausgestreckten Arm und sprach zu der Tür.

»Ich komme gegen dich im Namen Jesu!« schrie er. »Und ich befehle dir, wieder nach dort zu verschwinden!«

Wie zur Antwort bebte die Erde brutal auf und warf Jay zu Boden. Die Tür erzitterte und vibrierte, während unvorstellbare Kräfte weiter von innen gegen sie stießen. Aber auf einmal wurde ein neues Geräusch hörbar, ein Geräusch wie eine Million Sirenen, jaulend, schreiend, heulend in ohrenbetäubenden Höhen, die anstiegen und abflauten. Etwas war geschehen!

Jay sprach noch einmal. »Im Namen Jesu befehle ich dir, dort wieder hineinzugehen!«

Die Sirenen und Schreie wurden lauter. Die Tür stöhnte und zitterte immer noch, aber ... hatte sie nicht aufgehört, sich vorwärts zu bewegen?

Jay nutzte diese Gelegenheit. Er rannte zu dem Gerüst, das vor der Tür aufgebaut war, und begann Etage für Etage an ihm hochzuklettern, wobei er sich mit aller Kraft, die er in den Armen hatte, hochzog und sich mit seinen Füßen abstieß. Zehn Fuß, zwanzig Fuß, dreißig Fuß, vierzig Fuß kletterte er das Gerüst hinauf.

Er erreichte das obere Ende, mehr als fünfzig Fuß über dem Höhlenboden, und hier oben schwang das Gerüst wie eine Palme im Wind umher. Er kroch vorsichtig auf den rauhen Planken vorwärts, während er sich an allem festhielt, was seine Hände zu fassen bekamen. Er befand sich in dem dichtesten Rauch und Dampf und vermochte kaum noch zu atmen. Das rote Feuer schien überall um ihn herum zu sein. Das Gerüst erzitterte, wackelte, schwankte, krachte. Er hatte Angst, jeden Moment hinabzustürzen.

Jetzt stand er direkt vor der glühenden, wütenden Oberfläche der Tür. Er konnte sie beben, sich bewegen und gegen das Gerüst drücken sehen. Er konnte das Gebrüll der Geister hinter ihr hören.

Wo ist das Schlüsselloch? Wo ist es? Lieber Gott, zeige mir, wo es ist! betete er verzweifelt.

Dort! Der blendende Lichtstrahl! Jay kroch auf ihn zu, zentimeterweise arbeitete er sich vorsichtig voran. Die Planke vor ihm erbebte, rutschte vom Gerüst und fiel, sich überschlagend, zu dem Höhlenboden hinab, wo sie auf den Steinen zerbarst.

Das Schlüsselloch befand sich jetzt genau über Jays Kopf. Er arbeitete sich in eine knieende Position hoch, nahm den Schlüssel fest in die Hand und begann ihn am Loch hin und her zu schieben, im Versuch, die richtige Stellung, den richtigen Winkel zu finden. Er drehte den Schlüssel um, bog ihn herum. Die Finger des Schlüssels sprangen und schlugen klirrend gegen das heiße Metall, und schließlich verschwanden sie in der Öffnung. Er ließ nur für einen Moment los, um sich einen besseren Griff zu verschaffen.

Etwas schob den Schlüssel zurück aus dem Loch! Jay konnte ihn gerade noch zu fassen kriegen und stieß ihn wieder ins Schloß. Er konnte den Gegendruck von der anderen Seite spüren. Er befand sich in einem Kräftemessen!

»Halt!« schrie er.

Durch das Schlüsselloch konnte er Schreie, das Aufbrausen von Flügeln, das Zischen aus Nüstern hören. Noch nie war er in einem so direkten Konflikt mit den feindlichen Kräften gewesen.

Gerade als er begann, den Schlüssel zu drehen, gaben seine Beine unter ihm nach. Das Gerüst brach zusammen! Er klammerte sich verzweifelt an den Schlüssel, während die Stämme, Bretter, die Nägel, die Nuten und Bohlen alle wie ein Kartenhaus zusammenfielen und, scheinbar in Zeitlupe, auf die Felsen stürzten, wo sie wie splitterndes Glas auseinanderflogen.

Die Tür hatte das Gerüst umgeworfen!

Ich werde sterben, dachte Jay. Diese Dämonen wissen, daß ich hier bin, und sie wollen mich töten!

Aber er weigerte sich, loszulassen. In fünfzig Fuß Höhe hing er an dem Schlüssel, der immer noch im Schloß steckte. Dann begann er, mit einer Hand nach der anderen, den Schlüssel durch das Gewicht seines baumelnden Körpers herumzudrehen, eine Drehung, noch eine Drehung, ein schmerzhafter Handgriff nach dem anderen, Zentimeter für Zentimeter.

Die Tür schien zu wissen, was er tat. Sie bebte, sie dehnte sich, und Jays Körper wurde hin- und hergeschleudert, während er an dem Schlüssel hing. Seine Beine und sein Brustkorb schlugen gegen das heiße bronzene Metall der Tür, und er konnte die schwelende Hitze seine Kleider und seine Haut versengen spüren. Ein furchtbarer Schmerz breitete sich über seinem Körper aus und schoß durch seine Arme.

Er brachte eine weitere Drehung des Schlüssels zustande, dann noch eine. Die Schreie hinter der Tür wurden lauter. Er konnte durch den Griff des Schlüssels Vibrationen und ein Kreischen spüren.

Er konnte kaum genug Luft holen, um die Worte zu formen: »Herr Jesus, hilf mir!«

Die Erde erbebte wieder, und Jays Körper wurde hin- und hergeworfen. Er wußte, daß er nicht viel länger festhalten konnte.

Und dann war auf einmal, alle anderen Geräusche übertönend, ein lautes Krachen zu hören. Jay drehte seinen Kopf gerade noch rechtzeitig, um einen Teil der gegenüberliegenden Wand sich lösen, vorwärts neigen, hinabstürzen und auf ihn zurollen zu sehen.

Er wuchtete den Schlüssel herum und schaffte eine halbe Drehung, dann blickte er sich wieder um. Der riesige Felsblock rollte immer noch, sich überschlagend, sich krachend und zerberstend einen

Weg bahnend, näher und näher heran. Er hatte die Größe eines Hauses.

Eine weitere halbe Drehung. Jay konnte hören, wie sich das Metall im Schloß bewegte. Der Fels kam wie eine brausende Flutwelle näher, schneller und schneller.

Auf einmal vibrierte das Schloß. Irgend etwas klinkte im Schloß ein.

Eine weitere Drehung!

Der Felsen, mit all der Masse seines sich vervielfachenden Tonnengewichts, bewegte sich nun mit unglaublicher Geschwindigkeit, springend und rollend und alles zermalmend über den Höhlenboden.

Eine weitere Drehung!

Ein Donnerkrachen hallte viele Male durch die große Höhle. Feuer und Rauch schoß an allen Seiten aus der Tür heraus, als sie sich gewaltig in der Mitte bog, erzitterte, stöhnte und zurückschwang. Die Schreie aus dem Innern waren auf einmal verstummt.

Auf Jay war die Auswirkung dessen, was nun geschah, so groß und so plötzlich, daß er keine Zeit mehr hatte, sich dessen bewußt zu werden. Mit einemmal war der Schlüssel, der in seinen Händen gewesen war, verschwunden; die Tür war auf einmal einige Meter weit weg von ihm. Er fiel ... fiel ... fiel ...

Stille. Dunkelheit. Keine Schmerzen mehr.

»Jay ...«, hörte er eine weit entfernte Stimme sagen. »Jay ...«

Es war dunkel. Es war kalt. Von irgendwoher sah Jay ein Licht.

»Jay, mein Sohn, kannst du mich hören?«

Jays Augen begannen allmählich wieder etwas wahrzunehmen. Das Licht stammte von einer Taschenlampe. Er erkannte die Stimme seines Vaters.

»Jay?«

»Dad?«

»Ja!« Die Stimme klang erleichtert. »Wir sind beide hier, Dad und Lila.«

Jay hob seinen Kopf und schaute sich um. Ja, er sah sie beide. Sie lächelten.

Dr. Cooper sagte: »Du hast es geschafft, mein Junge. Du und unser Herr.«

Jay richtete sich langsam auf. Ihm taten sämtliche Knochen weh; sein Bein fühlte sich taub und verrenkt an.

»Vorsichtig hier«, sagte sein Vater. »es ist hier oben ein wenig unsicher.«

Dr. Cooper leuchtete mit seiner Lampe umher, so daß Jay erkennen konnte, daß sie alle drei sich auf der Spitze eines unglaublich großen Felsens befanden. Der Strahl der Taschenlampe wanderte in eine andere Richtung, und dort befand sich die bronzene Oberfläche der höllischen Tür! Der Felsen lehnte gegen sie; die Tür war kalt und dunkel. Die ganze Höhle war totenstill.

»Du kannst dem Herrn danken, Junge«, sagte Dr. Cooper. »Er hat ein unglaubliches Timing. Wenn dieser Fels nicht unter dich gerollt wäre, wärst du das ganze Stück hinabgestürzt. Ich habe dein Bein untersucht. Es sieht mir nach einer bösen Verstauchung aus, aber keine Brüche.«

»Ja...«, sagte Jay, stöhnend vor Schmerz. »Ich erinnere mich... ich erinnere mich, wie dieser Fels auf die Tür zugerollt kam...«

»Es gab einen ziemlichen Zusammenstoß... und der hat es geschafft. Die Tür ist verschlossen, und das Schloß ist wieder an seinem Platz, dank dir. Es ist ein wahres Wunder.«

Jay blickte auf. Er konnte das Schlüsselloch sehen. Jetzt schien es so weit über ihm zu sein. Aber der Schlüssel, der geheimnisvolle Schlüssel war verschwunden.

»Was ist mit dem Schlüssel geschehen?«

Dr. Cooper antwortete: »Verschwunden, nehme ich an. Verschwunden ohne eine Spur. Aber wenn die Zeit gekommen ist, daß sich Gottes Wort erfüllt ... wenn der *Herr* will, daß es geschieht, dann wird ohne Zweifel der alte Satan schließlich seine Chance bekommen. Er wird den Schlüssel mitbringen und die Tür öffnen.«

Der Gedanke daran war beängstigend. »Und all dies wird noch einmal von neuem beginnen?« stöhnte Jay.

»Und dann ohne Unterbrechungen. Aber macht euch keine Sorgen. Wenn ich die Bibel richtig verstehe, werden wir nicht mehr hier sein, um es mit anzusehen. Der Herr wird uns vorher von hier fortbringen.«

Jay betrachtete die Tür. Sie schien auf einmal so kalt, finster und leblos.

»Ich glaube«, sagte er, »ich würde gerne *sofort* von hier verschwinden!«

»Mir geht es genauso«, sagte Lila.

Dr. Cooper und Lila halfen Jay vorsichtig beim Aufstehen, und mit großer Vorsicht kletterten sie von dem großen Felsblock herab. Sie humpelten und gingen aus dem großen Gewölbe und entstiegen eine Weile später mit zerrissener Bekleidung, erschöpft, aber triumphierend dem Schlund des Drachen und ließen ihn für immer hinter sich zurück.

Eines Tages wird das Ende aller Geschichte kommen. Eines Tages wird Satan über eine sehr kurze Zeit verfügen, um sein Übel und die Zerstörung über der Menschheit auszubreiten. Aber heute, damals und in Ewigkeit existiert nur eine Macht, die wirklich alles in ihren Händen hält: Jesus, der Sieger, das Lamm, der Sohn des lebendigen Gottes.

Frank E. Peretti
DIE GRÄBER VON ANAK

Frank E. Peretti

Die Gräber von Anak

»He, hört mal, ich brauche nicht noch mehr närrische Geschichten über Geister zu hören!« sagte Jerry Frieden und klopfte sich den Staub vom Hinterteil.

»Dr. Cooper hat uns diese Aufgabe anvertraut, und ich sage, wir sollten uns einfach dranmachen!«

»Keiner redet hier von Geistern«, kam es gedehnt unter Bill White's Hutkrempe hervor.

»Wir wollen nur, daß keiner verletzt wird«, versuchte Jeff Brannigan zu erklären. »Und das gilt ganz besonders für dich.«

Die drei Männer standen inmitten einer archäologischen Ausgrabungsstätte in einem kleinen, schmalen, von Felshügeln umgebenen Tal. Die braune Erde klebte an ihnen wie eine Uniform; die heiße Mittagssonne brannte auf ihren Rücken. Solange ihr Boß, Dr. Jake Cooper, nicht da war, war der langsam sprechende Bill White der Teamleiter. Der großgewachsene Jeff Brannigan war Spezialist in Sachen Ausrüstung. Jerry Frieden war der Neuling, der zum ersten Mal mitgekommen war. Er war ein jugendlicher Heißsporn mit mehr Ambitionen als gesundem Menschenverstand. Ihre hitzige Diskussion drehte sich um ein mannsgroßes, scheinbar bodenloses Loch im Boden, um das sie herumstanden, ein Loch, das zehn Minuten zuvor noch nicht dagewesen war!

»Hört mal, das ist wirklich etwas Außergewöhnliches! Wir könnten hier was über die alten Philister erfahren, was bisher noch völlig unbekannt war!«

»Vielleicht ...«, sagte Jeff nicht gerade begeistert.

»Nun?« Jerry konnte nicht glauben, wie träge diese Typen ihre Füße hinter sich herschleiften. »Ein unglaublicher archäologischer Fund eröffnet sich direkt vor uns, und ihr wollt einfach hier 'rumstehen?«

»Tja, welches Interesse hast *du* eigentlich an Archäologie?

Seid ihr, du und deine geldgierigen Bosse, wirklich an irgend etwas interessiert, was da unten sein könnte?«

»Und ich sage, wir warten, bis Doc zurückkommt«, sagte Bill kopfschüttelnd.

»Es ist einfach das Risiko nicht wert, Jerry«, stimmte Jeff zu.

Jerry ergriff das Seil, das er an ihrer tragbaren Winde gesichert hatte, und schritt auf das Loch zu. »Macht, was ihr wollt. Diese Entdeckung wird mir allein gehören.«

Bill legte seine Hand mit Nachdruck auf Jerrys Schulter. »Hör zu, du hast keine Ahnung, was da unten ist. Wir wissen noch nicht einmal, wo das Loch herkommt.«

Jerry blitzte ihn nur an. »Spuk, Mister White, erinnern Sie sich?«

Jeff hatte genug von Jerrys Spott. »Jetzt hören Sie mal gut zu, Mister Frieden, Sir, wir haben Sie hier mitkommen lassen, weil die großen Bosse Sie hier haben wollen, aber Sie waren lange nicht bei so vielen Ausgrabungen dabei wie wir. Die meisten Legenden sind nur Gerede, natürlich, aber hinter jeder von ihnen steckt ein bißchen Wahrheit, und man tut gut daran, auf alles zu achten, was man hört.«

»Tja«, sagte Jerry, während er das Seil um seine Taille schlang, »ich glaube, das Zeug, das wir über alte Gräber gehört haben, die hier sein sollen — das ergibt einen Sinn...«

»Ja, aber Sie vergessen — «

»Den *Geist*, der diesen Ort heimsucht? Nein Sir, Mister Brannigan, an dieser Stelle ziehe ich die Grenze.«

»Nicht ein *Geist*, Sie Starrkopf! Darüber reden die Einwohner, aber es könnten Fallen sein ... Fußangeln ... Vipern! Hören Sie, an diesem Ort *wurden* Menschen schon verletzt. Dr. Cooper würde bestimmt besser wissen, was da unten zu erwarten ist!«

»Werden Sie beide mich jetzt hinunterlassen, oder muß ich das selber machen?«

Jeff und Bill sahen sich gegenseitig an, beide waren von dem Streit mit diesem Kindskopf schon ganz krank. Seufzend und schulterzuckend setzte sich Jeff auf die Winde und begann das Seil abzuwickeln, während Bill Jerry dabei half, vorsichtig in das schmale Loch hinunterzusteigen.

»Sei ja vorsichtig, Kleiner!« warnte Jeff.

»Wo ist deine Lampe?« fragte Bill.

Jerry ärgerte sich über diese Frage. »An meinem Gürtel, Mister White. Machen Sie sich keine Sorgen darum.«

»Ich habe immer noch ein ungutes Gefühl bei der ganzen Sache«, murrte Bill.

Jeff kurbelte mit langsamen, gleichmäßigen Drehungen an der Winde, während Jerry sich seinen Weg in das Loch suchte, einen tastenden Fußtritt nach dem anderen. Er war schon bis zur Hüfte verschwunden, dann bis zur Brust, dann bis zum Kopf und schließlich mit dem ganzen Hut. Bill stand am Rand des Loches und ließ Seil nach, während er dem großspurigen Entdecker nachblickte.

»Mach deine Lampe an!« rief er.

»Okay, okay!« hallte die Antwort wider.

Jeff gab ihm immer mehr Seil nach, und bald konnte Bill in der Tiefe nichts weiter erkennen als das gelegentliche Aufblitzen von Jerrys Taschenlampe.

»Wie tief *ist* dieses Ding bloß?« fragte sich Bill.

»Ich habe dreizehn Meter Seil nachgelassen«, antwortete Jeff.

Bill rief in den Schacht hinein. »Jerry! Kannst du den Grund sehen?«

Jerrys Stimme klang kilometerweit weg, als er zurückrief: »Ja, ... ich glaube ... He, euch wird es hier unten gefallen. Da ist ein Raum, und —«

Abrupt brach seine Stimme ab, und nun konnte Bill den Strahl der Taschenlampe überhaupt nicht mehr sehen. Das Seil bebte.

»Jerry?« brüllte er.

Das Seil bewegte sich immer noch, als hinge ein kämpfender Fisch am Haken.

»Jerry!«

Bill hörte einen Schrei, dann ein paar Steine, die klackernd herabfielen, und wieder einen schrillen Schrei.

»Jerry!« brüllte Bill erneut. Dann rief er Jeff zu: »Zieh ihn rauf, schnell!«

Jeff hievte die Winde mit einem Stöhnen rückwärts und bleckte die Zähne. »Er ist so schwer!«

»Na los!«

»Bill, er ist wirklich schwer!« Jeff war überrascht, wie schwer er war!

Bill rannte zu ihm, um zu helfen, und die beiden legten sich mit vollem Gewicht auf die Winde und kurbelten. Es schien, als ob am anderen Ende ein Wal zappelte!

Uff! Plötzlich lagen sie auf ihren Rücken im Staub. Quietschend drehte sich die Winde und brachte meterweise loses Seil herauf. Sie kamen wieder zu sich, griffen nach der Winde und holten noch mehr Seil ein.

Das Ende des Seils schnellte wie eine Peitsche aus dem Loch heraus und landete genau in ihrem Schoß.

Es war sauber abgeschnitten. Messerscharf abgetrennt.

Sie rasten an den Rand der Grube und leuchteten mit einer Lampe in die Dunkelheit; es war, als blickten sie in einen tiefen, tiefen Brunnen.

»Jerry!« rief Bill wieder.

Etwas antwortete, aber es war nicht Jerrys Stimme. Allein der Klang ließ sie erstarren und wollte ihnen den Magen umdrehen. Von irgendwo dort unten, unsichtbar und unbekannt, stieß eine Stimme, eine Sirene oder irgendein Tier lange, heulende Töne aus, die durch den Schacht hinauf tönten wie das entfernte Heulen von Wölfen. Es war ein östlicher, melancholischer Klang, ein trauriges Klagelied, das sich Note um Note fortsetzte.

Dann verklang die Melodie, sie verschwand weit weg in den Tiefen der Erde; erst durch die endgültige Stille erwachten die Männer aus ihrem grauenvollen Erstarren.

Jeff schaute Bill an und sprach für beide: »Warte nur, bis Doc *davon* erfährt.«

»Doc«, ein gutaussehender Mann mit gefurchter Stirn, blondem Haar und eindringlichen blauen Augen, saß in einem großen und eindrucksvollen Museum in Jerusalem am Konferenztisch zusammen mit zwei wichtigen Gentlemen, die sich allerdings weniger wie Gentlemen benahmen, und wünschte sich zurück an die Ausgrabungsstelle, wo er eigentlich hingehörte.

»Ich bin nicht sicher, ob ich Ihre Ungeduld richtig verstehe, Mister Andrews«, sagte er ruhig zu dem Mann, der sich am meisten aufzuregen schien. »Archäologie läßt sich nicht mit einem Bulldozer betreiben. Es ist ein Handwerk, bei dem es auf jede Kleinigkeit ankommt und bei der man höchste Aufmerksamkeit braucht; da kann man einfach nichts auf die Schnelle machen.«

Mister Andrews, ein Mann mit eiskaltem Blick und finsterer Miene, war stolz auf seinen Ruf und Einfluß als internationaler Händler von altertümlichen Relikten und Kunstgegenständen, und er war es nicht gewöhnt, auf *irgend etwas*, was er haben wollte, warten zu müssen.

»Dr. Cooper«, sagte er und verengte seine Augen, während die Zornesröte in sein Gesicht stieg, »Sie wurden uns wärmstens empfohlen als ein Mann, der Resultate liefert...«

»Sie haben hervorragende Resultate von der Mannschaft geliefert bekommen, die Sie das letzte Mal beauftragt hatten. Sie hat einen altertümlichen Philister-Tempel von Dagon ausgegraben, das allein ist schon ein unglaublicher Fund.«

Der andere Mann murrte widerwillig: »Sicher, sie haben ihn gefunden, aber sie haben ihre Arbeit nicht unseren Vereinbarungen entsprechend abgeschlossen.«

Das war Mister Pippen, ein kleiner, nervöser Mann, der nicht stillsitzen konnte, ständig auf seinem Stuhl hin- und herrutschte und mit dem sehr schwer auszukommen war.

Dr. Cooper fragte ihn: »Wie konnten sie die Arbeit beenden, wenn Sie sie gefeuert haben?«

Mister Pippen starrte Dr. Cooper an, der es wagte, solch eine unverschämte Herausforderung auszusprechen. »Sie wurden entlassen, weil sie sich weigerten, zur Ausgrabungsstelle zurückzukehren. Sie waren ein feiger Haufen, hatten Angst vor ihren eigenen Schatten, sie wollten mehr Schutz, mehr Geld ...«

»Schutz wovor?«

Mister Pippen wollte diese Frage offensichtlich nicht beantworten. »Ist Ihnen da draußen denn irgend etwas Seltsames oder Gefährliches begegnet?«

»Zum Beispiel?«

»Geister, Banditen, Plünderer, haben sie gesagt«, grummelte Mister Pippen. »Das waren einfach Feiglinge.«

Andrews unterbrach: »Dr. Cooper, wir versuchen nur, etwas mehr für unser Geld zu bekommen.«

»Nun«, sagte Dr. Cooper, »ich würde sagen, Sie bekommen einiges für Ihr Geld. Wir haben da angefangen, wo die letzte Mannschaft aufgehört hat. Wir haben das Abbild von Dagon selbst gefunden, wir haben einen Plan von den Wänden gezeichnet, wir haben Tongefäße, Papyrus, Gebrauchsgegenstände ausgegraben, alles, was ein Museumsdirektor sich wünschen könnte.« Mister Pippen platzte heraus: »Aber Sie haben noch nicht *alles* ausgegraben!«

Dr. Cooper sah Mister Pippen direkt in seine kleinen Augen und sagte: »Das heißt, ich habe nicht gefunden, was *Sie* wollen, was immer das sein mag, stimmt's?«

Pippen wich dem durchdringenden Blick von Dr. Cooper aus und murrte: »Wir hatten vereinbart, daß wir über dieses Thema nicht diskutieren würden.«

Dr. Cooper wartete, bis Mister Pippen ihn wieder ansah, und sagte dann: »Ich bin Archäologe, Mister Pippen. Mir geht es um biblische Erkenntnisse, etwas von ewigem Wert. Wenn Sie einen Schatzjäger suchen —«

»Ich habe nichts über einen Schatz gesagt!« erwiderte Pippen schnippisch.

Dr. Cooper beendete seinen Satz mit ruhiger Stimme: »— dann können Sie Ihr Geld behalten und jemanden engagieren, der nach derselben Beute aus ist wie Sie.«

Mister Andrews griff ein: »Nun, meine Herren, das ist wirklich unnötig. Dr. Cooper, ich muß zugeben, Sie leisten eine sehr gute Arbeit als *Archäologe* — und wir können uns wirklich nicht beklagen. Es ist nur so, daß Mister Pippen eine Menge seines Geldes in dieses Projekt investiert hat. Und ich habe eine Menge meines Einflusses und guten Rufes investiert, und wir haben einfach gewisse Erwartungen ...«

»Und mit ausreichender Zeit werde ich diese Erwartungen erfüllen, *vorausgesetzt*, daß das, was Sie erwarten, überhaupt existiert.«

»Oh, natürlich existiert es!« beharrte Pippen. »Es muß da sein!«

Dr. Cooper hatte fürs erste genug von dieser Unterhaltung. Er erhob sich von seinem Stuhl. »Nun denn, wenn ich *es* finden sollte, was immer *es* ist, werden Sie es mich wissen lassen, oder?«

Dr. Cooper nickte zum Abschied, setzte seinen Hut auf, ging hinaus und ließ die beiden Geschäftsmänner allein, um sie weiter über Anbieter, Kunden, große Geschäfte und Geld zanken zu lassen.

Als er durch die Eingangstür kam, sah er seinen Sohn Jay und seine Tochter Lila, die aufgeregt die Museumstreppen hinaufstürmten.

»Nun«, sagte er, »was ist mit eurer Besichtigungstour durch das Heilige Land?«

Der vierzehnjährige Jay, bereits ein junger Mann, der dieselbe Robustheit wie sein Vater entwickelte, schaute grimmig. Er reichte Dr. Cooper ein Stück Papier. »Diese Nachricht ist gerade aus Gath eingetroffen.«

Lila, stark und hübsch mit ihren 13 Jahren, äußerte eine

Vermutung. »Ich wette, es ist dieser andere Typ, dieser Jerry. Bill und Jeff wollten ihn sowieso nie dabeihaben.«

»Ich auch nicht«, gab Dr. Cooper zu und entfaltete das Blatt. »Pippen und Andrews haben uns nicht vertraut, die Arbeit unbeaufsichtigt zu machen, nehme ich an ...«

Seine Stimme verlor sich, als er die Notiz las. Er schaute auf seine Uhr.

»Laßt uns gehen«, sagte er.

Sie drängten sich in Dr. Coopers Jeep. Laut der Nachricht war »etwas« draußen an der Grube passiert. Vor ihnen lag eine lange und zermürbende Fahrt, aber sie konnten es schaffen, bevor die Nacht hereinbrach.

In der Dämmerung holperte der Jeep mit Getöse in das Lager oberhalb von Gath. Bill und Jeff waren da, sie warteten schon ungeduldig auf die Ankunft der Coopers. Der dritte Mann namens Jerry war nirgends zu sehen.

»Ist was mit Jerry?« fragte Dr. Cooper, während er hastig aus dem Jeep stieg.

»Wir haben ihn verloren«, berichtete Bill.

Dr. Cooper setzte eine Miene auf, die ausdrückte, daß er nicht überrascht, aber um so besorgter war. Alle eilten zur Ausgrabungsstelle hinunter, während Bill erzählte, was passiert war, einschließlich ihrer Entdeckung der geheimnisvollen Grube.

»Eine *Grube?*« fragte Dr. Cooper, und seine Augen verengten sich.

»Gleich hinter dem Altar«, sagte Jeff.

»Ich habe noch nie von irgendwelchen tiefen Ausschachtungen unter einem Philister-Tempel gehört.«

»Tja, uns hat es genauso überrascht«, sagte Bill. »Wir waren an dem alten Dagon an der Arbeit und hatten ihn ungefähr halb ausgegraben, als sich dieses Loch öffnete. Da muß ein sehr dünner Steindeckel über der Öffnung gewesen sein, und wir haben ihn versehentlich zerbrochen, und er ist hineingefallen.«

Sie stiegen in das schmale Tal hinab. Dr. Coopers Mannschaft hatte schon viel erreicht: Es war ihnen gelungen, die Originalwände eines altertümlichen Tempels von Dagon auszugraben, dem bizarren Gott der Philister, der halb Mensch und halb Fisch war. Die alten Tore waren sichtbar, und zur Mitte hin, halb ausgegraben aus Bergen von Sand, Fels und Sedimentgestein, stand das unheimliche Steinbildnis von Dagon selbst, der mit feurigen Augen auf sie hinunterblickte.

Aber all das war in diesem Moment zweitrangig für die Coopers und ihre Mannschaft. Sie liefen an allem vorbei direkt zu der Stelle hinter dem Fischgott, um das geheimnisvolle Loch zu untersuchen.

Dr. Cooper lag auf der Erde und leuchtete mit seiner Taschenlampe tief in den Schacht hinein, um die Wände sorgfältig zu untersuchen. Er kratzte und bürstete ein wenig und warf dann einen Kieselstein hinein, um eine Vorstellung von der Tiefe zu gewinnen. Er war fasziniert — und gleichzeitig sichtlich verwirrt.

»Irgendeine Ahnung, was es ist?« fragte Bill.

Dr. Cooper schüttelte den Kopf. »Es macht keinen Sinn. Es *ist* von Menschen gemacht, aber ich hatte nicht gewußt, daß die Philister so gut ausgebildete Steinhauer und Tunnelbauer waren.«

»Und was machen wir jetzt?« wollte Jeff wissen.

»Wo ist das Seil?«

Bill fand es und reichte es ihm.

Dr. Cooper untersuchte das abgeschnittene Ende. »Ihr habt recht — es ist nicht zerrissen. Es wurde mit einem sehr scharfen Instrument abgeschnitten.« Dr. Cooper war bestürzt über die Situation, man konnte es an seinem Gesicht sehen. »Habt ihr irgend etwas gehört?«

Bill und Jeff wußten die Antwort auf diese Frage, aber sie zögerten, sie auszusprechen.

»Tja ...«, begann Bill, wohl wissend, daß es sich sehr seltsam anhören würde. »Wir hörten jemanden ... *etwas* da unten singen.«

Das rief den neugierigen Blick von Dr. Cooper hervor, den sie erwartet hatten. »*Singen?*« Sie konnten nur nicken.

»Es gibt keinen anderen Ausdruck dafür«, sagte Jeff. »Es war gruselig, wie etwas, was ich noch nie zuvor gehört habe.«

»War es eine *Stimme?*« Die beiden schauten sich gegenseitig an und schüttelten den Kopf.

»Klang nicht nach einer Stimme«, sagte Bill. »Vielleicht irgendein Tier.«

Jeff schüttelte den Kopf. »Nein, kein Tier könnte so eine genaue Melodie hervorbringen. Das Ding machte richtig Musik, Doc, eine richtige Melodie.«

»Was für eine Art Melodie?«

»Nun ...«, Jeff versuchte, ein paar Noten zu pfeifen, und Bill versuchte sie zu summen.

Fasziniert hörten Jay und Lila zu. Es hätte lustig sein können zu beobachten, wie diese beiden Männer versuchten, ein Lied zusammenzubringen, das sie gerade vorher gehört hatten, aber die Melodie, die sie hervorbrachten, hatte solch einen traurigen, unheimlichen Klang, daß die Coopers ihre Nerven prickeln spürten.

»Klingt östlich«, meinte Lila. »Eine Moll-Tonart.«

»Ja«, sagte Bill, »und dann ging es hoch ...« Wieder versuchte er zu summen, und wieder versuchte es Jeff mit Pfeifen.

Plötzlich bemerkte Jay einen weiteren Ton. Er konnte *drei* Melodien hören, nicht nur Bills und Jeffs.

»He, wartet mal«, sagte er leise.

Bill und Jeff hörten auf, aber die Melodie nicht. Sie standen alle ganz still da in der hereinbrechenden Dunkelheit. Alle konnten es hören. Von irgendwoher in den felsigen Hügeln über ihnen klang eine Melodie, langsam und traurig.

»Hat es so geklungen?« fragte Dr. Cooper flüsternd.

»Tja ...«, sagte Bill. »Die Melodie stimmt, aber das da ... das ist eine *Flöte* oder so was.«

»Eine Hirtenflöte«, sagte Jeff.

Sie hörten noch einen Moment lang zu. Der Klang bewegte sich langsam das Tal entlang.

»Das schauen wir uns besser mal an«, sagte Dr. Cooper.

Bill schnappte sein Gewehr, Jeff suchte sich einen anständigen Holzknüppel. Dr. Cooper schnallte sich seinen 357er Revolver um.

»Bleibt bei mir«, sagte er zu Jay und Lila.

Sie folgten dem Klang, der sich irgendwo an der Ostseite des Tals befand, immer noch in Bewegung, bis er hinter den großen Felsen verklang und dann wieder auftauchte. Dr. Cooper, Jay und Lila gingen direkt darauf zu. Bill wandte sich nach links, Jeff nach rechts. Unter ihren Füßen raschelten die stoppeligen gelben Grashalme wie steife Borsten, und die zerbrochenen, zerklüfteten Steine erschwerten das Gehen. Sie bewegten sich aufwärts, krochen zwischen den Findlingen hindurch, während sie immer nach dem Klang lauschten. Sie stiegen hoch über das Tal und näherten sich Stück für Stück. Der Klang der Flöte bewegte sich immer noch, weiter weg von der Grube.

Plötzlich verstummte er. Die Coopers hielten an und lauschten. Nichts.

Dann, völlig überraschend, das Meckern einer Ziege und noch einer. Dr. Cooper lächelte leicht. Er stieg weiter den Berg hinauf, gefolgt von Jay und Lila. Ein kurzes, verhaltenes Pfeifen von links sagte ihnen, daß Bill nicht weit weg war, ein zweiter Pfiff kam von Jeff von rechts.

Sie entdeckten einen kleinen Pfad entlang der oberen Talkante, das Meckern der Ziegen war jetzt sehr nah.

Die Coopers gingen den Weg entlang, vorbei an den aufgetürmten Felsen, schauten ringsumher, ihre Spannung löste sich etwas. Sie kamen um eine Biegung und erblickten eine kleine Herde Ziegen, die spielend und meckernd herumliefen.

»Aha — es muß der Ziegenhirte gewesen sein«, schloß Dr. Cooper.

»Jaaaaa!« kam ein schriller Schrei von oben, und bevor Jay und Lila wußten, was geschah, stürzte ein wirres Knäuel von Fellen, Lumpen, Haaren und fuchtelnden Armen auf ihren Vater und warf ihn um. Die Kinder wußten, daß der Angreifer — ein verrückter, wilder kleiner Mann mit einem schiefen Holzpflock anstelle eines Beines — kein Gegner für ihren Vater sein würde. Aber diese kleine Person war äußerst entschlossen, wie eine wütende Katze krallte sie sich an Dr. Cooper fest! Dr. Cooper drehte und wand sich kraftvoll, und der Mann stürzte kopfüber um. Aber kaum war Dr. Cooper wieder auf den Beinen, als der holzbeinige Angreifer wiederkam, diesmal schreiend und einen Stock schwingend.

»He du, halt an!« rief Jay, während er herbeilief, bereit, den drohenden Kerl zu greifen.

»Paß auf den Stock auf, Junge«, sagte Dr. Cooper, während er sich duckte, um dem zweiten Angriff auszuweichen.

Der kleine Mann schwang den Stock, und Dr. Cooper duckte sich, während der Stock über seinen Kopf pfiff, einmal, zweimal. Beim dritten Versuch konnte er den Stock greifen und dem Mann entreißen, dem er gleichzeitig ein Bein stellte.

Die seltsame Figur taumelte in den Staub, sprang aber wieder auf die Füße, die Augen voller Kampfeswillen und Angst. Dann wurde ihm bewußt, daß er mit leeren Händen dastand.

Dr. Cooper hielt nun den Stock und warf ihn Jay zu, gleichzeitig kamen ihm Bill und Jeff zu Hilfe. Der kleine Ziegenhirte begann zu begreifen, daß er weit unterlegen war. Dr. Cooper ging auf ihn zu, und er wich ängstlich zurück.

»Wenn Sie sich einen Moment zusammenreißen«, sagte

Dr. Cooper mit ruhiger Stimme, »würden wir gerne kurz mit Ihnen sprechen.«

Der behaarte, in Ziegenfelle gekleidete kleine Mann schien nicht allzu bereit zu sein, irgend etwas zu besprechen. Aber plötzlich fand er neuen Mut, blieb stehen und begann, über Dr. Cooper zu geifern und irrezureden, als würde er Verderben und Zerstörung prophezeien.

»Eindringlinge!« heulte er mit vor Angst aufgerissenen Augen und ausgestrecktem Zeigefinger. »Schänder! Ihr werdet uns alle verderben!«

Dr. Cooper bemerkte eine kleine geschnitzte Flöte, die am Gürtel des Ziegenhirts hing. »Wir haben das Spiel deiner Flöte gehört.«

»*Das Lied von Ha-Raphah!*« Der Ziegenhirte zeigte den Hügel hinunter auf die Grube. »Das da ist seine Wohnung. Ihr seid dort eingedrungen — Ihr habt ihn verärgert.« Mit einem bösen Lächeln fuhr er fort: »Und einer von euch hat seinen Zorn schon zu spüren bekommen, oder?«

Dr. Cooper hob seine Hand, um Bill und Jeff zurückzuhalten. »Woher weißt du das?«

Die Augen des kleinen Mannes weiteten sich vor Ehrfurcht. »Ich habe ihn singen gehört. Das bedeutet, daß er erfreut ist, und wie anders kann er erfreut sein, als wenn er einen Menschen frißt?«

Dr. Cooper studierte einen Moment lang das wettergegerbte Gesicht. »Er singt dieses Lied, wenn er einen Menschen frißt? Was ist er, eine Art Tier?«

»Er ist ein *Gott!*« sagte der Ziegenhirt. »Die Furcht vor ihm erfüllt uns alle. Entweder wir dienen ihm oder wir sterben.« Er berührte seine Flöte und fügte hinzu: »Ich habe gespielt, um ihn zu besänftigen. Wenn ich sein Lied spiele, läßt er mich vorbeigehen.«

»Und er ... frißt Menschen?«

»Nur wenn er wütend ist.« Der kleine Mann klopfte an sein Holzbein. »Einmal habe ich ihn wütend gemacht.« Er lachte geheimnisvoll über sein Unglück. »Jetzt haben wir gelernt, ihn durch Anbetung und Opfer zu besänftigen, und er läßt uns in Ruhe.« Die Augen des kleinen Mannes füllten sich mit Angst, als er sagte: »Aber ihr habt ihn wütend gemacht, und ihr könnt ihn nicht besänftigen. Er wird euch vernichten — er wird uns alle vernichten! Er ist Ha-Raphah!«

Jay und Lila kannten das Wort. »Ha-Raphah«, flüsterten sie zueinander, »der Furchtbare.«

Dr. Cooper fragte: »Wo kann ich ihn finden?«

Der alte Ziegenhirt lachte spöttisch. »Ihr seid in seine Wohnung eingedrungen, also müßt ihr ihn treffen — und wenn ihr es tut, werdet ihr keine Fragen mehr haben. Es gibt keinen, der ihm gleich ist, und *keiner* kann vor ihm bestehen. Er erfüllt die Erde — er trägt die Himmel auf seinen Schultern — seine Macht ist unendlich! Er vergibt nicht, er vergibt nicht und ist grausam, und ihr werdet die Klinge seines Schwertes zu spüren bekommen! Für euch gibt es kein Entrinnen.«

»Das ist eine gute Rede«, spottete Bill. »Das war sehr gut. Das machst du gut.«

»Jetzt lachst du«, rief der kleine Ziegenhirt zornig, »aber du wirst die Schreckensherrschaft unseres Gottes genauso zu spüren bekommen wie ich!«

Der Mann schaute wieder auf sein Holzbein. »Ich sah nichts, ich hörte nichts, ich war auf nichts gefaßt ...« Dann verengten sich seine Augen, seine Stimme senkte sich zu einem Flüstern, und er zitterte, als er sich entsann: »Aber es war Ha-Raphah, der dunkelste aller Schatten, der ohne einen Laut der Erde entstieg. Ich konnte nicht vor ihm fliehen. Ich spürte nichts — nur, daß mein Bein weg war.«

Dr. Cooper und die anderen begannen, diesem kleinen, verängstigten Mann zu glauben. Sie spürten, wie sich ihre Mägen zusammenkrampften.

Schließlich trat Dr. Cooper vor und gab dem Ziegenhirten seinen Stock zurück. »Geh in Frieden.«

»Aber, werdet ihr sein Heim verlassen?« fragte der Ziegenhirt ängstlich, während er erneut zu der Ausgrabungsstelle im Tal deutete.

»Ha-Raphah hat einen unserer Männer. Wir können ohne ihn nicht weggehen, auch wenn wir deinem Gott und seinem Zorn gegenübertreten müssen.«

»Oh, ihr werdet ihm begegnen, bestimmt«, sagte der Mann sehr überzeugt. »Bleibt hier, und ihr werdet.« Er blickte noch einmal in Richtung der Grube. »Aber ich nicht. Nein, ich nicht.«

Er schwirrte davon wie ein verängstigter Vogel, während er seine Ziegen den Pfad entlangtrieb. Dr. Cooper sah seine Kinder und die Mannschaft an, und dann schauten sie alle zum Tal hinunter. Sie wußten, daß sie zurückgehen mußten, aber nun konnten sie nicht umhin, sich zu fragen, welche Gefahren wohl auf sie lauerten.

Wortlos machten sie sich auf den Rückweg.

Nun wurde es sehr schnell dunkel. Sie hasteten den Weg zurück, auf dem sie gekommen waren, und stolperten immer wieder über lose Steine, während sie sich weiterkämpften.

»Was denken Sie darüber, Doc?« fragte Bill.

»Nun«, sagte Dr. Cooper nachdenklich, »das, was der alte Ziegenhirt zu sagen hatte, scheint alles mit hiesigen Traditionen zusammenzupassen.«

»Du meinst die ganzen Legenden und Gerüchte über ... einen Geist?« fragte Lila.

»Ha-Raphah«, sagte Jay, und ihm gefiel der Klang des Namens überhaupt nicht.

»Aber wir haben einen greifbaren Beweis von etwas«, fügte Dr. Cooper hinzu. »Den Verlust des Beines des Ziegenhirten, unseren vermißten Mann und das abgeschnittene Seilende, nicht zu vergessen dieses ... mh ... Singen.«

»Aber ... ein Geist?« fragte Jeff.

Dr. Cooper überdachte sorgfältig, was sie von dem Ziegenhirten erfahren hatten. »Der dunkelste der Schatten ... ein grausamer, tyrannischer Geist, der Menschen frißt, bis zu den Himmeln hochragt, eine Melodie so beständig singt, daß der Ziegenhirt sie lernen kann ... der die Erde unter dieser Ausgrabungsstelle bewohnt, der die Eingeborenen hier mit Schrecken erfüllt ... der verehrt und als Gottheit angebetet wird ...«

»Also ist das irgendein Spuk«, sagte Bill.

Sie erreichten die Talsohle, als gerade der glänzende Mond über die Hügel kroch und das Tal in bernsteinfarbenes Licht tauchte. Die heiße, trockene Luft hing lautlos zwischen den Hügeln. Die Stille der Nacht war beunruhigend.

Sie mußten durch den ausgegrabenen Philister-Tempel

hindurch, um ihr Lager zu erreichen, und die vom blassen Mondlicht klar beleuchteten zerfallenden Mauern warfen lange, gezackte Schatten auf den Sand. Dagon erschien scheußlich und geisterhaft in diesem Licht, sein Gesicht verschwand in seinem eigenen Schatten bis auf die lange Nase aus Kalkstein und seine hervorstehenden, drohenden Augen. Jay und Lila konnten sich vorstellen, wie er jede ihrer Bewegungen beobachtete.

Sie befanden sich im schweigenden Gänsemarsch durch die Tempelruinen, als sie plötzlich, ohne daß ein Wort fiel, spüren konnten: Irgend etwas stimmte nicht. Dr. Cooper blieb lautlos stehen, zog seine 357er und hielt sie an seiner Seite bereit, während er intensiv lauschte. Die anderen hielten an und blieben still stehen. Bill griff nach seinem Gewehr.

Als einige Kieselsteine von einer Wand hinunterklackerten, duckte sich Dr. Cooper leicht und hob seine Pistole. Weitere Kieselsteine rollten auf die Erde, und Dr. Cooper winkte seine Kinder mit der Hand zurück. Er schaute auf Dagon.

Dagon schien sich zu bewegen. Oder war es nur sein Schatten, der scheinbar schwankte, wogte, größer wurde?

Jeff stand vor Jay und Lila, um sie mit seinem Körper zu schützen vor ... was immer es sein mochte.

Dann sahen sie es alle. Es war dunkel genug, um Dagons Schatten zu sein, aber langsam schritt es hinter Dagon hervor, als ob dessen Schatten abgebrochen und lebendig geworden war. Er ging wie ein Mensch.

Dr. Cooper zielte mit seiner Pistole, und Bill spannte sein Gewehr mit einem Klack, das die Stille durchbrach. Jay und Lila sprangen schutzsuchend hinter das Überbleibsel einer Mauer.

Der Schatten war enorm und türmte sich über Dr. Cooper auf wie ein großer Baum. Es war ein äußerst angespannter Moment der Stille, aber derselbe Gedanke fuhr durch alle Köpfe.

»Ha-Raphah?« flüsterte Lila.

»Dr. Jacob Cooper?« fragte der Schatten mit einer Stimme, die sich wie das Knurren eines Löwen anhörte. »Aus Amerika?«

Dr. Cooper hielt seine Pistole erhoben, ebenso Bill. Der Archäologe winkte mit der Hand und sagte: »Treten Sie ins Licht, wo ich Sie sehen kann. Zeigen Sie sich.«

Der Schatten gehorchte und trat in den Schein des aufgehenden Mondes.

Es war ein sehr großer, mit einem schmutzigen braunen Arbeitsanzug bekleideter Mann. Er trug einen Hut mit einer breiten, herabhängenden Krempe. Er hatte ein beeindruckend aussehendes Gewehr bei sich, einen Munitionsgürtel um seinen riesigen Brustkorb gelegt und sah aus wie ein Terrorist.

»Haben Sie einen Geist erwartet?« fragte der Mann, und seiner Brust entwich ein Glucksen. »Einen Besuch von Ha-Raphah?« Das Glucksen brach abrupt ab, and der Mann wurde sehr ernst. »Wäre ich der Geist gewesen, wären Sie alle mit Sicherheit jetzt tot. Sie hätten auf mich schießen müssen, solange Sie Gelegenheit dazu hatten!«

»Wer sind Sie?« fragte Dr. Cooper ungeduldig.

»Mein Name ist Talmai Ben-Arba, aus Gath«, sagte der Mann und bot Dr. Cooper seine behandschuhte Hand.

Dr. Cooper überlegte einen Moment, senkte dann seine Pistole, schüttelte die große Hand und fragte: »Und was haben Sie hier zu suchen?«

»Ich würde sagen, Doktor, Sie haben eine ziemlich große Aufgabe übernommen, eine Aufgabe, der Sie vielleicht nicht gewachsen sind. Ich habe Ihre Kämpfe hier eine Zeitlang beobachtet, und ich denke, Sie brauchen eine weitere Hilfe. Ich bin hier in der Gegend geboren, Doktor. Ich kenne diesen Ort, seine Launen, seine Gefahren, seinen Aberglauben und die Leute, die hier wohnen. Ich bin gekommen, um Ihnen meine Dienste anzubieten.«

»Nun ... ich hoffe, Sie werden das nicht falsch verstehen«, sagte Dr. Cooper langsam und vorsichtig, »aber die ... Geschäftsleute ... die uns engagiert haben, haben uns schon einen Mann zur Unterstützung geschickt, und nun ist er verloren gegangen und wahrscheinlich tot. Ich kann keine Verantwortung für weitere Mitläufer übernehmen.«

Die Antwort des großen Mannes war schroff. »Mister Jerry Frieden war, wie Sie sagen, ein Mitläufer, und er hat genau das bekommen, was er in seiner Dummheit verdient hat. Was allerdings Talmai Ben-Arba betrifft — der kann auf sich selbst aufpassen.« Er fügte mit einem Blitzen in den Augen hinzu: »Wie wir das alle tun müssen, stimmt das nicht, Doktor? Soweit ich weiß, haben Sie keine Versicherung oder Schutz von der Regierung erhalten, und Ihre nicht allzu großzügigen Auftraggeber, Mister Pippen und Mister Andrews, haben Ihnen auch keine Unterstützung angeboten, weder im Blick auf die Ausrüstung noch auf die Besatzung. Sie, Ihre zwei Männer und Ihre zwei Kinder sind hier allein, um sich selbst zu verteidigen, oder?«

»Und um Wunder zu vollbringen. Ich bin sicher, das wissen Sie auch.«

Ben-Arba warf seinen Kopf zurück und brüllte vor Lachen, so daß es bis in die Berge hinaufhallte. »Ach ja, Dr. Cooper, der Schatz, der nach Mister Pippens Überzeugung hier sein soll ... Sie als Christ, der sich nichts aus Reichtümern macht, sollen jetzt einen Schatz produzieren, obwohl Sie nach nichts anderem als nach Wissen suchen. Tja, so ist nun mal das Leben in der Welt der ... Geschäftsleute, oder?«

Dr. Cooper rief hinter sich: »Jeff, Jay and Lila, bringt unsere Kletterausrüstung und einige Lampen.«

Die drei machten sich an die Arbeit.

Dr. Cooper wandte sich wieder an Talmai Ben-Arba.

»Sie haben sich anscheinend viel Mühe gemacht, alles über uns und die Gründe, weshalb wir hier sind, zu erfahren.«

»Solche Information läßt sich schnell finden, wenn man weiß, an welchen Orten man suchen und welche Leute man fragen muß.«

»Also worauf sind Sie aus? Sie müssen ja auch wissen, daß ich kein Geld habe, Sie zu bezahlen.«

Ben-Arbas Stimme senkte sich in der Tonlage, und er sprach, als erzählte er ein Geheimnis. »Ich glaube auch an den Schatz, Dr. Cooper. Pippen und Andrews bilden sich vielleicht ein, Sie wären ihr Eigentum, aber mich besitzen sie nicht, und genausowenig gehört ihnen der Grund und Boden, auf dem wir stehen. Egal, welche Reichtümer hier gefunden werden — sie gehören dem, der sie findet, und ich beabsichtige, diese Person zu sein. Wir können uns gegenseitig helfen: Ich biete Ihnen mein Wissen und mein Können für einen fairen Anteil an den Schätzen, die Sie vielleicht finden. Sie gewinnen Wissen, und ich werde reich!«

Dr. Cooper seufzte und sah zu Boden. »Gier«, sagte er traurig. »Davon habe ich schon genug erlebt.«

Ben-Arba hatte keine Zeit für kleine Predigten. »Wie ist Ihre Antwort, Doktor?«

»Mister Ben-Arba, Sie bitten um einen Anteil an einem Schatz, der vielleicht gar nicht existiert. Und was das Wissen und Können anbelangt, das Sie uns bieten können — Sie haben mir bislang weder etwas davon gezeigt, noch haben Sie mir erklärt, warum ich Sie überhaupt brauchen würde.«

Just in diesem Moment begann eine einsame, weit entfernte Stimme ähnlich der eines gespenstischen Wolfes, eine getragene, traurige Melodie zu heulen. Es war eine langsame und stetige Folge von Noten, die sich hoben und senkten wie bei einem Trauerlied. Dr. Cooper und Ben-Arba erstarrten, als der Klang ihre Ohren erreichte. Bill umklammerte sein Gewehr und horchte, während er sich argwöhnisch nach allen Seiten umschaute.

Jeff, Jay und Lila erstarrten wie Salzsäulen neben der Versorgungshütte, als der Klang zu ihnen drang. Jay und Lila schauten Jeff an. Schweigend nickte er, als wollte er sagen: »Ja, das ist es, was wir gehört haben.«

Dr. Cooper sah zu Bill, der flüsternd sagte: »Ja, das ist der Klang. Aber ... das letzte Mal kam er tief aus der Erde.«

Dieses Mal war es kein unterirdischer Klang. Er hallte überall um sie herum wider, wurde immer lauter, unheimlicher, kam immer näher.

Als der Mond weiter aufging und sein Licht von dunklem Bernstein in kaltes Silber verwandelte, fuhr die fremdartige, gespenstische Stimme aus den dunklen Bergen fort, zu heulen und zu klagen, bis die Melodie plötzlich einem Moment von Grabesstille Platz machte.

Dann, wie auf ein Stichwort, antwortete eine klingende Tenorstimme von irgendwo in der Nacht mit einer Variation desselben Liedes. Diese Stimme wurde von einer zweiten begleitet, und dann, mit noch mehr Lautstärke, kam eine weitere hinzu, und wieder eine, und noch eine fiel in das Lied ein, das in Wellen von Klagen, Trauer und Angst von einem Talende zum anderen getragen wurde. Innerhalb weniger schrecklicher Minuten, die wie Stunden schienen, war aus den vereinzelten Stimmen ein unheimlicher Chor geworden. Das Klagelied, das er sang, durchzog das Tal wie ein kalter Wind.

Mittlerweile war ihnen die Melodie vertraut — beängstigend vertraut.

»Das Lied von Ha-Raphah«, sagte Ben-Arba. Er blickte um sich und lauschte den vielen Stimmen, die nun die Nachtluft erfüllten. »Ihr mächtiger Geist hat sie gerufen, und nun antworten sie. Sie versuchen, ihm zu gefallen.«

»Wer sind sie?« fragte Dr. Cooper, immer noch gespannt horchend.

»Seine Nachfolger. Die Yahrim.«

Dr. Cooper übersetzte das Wort. »Die Furchtsamen?«

Ben-Arba nickte, sein Gesicht war sehr grimmig, und seine Augen spiegelten das silberne Mondlicht wider. »Er ist der Furchtbare, also sind sie die Furchtsamen.« Dann fügte er hinzu: »Heute ist ihre Anbetungs- und Opfernacht, aber ... heute nacht klingt ihr Lied verzweifelt. Sie singen um ihr Leben.«

»Sie kennen also Ha-Raphah?«

Der große Mann blickte hinunter auf Dr. Cooper, und ein Lächeln erschien auf seinem furchterregenden Gesicht. »Ein Stück meines Wissens und Könnens«, sagte er hämisch.

»Dann fahren Sie bitte fort.«

Voll Verwunderung und Ehrfurcht kehrte Ben-Arbas Blick zu den sie umgebenden Hügeln zurück. »Sie sind das Volk dieser Berge, eine sehr isolierte Gruppe von Schafhirten, Ziegenhirten oder Händlern, mit uraltem Aberglauben und einer schrecklichen Religion, die Ha-Raphah verehrt. Dies ist ihr Land — dies sind ihre Hügel und ihre heiligen Orte. Ich kann mir nicht vorstellen, daß sie — oder ihr Gott — jemals von Außenseitern in so einer Weise bedroht worden sind wie jetzt von uns. In ihren Augen muß Ha-Raphah sehr wütend sein. Und ich kann Ihnen versprechen, daraus kann nichts Gutes werden.«

»Wie viele sind es Ihrer Meinung nach?«

»Vielleicht drei- oder vierhundert insgesamt, wobei die Hälfte dieser Zahl bewaffnet und gefährlich ist. Aber soweit ich weiß, besitzen sie keine modernen Feuerwaffen. Das verbietet ihnen ihre Religion.«

»Können wir mit ihnen verhandeln?«

Ben-Arba warf einen vorwurfsvollen Blick auf Dr. Cooper, der ihn schon dafür verdammte, daß er überhaupt eine solche Frage stellte.

»Was ist mit Ha-Raphah? Existiert er in irgendeiner Form, mit der wir es zu tun bekommen könnten?«

Ben-Arba war beeindruckt von dieser Frage. »Sie sind nicht skeptisch, Doktor?«

»Ich glaube an den Gott Israels, an seine himmlischen Boten und ebenso an böse Geister.«

»Hmmm«, sagte Ben-Arba, seinen Blick immer noch auf die Hügel gerichtet. »Da draußen ist etwas, und ich glaube daran.« Dann räusperte er sich: »Aber ich glaube auch an Talmai Ben-Arba! Er kann mit allem und jedem fertig werden, was ihm begegnet.«

»Sogar mit einem Geist?«

Ben-Arba grinste spöttisch. »Soll er sich sehen lassen, dann werde ich entscheiden. Wir können alle entscheiden.« Dann fügte er hinzu: »Was übrigens schnell geschehen kann, wenn wir hier weiter auf Ha-Raphahs Grund und Boden rumstehen.«

Immer noch schwang die unheimliche Musik um sie herum. Jay, Lila und Jeff kamen vom Versorgungszelt mit Seilen, Kletterausrüstung und Lampen zurück.

Dr. Cooper winkte sie zu sich heran.

»Dies ist der Rest der Mannschaft«, sagte er zu Ben-Arba. Schnell wurde man sich gegenseitig vorgestellt, dann trieb Dr. Cooper zur Eile an. »Wenn Sie unter Beweis stellen möchten, wozu Sie uns hier noch nützlich sein könnten, dann besänftigen Sie mal die Yahrim, damit wir uns daranmachen können, Jerry zu retten. Ohne Rücksicht auf sie oder ihren Gott — wir müssen nach ihm suchen.«

»Ach, die Yahrim!« sagte Ben-Arba angewidert. »Sollen sie ihrem Namen gerecht werden!«

Mit einer schwingenden Bewegung richtete er sein Gewehr in die Luft und feuerte zweimal in die Runde. Die Schüsse tönten durch das Tal wie eine Glocke und versetzten den Chor in erschreckte Unordnung. Ben-Arba warf seinen Kopf zurück und stieß einen wilden Schrei aus, der das Lied wie mit einer Klinge abschnitt. Nun herrschte Todesstille.

»Zurück in die Berge mit euch«, rief er, und die Cooper-Gruppe konnte viele Schritte hören, die sich hoch in den Felsen entfernten.

Einen Moment lang wußte keiner, was er sagen sollte.

Ben-Arba war froh darüber; das gab ihm das Gefühl, sie beeindruckt zu haben.

»Eine weitere Kostprobe meines Könnens«, informierte er Dr. Cooper. »Und nun noch ein Beispiel für mein Wissen: Sie sollten sich wirklich zweimal überlegen, ob Sie den Schacht betreten. Ihnen wird das gleiche passieren wie Ihrem armen Mitläufer.«

Bevor irgend jemand fragen konnte, wovon er eigentlich sprach, schritt Ben-Arba hinüber zu dem tiefen, geheimnisvollen Loch, das Jerry Frieden verschluckt hatte. Er leuchtete mit seiner starken Taschenlampe in die bodenlose Tiefe.

»Es ist ein Lüftungsschacht«, erklärte er, »eine perfekte Falle für einen ausgewachsenen Menschen. Sie würden eingequetscht, könnten sich nicht mehr bewegen. Wenn Sie angegriffen werden, können Sie sich nicht verteidigen.«

»Woher wissen Sie, was das ist?« fragte Jay.

Zum ersten Mal betrachtete der große Mann Jay und Lila gründlich und fragte dann Dr. Cooper: »Was wollen Sie eigentlich mit Kindern an einem solchen Platz?«

»Sie sind ziemlich gut ausgebildet und kompetent«, erwiderte Dr. Cooper, »und Jays Frage ist berechtigt.«

Die dunklen Augen blitzten von einer fremdartigen Wildheit, als Ben-Arba antwortete: »Ich werde Ihnen nur erzählen, was Sie wissen müssen, wenn Sie es wissen müssen und nicht vorher. Ich muß sicher sein, daß Sie mich immer brauchen.« Dann schaute er wieder zu Jay und Lila und sagte: »Doktor, sie sind wirklich noch klein.«

Jay redete los: »Sicher, und das könnte gut sein.«

Er ging zum Rand des Loches und maß es aus.

»Ich bin klein, Talmai Ben-Arba, aber ich kann kämpfen, und ich würde da nicht steckenbleiben.«

Ben-Arbas Blick offenbarte einen seltsamen Ausdruck von Schadenfreude, während er sich an Dr. Cooper wandte. »Ja ... ja! Schicken Sie ihn zuerst. Er hat im Schacht mehr Platz, sich zu bewegen und zu kämpfen. Sobald er den Boden erreicht, kann er sich nach Gefahren umsehen und Sie warnen.«

Dr. Cooper wollte widersprechen, aber er hielt inne, um diese Idee sorgfältig zu überdenken.

Jay und Lila standen am Rand der Grube und leuchteten mit ihren Taschenlampen hinein. Es war wirklich ein kleines, enges Loch.

Dr. Cooper fragte Bill und Jeff: »Was hat Jerry gesagt, bevor ihr ihn verloren habt?«

»Irgend etwas über einen Raum da unten«, sagte Bill.

»Und dann?«

»Irgend etwas muß ihn geschnappt haben«, sagte Jeff.

»Und es war groß. Wir konnten das Gewicht am Seil spüren.«

»Ha-Raphah«, sagte Ben-Arba schlicht.

Dr. Cooper ging zu Jay und Lila an den Rand des Schachts, schaute hinunter in diesen tiefen, dunklen Brunnen und fragte sie dann: »Nun, was denkt ihr?«

»Es wäre okay, wenn ihr zuerst eine Laterne hinunterlaßt«, sagte Jay. »Auf diese Weise kann ich sehen, was sich unter mir befindet.«

Bill war zu einem Versuch bereit. Er befestigte eine Gaslaterne an einem langen Seil und ließ sie langsam in die Tiefe hinab. Alle beobachteten, wie sie Stück um Stück hinuntersank, gelegentlich gegen die Schachtwände stieß und einen Ring von Licht um sich warf.

Als Bill dreizehn Meter Seil nachgelassen hatte, sagte er: »An dieser Stelle haben wir Jerry verloren.«

Jetzt war die Laterne nur noch ein winziger Lichtpunkt mit einem Ring von Licht, sie schwang langsam hin und her, stieß an die eine Wand, dann an die andere. Bill ließ mehr Seil nach, und der Lichtschein verschwand.

»Und da ist der Raum, von dem er sprach«, sagte Dr. Cooper. Noch drei Meter. Das Seil wurde schlaff.

»Wir sind am Boden«, berichtete Bill.

Dr. Cooper legte sich auf die Erde mit dem Kopf über dem Loch und lauschte. Jay tat das gleiche. Von unten war kein Ton zu hören.

Bill hielt einen Gurt und ein Seil für Jay bereit.

»Mach keinen unnötigen Lärm«, wies Dr. Cooper ihn an. »Wenn es irgendwelche Probleme gibt, verschwende keine Zeit — rufe, und wir werden dich sofort raufziehen. Wenn alles gut aussieht, gib uns ein Signal mit der Taschenlampe.«

Jay war bereit. Aber erst mußte noch etwas anderes geschehen. Ohne daß jemand etwas sagen mußte, stellten sich Jay, Lila, Dr. Cooper, Bill und Jeff um das Loch, faßten sich bei den Händen und beteten, so wie sie es immer taten, wenn sie fühlten, daß ein Abenteuer begann. Ohne Gottes ständigen Schutz hätten sie so einen Versuch wie diesen nie unternommen; das gehörte zur Expeditionspolitik der Coopers.

Dr. Cooper beendete das Gebet mit den schlichten Worten: »Lieber Vater, beschütze Jay, meinen Sohn. Beschütze uns alle. In Jesu Namen, Amen.«

»Amen«, sagten alle.

»Na los jetzt«, forderte Ben-Arba auf.

Jay war bereit. Bill und Jeff bedienten die Winde und ließen das Seil aus, während er rückwärts in das Loch hinunterstieg, einen Halt für seinen Fuß fand, dann wieder einen, einmal abrutschte, ihn wiederfand und so den senkrechten Tunnel hinunterkletterte. Ben-Arba hatte auf jeden Fall recht gehabt bezüglich der Enge des Loches. Mit Leichtigkeit konnte Jay mit ausgestreckten Ellbogen die Wände berühren. »Wenn man auch noch nie Platzangst gehabt hatte, dann wäre das der ideale Ort, sie zu bekommen«, dachte er.

Die trockenen Kalksteinwände glitten an ihm vorbei, dann begann die Luft modrig zu werden. Jay konnte alte, erdene Gerüche wahrnehmen, die von einem steten, kühlen Windzug nach oben getragen wurden. Er hielt seine Lampe nach unten gerichtet und schaute vorsichtig nach allem aus, was ihn auf eine etwaige Gefahr hinweisen könnte. Bisher war nichts zu sehen außer den Mauern des Schachtes. Er hörte nichts außer den kratzenden Geräuschen seiner Füße an den Steinen.

Sechs Meter nach unten, dann zehn, dann dreizehn.

Sein Puls wurde schneller. Unter ihm öffneten sich die engen Wände des Schachtes zu einem dunklen, höhlenartigen Raum. Er konnte die Lampe auf dem felsigen Grund weit unten sehen. Er signalisierte nach oben, daß er stoppen wollte, und bog seinen Kopf nach unten, um sich umzuschauen.

Er wußte, daß er leise sein mußte. Trotzdem konnte er kaum einen Schrei der Aufregung unterdrücken. Die Laterne auf dem Boden erleuchtete eine Kammer, ca. drei Meter breit und ... es war schwer zu sagen, wie lang; sie erstreckte sich in beide Richtungen in die Dunkelheit. Die Wände waren glatt, genau wie der Boden, der nur von Sand und Steinen beschmutzt war, die durch den Schacht gefallen waren oder sich vielleicht bei Jerry Friedens Kampf gelöst hatten. Dann erblickte Jay etwas an einem Ende der Passage: eine große, glatte Steintafel mit seltsamen Schriftzeichen darauf. Vielleicht würde sein Vater in der Lage sein, sie zu entziffern.

Okay, dachte er, nun kommt der nächste Schritt. Er gab ein weiteres Signal mit der Taschenlampe und schwang seinen Körper über die Öffnung, während die Mannschaft oben ihn weiter in den Raum hinabließ. Als er dort in der Luft hing und sich langsam drehend immer weiter nach unten bewegte, erinnerte er sich lebhaft an Bills Worte: »An dieser Stelle haben wir Jerry verloren.«

Seine Füße fühlten den kalten Steinboden unter sich, genau neben der Laterne. Das Seil wurde schlaff und straffte sich gleich wieder. Sie hielten ihn gut fest, und dafür war er sehr dankbar.

»Sei bloß leise«, dachte er bei sich, »atme nicht zu laut.« Er lauschte einen Augenblick. Außer dem traurigen, unheimlichen Säuseln der Luft, die durch den Schacht nach oben stieg, war kein lauteres Geräusch zu hören als das Klopfen seines Herzens. Er zwang sich, überall hinzuschauen. Er mußte wissen, was sich in diesem Raum befand, ob gut oder schlecht, ob er es mögen würde oder nicht.

Seine Suche endete abrupt, als seine aufgerissenen Augen einen einsamen Gegenstand auf dem Steinboden fixierten — einen Schuh, aufgerissen und scheinbar weggeworfen.

Dann fiel sein Blick auf einen weiteren Gegenstand direkt am äußeren Rand des Laternenscheins. Es war ein Werkzeug ... ein kleiner Pickel. Es war der von Jerry Frieden. Jetzt hatte er wirklich Angst.

Jay zwang sich, seinen Blick in einem langsamen, weiten Bogen durch den kalten, dunklen und geheimnisvollen Raum gleiten zu lassen. Außer dem Schuh und dem Pickel schien der Raum leer zu sein. Jay konnte keine Tür nach drinnen oder draußen entdecken. Dort waren Reliefmalereien in die Wände eingeritzt — Abbildungen von Kriegern, Kämpfen und heidnischen Gottheiten. Die schauerlichen, riesigen Gestalten waren in blutrünstigen und gewalttätigen Heldentaten dargestellt.

Ein weiterer Moment verging. Nun konnte er erkennen, daß die Kammer kein Raum war, sondern ein Gang, ein Tunnel. Es war nicht auszumachen, wie weit er in beide Richtungen reichte. Langsam siegte Jays Neugier über seine Angst.

Nun ... die Mannschaft oben wartete. Jay schlüpfte aus dem Gurt, richtete seine Lampe nach oben und schwenkte sie hin und her. Ein sich bewegendes Licht von oben bedeutete, daß sie sein Signal empfangen hatten. Der Gurt wanderte den Schacht hinauf.

Jetzt sicherte Dr. Cooper den Gurt um seine Hüfte und stieg in den Schacht ein. Schweigend und vorsichtig verschwand er in dem Loch, während Jeff die Winde betätigte.

Es war ein enger, unheimlicher Schacht, und Ben-Arba hatte recht — für einen ausgewachsenen Mann war die Gefahr zu groß, hier festzustecken, wenn etwas oder jemand angreifen wollte.

Drei Meter nach unten, fünf, sechs. Sorgfältig untersuchte er die alten Werkzeugspuren im Kalkstein. Die Steinbrucharbeiter hatten mit großer Präzision und Genauigkeit gearbeitet. Der Schacht war vollkommen rund, und seine Wände waren hundertprozentig senkrecht.

Bei dreizehn Metern erreichte er die Decke des Raumes und ließ sich in den offenen Raum unter ihm hinunterfallen.

Jay stand Wache mit aufgerissenen Augen und ließ den Strahl seiner Taschenlampe umherwandern. Als Dr. Coopers Füße die Erde berührten, blickte er Jay an, und Jay antwortete mit rascher Stimme leise: »Alles okay!« Dann deutete Jay mit dem Lichtstrahl auf den Schuh und den Pickel.

Dr. Cooper stieg aus dem Gurt aus und schwenkte seine Lampe über die Öffnung. Der Gurt wurde wieder hinaufgezogen. Dann stand er in der Mitte des Raumes und exerzierte die gleichen Vorsichtsmaßnahmen durch, wie Jay es getan hatte. Er horchte eine lange Zeit und schaute sich im ganzen Raum um, leuchtete mit seiner Taschenlampe jedes Stück des Raumes aus. Ohne ihn zu berühren, besah er sich sorgfältig erst den Schuh, dann den Pickel. Er betrachtete die Wandmalereien. Er untersuchte einige der Schriftzeichen. Er beugte sich sogar nach unten und fuhr mit seinem Finger über den Boden. Er war fasziniert, aber offenbar sehr, sehr verwirrt.

»Das ist alles falsch«, sagte er leise, und seine Stimme hallte von den Steinwänden wider.

»Was ist falsch?«

»Es scheint ein Grab zu sein, aber ... erstens ist es nicht philistinisch, und außerdem ist es nicht verlassen worden.«

Jay hatte dieses Detail auch irgendwie bemerkt, aber nun wurde es ihm richtig bewußt. Der Boden war sauber und ebenso die Wände, und das war ganz und gar nicht typisch für ein altertümliches, unentdecktes Grab.

»Dann ...« dachte Jay laut, »ist jemand hier gewesen.«

»Und zwar ziemlich regelmäßig. Wen immer Jerry getroffen hat, er hat eine ganze Zeitlang hier gewohnt, und er hat alles sehr ordentlich instand gehalten.«

»Aber wessen Grab ist es dann?«

Dr. Cooper ging hinüber zu der glatten Steinplatte mit den alten Inschriften. Zeile für Zeile brütete er über den eingeritzten Buchstaben und versuchte, einen Sinn daraus zu erkennen. Schließlich schüttelte er ratlos den Kopf.

»Die Zeichen sind mir bekannt, aber ... sie ergeben keinen Sinn. Sie bilden keine Worte, die ich erkennen könnte.«

Jay kam näher, um zu sehen, was sein Vater da studierte. »Fehlen da nicht vielleicht einige Buchstaben, oder bilde ich mir das nur ein?«

»Ja, da fehlen Buchstaben, und sogar ganze Worte, so wie bei einem Rätsel. Siehst du da? Ein Buchstabe, und dann eine Lücke und dann wieder ein Buchstabe und dann ein ganzes Wort. Und schau — sie sind nach einer Art Muster angeordnet, vielleicht ein Akrostichon — jede Zeile beginnt mit demselben Buchstaben, und dann überkreuzen sich die Zeilen aus irgendeinem Grund.«

»Ja«, sagte Jay, »so ähnlich wie ein Kreuzworträtsel. Ich habe mich schon darüber gewundert.«

»Ich denke, dieser Teil hier unten muß irgendeine Grabinschrift sein. Hier sind Namen, und diese folgenden Abschnitte müssen ihre Lebensgeschichten sein, vielleicht ihre Heldentaten.«

»Und was für Heldentaten«, sagte Jay, während er die Einkerbungen nochmals betrachtete.

Auch Dr. Cooper schaute sich die Einkerbungen noch näher an. Er war beunruhigt von dem schrecklichen Anblick. »Ein unglaublich kriegerisches Volk ... bösartig ... absolut gewalttätig.«

»Sie hatten nicht viel Respekt vor Menschenleben, oder?«

Dr. Cooper schüttelte voll Abscheu den Kopf. »Jay, es ist ein sehr gutes Beispiel für die sündige Natur des Menschen ohne Gott. Deshalb befahl Gott Josua, alle gottlosen Einwohner aus dem Land zu vertreiben. Er wollte nicht, daß sein Volk mit solchem moralischen und geistlichen Schmutz in Berührung kam.«

»Aber ... wer waren diese Menschen?«

Dr. Cooper studierte weiter eifrig die Einkerbungen und Inschriften. »Mmh, irgendwelche Kanaaniter, aber genau kann ich das noch nicht sagen.« Wieder sah er auf die seltsamen, rätselartigen Inschriften, und plötzlich verengten sich seine Augen. »Oh, oh ...«

»Was?«

Dr. Cooper nahm eine kleine Bürste aus seinem Gürtel und strich damit über die Buchstaben. Mit der Kante eines Werkzeugs kratzte er am Stein. »Dieser Teil hier oben ... der Teil, der wie ein Kreuzworträtsel aussieht ... Das ist keine alte Inschrift. Sie ist sogar ziemlich neu.«

Lila kam als nächste in die geheimnisvolle Kammer, dann quetschte sich, Zentimeter für Zentimeter brummend und kämpfend, Ben-Arba zu ihnen durch. Groß und stark, wie er war — diesmal waren seine Ausmaße eine Behinderung und kein Vorteil, und er mußte zuerst seine Waffen ablegen, bevor er überhaupt in den Schacht hineinpaßte. Als er endlich verärgert und nervös angelangt war, schwenkte er sein Licht über die Öffnung und murmelte: »Beeilt euch.« Schnell folgten sein Gewehr und seine Munition.

Auch Lila war fasziniert und erschreckt von den Wandmalereien. »Meint ihr, daß Ha-Raphah so wie einer von denen ist?«

Ben-Arba war kein Typ, der jemanden tröstete. »Er ist einer von ihnen, das haben die Yahrim doch erzählt. Sie sagen, in seiner Höhle sind die Köpfe seiner Feinde aufgereiht ...«

Dr. Cooper schnitt seine Rede mit einer schnellen Frage ab. »Wissen Sie, wo wir sind?«

Ben-Arba schaute sich den Gang an. Er war fasziniert und ebenso voll Angst. Er hielt sein Gewehr bereit. »Entsprechend dem, was sich die Leute hier erzählen, sind wir in den Gräbern, Doktor.«

»Wessen Gräber?«

»Es gibt Volkssagen von schrecklichen Ungeheuern, bösartigen Riesen, furchtbaren Kriegern ... Nehmen Sie Ihren Pickel. Ha-Raphah würde sie wohl alle zu seiner Familie zählen, nehme ich an.«

»Die Yahrim verbringen sicher ziemlich viel Zeit hier unten, oder?«

»Das haben sie mal. Sie sind sehr fähige Steinbrucharbeiter und Tunnelbauer, und ich bin sicher, viele dieser Gänge und der Schacht, durch den wir gekommen sind, wurden von ihren Händen gemacht. Aber dies ist jetzt zu einem heiligen Ort für sie geworden, zur Wohnung ihres Gottes. Nur die heiligen Männer, die Ha-Raphah selbst auswählt, dürfen hier hinein.«

Dr. Cooper warf einen langen, intensiven Blick auf Ben-Arba.

»Wieviel wissen Sie nun eigentlich wirklich über diesen Ort?«

Ben-Arba grinste nur breit und antwortete: »Nicht alles, Doktor.«

Dr. Cooper leuchtete den Gang entlang. Er konnte gerade so erkennen, daß er weit hinten eine scharfe Biegung machte, fast unsichtbar in der Dunkelheit.

»Haben Sie irgendeine Vorstellung, wie groß diese Gräber sind?«

»Ich glaube, dies ist nur ein Gang unter vielen. Es heißt, daß die Tunnels sich kilometerweit in die Hügel ausdehnen — aufwärts, abwärts, in alle Richtungen.«

Dr. Cooper nahm die Laterne. »Jerrys Schuh und Pickel sind in diese Richtung heruntergefallen. Lassen Sie uns nachsehen.«

Er ging voran, gefolgt von Jay und Lila, Ben-Arba als Wachposten dahinter. Schritt für Schritt suchten sie sich vorsichtig ihren Weg durch den kalten, modrigen Gang, ihre Lampen leuchteten nach allen Seiten und erhellten eine hohe, gebogene Decke, die noch vom Ruß altertümlicher Fackeln geschwärzt war. An den Wänden wurden weitere Abbildungen von grausigen Bluttaten sichtbar. Krieg und Eroberung schienen die Leidenschaft dieses Volkes zu sein, wer auch immer sie waren.

Dr. Cooper stoppte plötzlich.

»Was ist?« flüsterte Lila.

Dr. Cooper richtete den Lichtkegel auf den Boden.

»Jerrys Taschenlampe«, sagte er.

Da lag sie, zerbrochen und verbogen.

Ben-Arba kam hinter ihnen her und murmelte düster: »Hmmm ...« Dann kamen seine weißen Zähne zum Vorschein.

»Ich glaube, wir gehen in die richtige Richtung. Führen Sie uns weiter, Doktor.«

Aber Dr. Cooper rührte sich nicht. Er stand schweigend da — seine Augen wanderten umher. Er lauschte. Alle lauschten.

Irgendwo über ihnen, irgendwo in der rabenschwarzen Dunkelheit sangen mehrere männliche Stimmen ein langsames, eintöniges Lied.

»Hier unten ist jemand«, sagte Lila.

»Die heiligen Männer der Yahrim«, sagte Ben-Arba, »bei ihren heimlichen Ritualen. Wir sind zu einer ungünstigen Zeit hier, fürchte ich.«

Dr. Cooper löschte seine Laterne aus und ließ sie auf dem Boden stehen. »Jerry ist auch hier.« Nun benutzte er wieder die Taschenlampe, deren Lichtstrahl er gesenkt hielt. »Laßt uns gehen. Still jetzt.«

Sie konnten nicht um die scharfe Ecke des Ganges sehen, aber sie wußten, daß die Geräusche von dort kamen. Sie gingen näher, und nun konnten sie einen trüben orangefarbenen Schein an den Wänden erkennen.

Das Singen hörte auf, Dr. Cooper erstarrte im Gang und machte die Taschenlampe aus. Die anderen taten es ihm nach. Sie standen in der Dunkelheit — kein Laut war zu hören. Sie warteten einen weiteren langen Moment. Der orangefarbene Schein mußte von irgendeiner Art Feuer kommen. Dr. Cooper schaltete seine Taschenlampe wieder an und ging weiter.

Sie kamen an die Biegung und gingen herum. Nun war der Lichtschein stärker, fast hell genug, um ihren Weg zu erleuchten. Alle Taschenlampen wurden ausgeschaltet. Gleich hinter der Biegung befand sich ein Durchgang, groß genug, daß ein Lastwagen hindurchfahren konnte. Dr. Cooper untersuchte alles um die Öffnung herum und lehnte sich dann hinein; Jay und Lila steckten ebenfalls ihre Köpfe hindurch, um zu sehen, was sich dahinter verbarg.

Einen Moment lang waren sie alle still, unfähig, ihre Überraschung in Worte zu fassen über das, was sie erblickten: ein riesiger, kreisrunder Raum mit einer großen Feuerstelle in der Mitte. Dort brannte ein Feuer, die Rauchsäule stieg hinauf zu einem Entlüftungsschacht in der hohen Decke. An den Wänden befanden sich Regale aus Felsgestein, die eine riesige Auswahl an Waffen, Werkzeugen und Rüstung enthielten, so wie in einem bizarren Museum.

Was sie aber alle erstarren ließ, war der Anblick eines gruseligen Wachpostens, der am gegenüberliegenden Ende des Raumes an der Wand stand; eine große Skulptur mit wildem Blick, einem menschlichen Körper und einem Falkenkopf. Er war mit Fell und Federn bedeckt und hielt einen langen Speer in seinen Klauenhänden. Er stand bewegungslos, aber er schien fast lebendig; die stechenden gelben Augen im Kopf des Falken schienen sie genau zu betrachten, so als wären sie eine verlockende Beute.

Der Falkengott war nicht allein. Andere Skulpturen standen überall im Raum an den Wänden, angestrahlt von dem unheimlichen, flackernden Licht des Feuers. Es waren mannsgroße Abbilder von Vögeln, Tieren, heidnischen Göttern und Ungeheuern, und jedes von ihnen hielt einen lebensgefährlichen Speer in den Klauenhänden.

»Ein Zeremonienraum«, sagte Dr. Cooper, »ein Ort für heidnische Rituale, nehme ich an.«

»Und sie haben ihn mit Waffen ihres wilden Gottes angefüllt«, sagte Ben-Arba.

Dr. Cooper horchte und schaute von seinem Standort aus im ganzen Raum herum. »Es ist keiner hier. Was immer sie gerade getan haben — ich glaube, wir haben es verpaßt.«

Dr. Cooper wollte durch das Tor hindurchgehen, als Ben-Arba seine starke Hand mit Druck auf seine Schulter legte und ihn zurückhielt.

»He, Doktor«, sagte er, »nehmen Sie sich vor Spinnweben in acht.«

Dann nickte er Dr. Cooper zum Weitergehen zu.

Riesige Steinstufen führten in den Raum hinein. Dr. Cooper nahm jede mit sehr großer Vorsicht, während die anderen ihm folgten.

Auf dem ersten Felssims lag eine Sammlung altertümlicher Waffen. Jay ging näher, um ein äußerst gefährlich anmutendes Schwert zu untersuchen. Es war um so gruseliger, weil es so lang wie er groß war. Das Muster der gebogenen Klinge kannten sie schon. Sie hatten es bereits auf den Wandmalereien gesehen, an denen sie vorbeigekommen waren.

»Schaut euch dieses Schwert an!« rief Lila aus.

»Welches Schwert?« fragte Jay. »Oh, du meinst dieses Beil ...« Dann bemerkte er, daß das »Beil« nur der Schaft des Schwertes war. Sein Blick folge dem Schaft hinauf bis zum Schwertkopf, einem massiven, rasierklingenscharfen Eisenpunkt, der bestimmt seine zwanzig Pfund wog.

Ben-Arba stöhnte, als er eine riesige Kampfaxt hochhob, die fast so groß war wie er selbst. »Ah, mit so einer müßte man hinter Ha-Raphah her sein«, sagte er. Dann kam ihm ein anderer Gedanke, der schleunigst das Lächeln aus seiner Miene vertrieb. »Oder wenn Ha-Raphah mit so einer hinter mir her ist ...«

»Dad ...«, überlegte Jay mit großer Verwunderung, »diese Leute waren Riesen.«

»Auf jeden Fall«, sagte Dr. Cooper. Er befand sich an der anderen Seite des Raumes, wo er einen riesigen Knochen untersuchte, den er auf einem Tisch aus grob geschliffenem Holz gefunden hatte. »Wenn ich mich nicht irre, ist das ein Oberschenkelknochen.«

Sie kamen dazu, um einen Blick darauf zu werfen.

»Ich glaube, er ist hier ausgestellt, als heiliger Gegenstand«, bemerkte Dr. Cooper. »Besser, wir berühren ihn nicht.« Er nahm ein kleines Bandmaß aus seiner Tasche und maß die Länge des Knochens. Dann verglich er sie mit der Länge seines eigenen Beines. Das Bandmaß reichte von seiner Hüfte bis zu seiner mittleren Wade.

»Bist du sicher, daß er von einem Menschen ist?« fragte Lila.

»Ganz sicher«, sagte Dr. Cooper. »Ich würde es lieber nicht glauben, aber ich bin sicher, und nun kann ich mir langsam vorstellen, wer dieses Volk war ...«

Unglücklicherweise hatte Dr. Cooper keine Zeit fortzufahren. In dem Raum waren viele Schatten, und einer war so gefallen, daß er Jay den Blick auf eine Spinnwebe versperrte: ein sehr dünner, fast unsichtbarer, haarähnlicher Faden, der in Kniehöhe direkt vor dem Tisch gespannt war. Jay ging nicht weit, nur einen halben Schritt, aber weit genug, um dranzustoßen.

In diesem Moment hatte er sich gerade nach vorne gebeugt, um die Bearbeitung der Tischplatte zu untersuchen, als plötzlich zwei ... sechs Gegenstände über seinen Kopf pfiffen, an die gegenüberliegende Wand schlugen und zu Boden fielen. Reflexartig fiel Jay auf den Boden, so wie alle anderen.

»Eine Falle!« rief Dr. Cooper aus.

Jay starrte gebannt auf die sechs tödlichen Pfeile, die ihn beinah getroffen hätten, als Ben-Arba rief:

»Die Skulptur, Dr. Cooper!«

Die Falkenfigur war lebendig geworden! Sie sprang von der Wand weg und schwang ihren Speer; die großen gelben Augen blitzten. Ein gehörnter Dämon schritt ebenfalls vor und dann eine wilde Bestie mit einem Wolfskopf.

Keine der Skulpturen im Raum war tatsächlich nur eine Skulptur. Sie waren alle äußerst lebendig und bewegten sich mit ihren tödlichen Waffen schnell auf sie zu.

»Laßt uns Schluß machen für heute«, sagte Dr. Cooper, und sie stürzten alle zu der Tür, durch die sie gekommen waren.

Der Wolf stand in der Nähe des Eingangs. Er streckte seinen Speer nach oben und betätigte damit einen Kippschalter an der Wand.

Ein mahlendes Geräusch und das Quietschen von Seilwinden war zu hören, eine hölzerne Kurbel neben der Tür begann sich mit einem verzerrten Geräusch zu drehen. Vor der Öffnung begann eine riesige Steinplatte niederzugehen. Gleich würde der Raum verschlossen und versiegelt sein.

»Beeilt euch!« schrie Dr. Cooper, als der erste Speer an seinem Ohr vorbeisauste.

Ben-Arba tauchte unter die herabsinkende Steinplatte, dann half Dr. Cooper Lila hindurch. Ein weiterer Speer verpaßte Jay um Haaresbreite, als er auf dem Bauch eilig unter dem Stein hindurchrutschte, sein Rücken rieb schon an der niedergehenden Steinplatte.

Dr. Cooper schlitterte unter den Stein und gelangte gerade noch in den Gang, als der Stein wie ein tödliches Maul niederging und mit einem krachenden Dröhnen nach seinen Fersen schnappte.

Sie rannten zum Eingangsschacht, die Strahlen ihrer Taschenlampen tanzten kreuz und quer, ihre Schritte hallten durch den Gang.

Ben-Arba schrie auf und blieb abrupt stehen, so daß die anderen fast in ihn hineinrannten.

Der Gang endete ganz plötzlich — sie waren an einer festen Wand angelangt!

»Wir sind falsch gelaufen«, schloß Dr. Cooper.

Ben-Arba schüttelte nur den Kopf. »Das verstehe ich nicht, Doktor!«

Sie machten kehrt und liefen den Weg zurück, den sie gekommen waren. Irgendwo mußte ein Gang sein, den sie übersehen hatten. Sie fanden ihn, gerade noch rechtzeitig. Die Schritte ihrer Verfolger hallten durch den hinten liegenden Tunnel. Sie rasten den Gang entlang und leuchteten mit ihren Taschenlampenstrahlen überallhin auf der Suche nach dem Entlüftungsschacht.

Nach einigen Metern bemerkten sie plötzlich, daß ihnen nichts bekannt vorkam. Die Einkerbungen, die sie an den Wänden gesehen hatten, waren nicht da und genausowenig Jerry Friedens Taschenlampe, Pickel und Schuh.

»Wir haben uns wieder verlaufen«, klagte Dr. Cooper verständnislos.

Ben-Arba spürte, wie seine Beine einen feinen, unsichtbaren Draht berührten, aber es war zu spät auszuweichen.

»Aah, nein!« schrie er, während er zu Boden stürzte.

Dr. Cooper schleuderte sich zu Boden wie ein Baseballspieler, der noch einen Punkt erhaschen will, als vier weitere, rasierklingenscharfe Pfeile direkt über ihm entlangpfiffen und an der gegenüberliegenden Wand abprallten.

Ben-Arba war im Nu wieder auf den Füßen.

»Schnell, wir haben noch eine Falle ausgelöst!«

Ein riesiger Verschluß aus Stein fiel von der Decke herab und setzte einen Strom von Sand frei, der schnell den Korridor zu füllen begann. Der Sand bedeckte bereits ihre Füße; Lila stolperte und wand sich, um dem tödlichen Sturzbach zu entkommen. Jay fiel hin, als sich ein reißender Sandschwall auf seinem Rücken auftürmte. Ben-Arba und Dr. Cooper zerrten mit aller Kraft an ihm, bis sie ihn frei bekamen.

Sie rannten den Korridor entlang, bis er scharf nach rechts abbog, sich dann nach oben schlängelte und wieder nach unten führte. In der linken Wand fand Ben-Arba eine

Tür und leuchtete mit dem Strahl seiner Taschenlampe hindurch.

»Hier entlang, hier geht's lang!« rief er und winkte wild mit seiner behandschuhten Hand.

Dr. Cooper spähte durch die Tür und erblickte eine gewundene steinerne Treppe, die nach oben führte.

»Nehmt euch vor den Fallen in acht!« warnte er Jay und Lila, während er sie durch die Öffnung hindurchdrängte.

»Lauft, lauft!« rief Ben-Arba.

Verzweifelt hetzten die Coopers die Treppe hinauf. Der Gang hinter ihnen grollte immer noch, und sie hatten keine Ahnung, was als nächstes geschehen würde.

Immer weiter hinauf führte die Treppe, die sich hier entlang und dort entlang wand, durch einen sehr großen und düsteren Gang im Felsgestein.

Die Stufen waren übergroß, steil und schwierig zu erklimmen. Von oben her konnten sie ein Licht erkennen, ein düsteres, orangefarbenes Glühen. Das mußte der Weg nach draußen sein.

Staub fiel von oben auf ihre Köpfe. Hatten sie eine weitere Falle ausgelöst? Sie sprangen die Treppe hinauf, zwei Stufen auf einmal, duckten sich unter herabhängende Felsen, spürten, wie die Steine unter ihren Füßen abbröckelten. Das Licht über ihnen wurde mit jedem Schritt heller. Es schien der Schein eines Feuers zu sein.

Dann konnten sie eine Tür am oberen Ende der Stufen erkennen und einen feuerbeschienen Raum direkt dahinter.

Sie erreichten die Tür, schlüpften hindurch und stolperten in den höhlenartigen Raum, als eine riesige Wolke aus Staub und Schmutz vom Gang her auf sie niederprasselte und eine große Barrikade aus Stein donnernd vor die Tür krachte und den Ausgang versperrte.

»Mister Ben-Arba!« schrie Jay. »Er ist noch da drin!«

Es war keine Zeit mehr, darüber nachzudenken. Sie blieben wie vom Blitz getroffen stehen.

Sie waren genau vor die Füße des Falken, des gehörnten Dämons und des Wolfes gefallen.

Bösartige, lebende Götzen standen überall um sie herum, und die Spitzen von einem Dutzend tödlicher Speere blitzten direkt unter ihren Nasen. Gleich daneben knisterte und flackerte ein Lagerfeuer, das sie bereits kannten. Sie befanden sich wieder im Zeremoniensaal, demselben Raum, aus dem sie geflohen waren.

Und sie waren umzingelt!

4

Vor ihnen türmte sich eine Gestalt auf. Das fremdartige Wesen trug eine teuflische Maske mit hervorstehenden Augen, Hörnern und Reißzähnen und einen blutroten Mantel. Es ging einen Schritt auf sie zu, blieb stehen und musterte sie.

Die anderen furchteinflößenden Gestalten waren offensichtlich bereit, ihre Speere zu werfen, falls die Coopers auch nur eine falsche Bewegung machen sollten. Außer den tödlichen Speeren trug jede von ihnen ein langes, glänzendes Schwert an der Hüfte. Drei von ihnen sahen aus wie Vögel: ein Falke, ein Adler, und so etwas wie ein Aasgeier. Drei weitere waren gekleidet wie wilde Tiere: ein Löwe, ein Wolf und ein riesiges wildes Biest, das mit nichts zu vergleichen war. Die drei nächsten trugen furchterregende dämonische Masken wie die Gestalt in dem roten Mantel. Die letzten drei stellten Kreaturen dar, die gar keinem auf der Erde existierenden Wesen ähnlich waren.

Dieses schreckliche, entschlossene und schweigende Dutzend umzingelte die Coopers. Elf messerscharfe Speerspitzen waren auf sie gerichtet und wirkten sehr überzeugend.

Dr. Cooper und die blutrot gekleidete Figur tauschten einen langen, durchdringenden Blick aus, mit dem sie sich gegenseitig abschätzten. Die blutrote Gestalt stand eine kleine Ewigkeit da, unbeweglich, mit gekreuzten Armen, als ob sie auf etwas wartete.

»Nun«, sagte Dr. Cooper leise, »ich würde sagen, Sie haben die Oberhand.«

Die blutrote Gestalt schien Dr. Coopers Worte zu verstehen. Sie streckte ihre aufgehaltene Hand aus. Dr. Cooper verstand und übergab ihr seinen Revolver.

Die blutrote Gestalt nickte. Das war es, worauf sie gewartet hatte. Sie ging einige Schritte auf sie zu und deutete ans andere Ende der Höhle. Ihre Augen folgten der Hand und erblickten einen Durchgang, der vorher noch nicht dagewesen war. Die anderen Gestalten setzten sich in Bewegung und geleiteten die Coopers zu der Tür, der blutrote Führer folgte. Kein einziges dieser seltsamen Wesen sagte auch nur ein Wort.

»Die Yahrim?« flüsterte Lila.

»Ihre heiligen Männer offenbar«, sagte Dr. Cooper, »und ich fürchte, wir sind mitten in eine religiöse Zeremonie reingeplatzt.«

»Die Yahrim«, jammerte Jay, »die Furchtsamen. Sie machen keinen sehr furchtsamen Eindruck auf mich. Sie sehen aus, als würden sie sich vor gar nichts fürchten.«

»Ja«, sagte Lila, »sie sind eher selbst ziemlich furchterregend.«

Dr. Cooper erklärte mit gesenkter Stimme: »Ihre Kostüme stellen offensichtlich verschiedene Eigenschaften ihres Gottes dar: Wildheit, List, Terror und so etwas. Betet nur, daß Gott uns hierauf einige Antworten gibt.«

»Ich wäre schon froh, wenn er uns hier rausbringt«, sagte Jay.

»Dazu kann ich nur ›Amen‹ sagen«, meinte Lila.

Sie gelangten durch einen niedrigen Höhleneingang hinaus in die laue, sternenklare Nacht und folgten einem Pfad durch das steinige Terrain. Die tierähnliche Eskorte der Coopers leistete gute Arbeit — die elf Gestalten ließen keine Möglichkeit zur Flucht, ihre Speere waren immer nur eine falsche Bewegung von den Rippen der Coopers entfernt.

Sie liefen den Weg bergauf, dann hinunter in eine felsige Schlucht, deren Wände vom silbrigen Mondlicht in ein kaltes Weiß getaucht waren. Am Ende der Schlucht führte ein steiler Pfad zwischen den Wänden wieder aufwärts, und dann, fast als Erinnerung, daß die Coopers sich noch auf der Erde befanden, erreichte das Geräusch von Ziegen und Schafen ihre Ohren. Sie näherten sich einem Dorf.

Sie kamen am oberen Ende der Schlucht an. Gleich dahinter lag ein sehr steiler Hügel. Er war von vielen kleinen

Fenstern übersät, die von orangefarben scheinenden Laternen erleuchtet waren. Als sie näherkamen, erkannten die Coopers zu ihrer Überraschung, daß die Fenster zu kleinen Häusern gehörten, die direkt in die Felsen gebaut waren. Sie waren aus dem Kalkgestein herausgemeißelt, eines über dem anderen, den ganzen Berg hinauf. Die einfach gebauten Wohnungen sahen aus wie aufeinandergestapelt.

»Oh!« rief Dr. Cooper aus. »Felsenbewohner! Schaut euch die Steinarbeiten an! Unglaublich!«

Sie betraten das Dorf auf der Hauptstraße, einem holprigen, mit Steinen bestreuten Weg, der unmittelbar zu einem sehr steilen Zickzack-Pfad wurde, sich über die Dächer zahlreicher Wohnstätten zog und die Coopers und ihre Bewacher immer höher bergan führte. Das Dorf roch nach Schweiß, Holzrauch und Schmutz. Diese Menschen waren verarmt, ihr Leben war offensichtlich hart und anstrengend. Die Coopers wurden angestarrt von erschöpften, wettergegerbten Ziegenhirten und zerlumpten Müttern mit Babys, von mit Schaffellen bekleideten, barfüßigen Kindern, die auf lederzähen kleinen Kuchen herumkauten, und von alten weißhaarigen Dorfbewohnern. Der Anblick von zwölf bizarr gekleideten Erscheinungen schien diese Leute ganz und gar nicht zu beunruhigen — im Gegensatz zu drei hellhäutigen Fremden in westlicher Kleidung.

Ein kleiner Mann machte kurz vor ihnen halt und schaute sie mit aufgerissenen Augen und offenem Mund an. Es war der einbeinige Ziegenhirt, den sie bereits in den Hügeln über der Ausgrabungsstelle getroffen hatten. Sie versuchten, eine Begrüßung zu winken, aber er wollte nicht in ihre Augen schauen und setzte schnell eine Miene auf, die ausdrückte, daß er sie noch nie zuvor gesehen hatte.

Sie stiegen und kletterten immer weiter bis zum Gipfel des Berges und kamen an das Haus, das am höchsten lag. Es war eine ziemlich große, kunstfertig ausgemeißelte Höhle mit mehreren Fenstern, einem eindrucksvollen, von Fackeln beleuchteten Eingang und einem breiten, flachen Sims, von dem aus sich ein weiter Blick über das ganze Dorf bot.

Sie näherten sich dem Eingang, und nun öffnete sich der Ring der Wachen erstmals ein Stück, so daß die Coopers der blutroten Gestalt zur großen Holztür folgen konnten.

Der rote Führer rief einen Befehl, und plötzlich fielen alle Männer auf die Knie mit dem Gesicht zu Boden und stimmten einen klagenden Anbetungsgesang an. Wie als Antwort darauf öffnete sich die große Tür, und ein kleiner grauhaariger Mann in schwarzem Gewand kam heraus, verbeugte sich und winkte ihnen zu. Die blutrote Gestalt winkte den Coopers, ihm hineinzufolgen. Langsam gingen sie durch die Tür. Ihnen war ganz und gar nicht wohl dabei, sie fürchteten, in eine tödliche Falle zu laufen. Nach ihnen traten der Wolf und der Falke ein, immer noch schwenkten sie drohend ihre Speere.

Der kleine grauhaarige Mann schloß die Tür hinter ihnen und blieb dann stehen, um Wache zu halten. Im Raum befand sich bereits ein Dutzend weiterer Wachposten. Sie waren mit Speeren und Schwertern bewaffnet und betrachteten mißtrauisch ihre Gefangenen.

Die Coopers sahen sich um und waren überrascht, wie schön der Raum im Vergleich zu der Armut war, die sie unten im Dorf angetroffen hatten. Es war eine künstliche Höhle, ein aus dem Fels gemeißeltes, geräumiges Apartment, das von mehreren Öllampen und einem angenehm knisternden Feuer in der Feuerstelle erleuchtet wurde. Die Holzmöbel waren kunstvoll geschnitzt und sogar mit Juwelen besetzt. Ziegen- und Schaffelle bedeckten den Boden; bunte Wandbekleidungen und handwerkliche Kunstgegenstände schmückten die Wände. Dies mußte das Heim des Stammesführers sein, des sagenhaft reichen Herrschers dieses ungewöhnlichen Volkes.

Die rote Gestalt griff nach oben und nahm vorsichtig ihre Maske ab. Es erschien ein großer, starker, gutaussehender

Mann. Sein Gesicht war schweißnaß, mit zornig gekrümmten Augenbrauen sah er die Coopers einen Moment lang an. Dann, mit einer Geste zum hinteren Ende des Raumes, sagte er schließlich in gebrochenem Englisch: »Ihr alle, wartet hier.«

Damit wandte er sich schnell um und verließ den Raum durch einen niedrigen Ausgang.

Angespornt von einem groben Schubs einiger Wachen, gingen Dr. Cooper, Jay und Lila rasch zum hinteren Ende des Raumes und blieben vor der Wand stehen. Ein anderer Mann stand bereits dort, einer der Yahrim, klein von Gestalt, sehr zerlumpt und zitternd vor Angst. Die Coopers schauten einander an, dann den Falken und den Wolf, die immer noch ihre Masken trugen und die Speere auf sie gerichtet hielten. Keiner von ihnen hatte den Eindruck, daß es eine gute Idee wäre zu reden, aber ihre Gesichter drückten alle dasselbe aus: »Was jetzt?«

Sie hörten den Mann im roten Gewand zurückkehren. Er betrat den Raum durch die niedrige Tür und stellte sich daneben auf Posten. Offensichtlich erwies er demjenigen Ehre, der als nächstes durch diese Tür kommen würde.

Dem kleinen Yahrim-Mann neben den Coopers stockte der Atem, als die Frau erschien. Sie war etwas älter mit silbrigem Haar, aber immer noch schön. Sie hatte sehr helle Haut, war in Seide und edle Pelze gekleidet, ihre Hände steckten in einem schneeweißen Flies. Goldener Schmuck glitzerte an ihren Armen, an ihrem Hals und an ihrer Hüfte, und ihre blauen Augen blickten aufmerksam und listig. Sie sah nicht so aus, als gehörte sie an diesen Ort, zu diesen Leuten. Eindeutig gehörte sie nicht zu ihnen.

Der Mann in Rot kündigte sie in der Sprache der Yahrim und dann in Englisch an, während er mit haßerfüllten Augen zu den Coopers blickte. »Die Herrscherin der Yahrim und Hohepriesterin von Ha-Raphah, die Hexe Mara!«

Bei den Worten des blutroten Mannes fielen alle Männer

im Raum auf ihre Knie und bekundeten ihre Ehrerbietung. Die Coopers blieben stehen, was einen kalten und zornigen Blick der Hexe zur Folge hatte.

Dr. Cooper nahm seinen Hut ab und versuchte höflich zu sein.

»Hallo.«

Die Frau sprach in klarem Englisch, aber ihre Worte kamen langsam, zischend vor Zorn. »Amerikaner, du beugst dich nicht vor der Hexe Mara?«

»Wir beugen uns nur vor dem wahren Gott und seinem Sohn, Jesus Christus.«

»Christen ...« murmelte sie zu sich selbst und spuckte dann voll Haß auf den Boden. Sie bellte einen Befehl an die anderen, und alle sprangen wieder auf die Füße.

Einen weiteren langen Moment musterte sie die Coopers. Dann fiel ihr Blick auf den kleinen Yahrim-Mann, der neben ihnen stand. Auf ihn schien sie noch zorniger zu sein — wenn das überhaupt möglich war — und gab den Wachen ein paar Befehle. Sie gehorchten sofort und packten den Mann, schleiften ihn nach vorn und zwangen ihn, vor Mara auf die Knie zu fallen, während sie ihren Platz auf einem thronähnlichen, mit Pelz ausgekleideten Sessel in der Ecke einnahm.

Der Mann begann vor Angst zu wimmern. Die Hexe schaute ihn mit kalten, erbarmungslosen Augen an und schleuderte ihm einige Fragen zu.

Dr. Cooper lauschte angestrengt. Er flüsterte seinen Kindern zu: »Es ist irgendein verfälschter Dialekt von Aramäisch. Ich kann es kaum verstehen, aber ... offensichtlich schuldet dieser Mann der Frau irgendwelche Steuern ...«

Die kleine Mann wimmerte und schien zu versuchen zu erklären.

»Er bettelt um mehr Zeit«, sagte Dr. Cooper. »Irgend etwas wegen einer verunglückten Ernte ... einer gestorbenen Ziege ...«

Die Hexe lachte den Mann aus, bevor sie auf seine Rede antwortete.

Dr. Cooper lehnte sich hinüber und flüsterte ungläubig: »Sie ... verlangt die Zahlung der Steuern ... oder seine älteste Tochter als ihre Sklavin!«

Der Mann fiel vor der Frau auf sein Gesicht, er weinte und flehte verzweifelt um das Leben seiner Tochter. Aber die Hexe nickte nur den Wachen zu, die den Mann grob packten und nach draußen zerrten. Dann bellte sie einigen anderen Wachen ein paar Befehle zu.

»Sie sagt: ›Bringt mir das Mädchen!‹«, flüsterte Dr. Cooper.

Sofort gingen zwei Wachen los, um Maras Befehl auszuführen.

Nun waren die Coopers an der Reihe. Die Hexe warf den gleichen kalten Blick auf sie und nickte dann in Richtung einiger weicher, bequemer Stühle, die ihrem Thron gegenüberstanden.

Die Coopers gingen langsam zu den Sesseln, die sie ihnen bedeutet hatte, gleichzeitig den Falken und den Wolf beobachtend, um sicherzugehen, daß sie alles richtig machten. Es schien so. Dr. Cooper setzte sich auf den mittleren Sessel, genau gegenüber der Hexe Mara; Jay und Lila setzten sich auf die beiden Stühle neben ihm. Der Mann im roten Gewand nahm seinen Platz neben dem Thron der Lady ein.

Sie blickte sie einen Moment an und sagte dann ziemlich kühl: »Ihr seid zu einer sehr ungünstigen Zeit für Fremde gekommen. Es ist die Zeit der Opfer und der Anbetung für den Furchtbaren, eine sehr heilige Zeit für unser Volk. Dies ist der erste, der letzte und einzige Zeitpunkt, an dem ihr von mir gastfreundlich empfangen werdet. Ihr werdet mir sagen, wer ihr seid und was ihr hier wollt.«

»Ich bin Dr. Jacob Cooper, Archäologe aus Amerika, und dies sind meine Kinder, Jay und Lila. Unsere Aufgabe hier —«

»Warum seid ihr in die Grabmäler der Anakim eingedrungen?« fragte sie befehlend.

Dr. Cooper merkte sich den Namen, den sie erwähnt hatte, und versuchte dann zu antworten. »Das war ganz bestimmt nicht unsere Absicht. Wir mußten die Gräber betreten, um einen unserer Männer zu suchen, der, wie wir glauben, in großer Gefahr ist! Er ist einen Belüftungsschacht hinuntergestiegen und hatte offensichtlich irgendeinen Unfall ...«

»Unfall!« Die Frau lachte boshaft. »Sagt mir — habt ihr jemanden singen gehört?«

Dr. Cooper tauschte einen Blick mit seinen Kindern aus und sah dann wieder zur Hexe. »Ja, unsere Männer hörten etwas.«

Sie nickte bedächtig und lächelte erfreut. »Ah ... und habt ihr jemals euren vermißten Arbeiter gefunden?«

»Nein, wir —«

»Das werdet ihr auch nicht!« sagte sie in einem schneidenden Ton, und ihre kalten Augen blickten noch eisiger. »Euer dummer kleiner Mann gehört jetzt zu Anak Ha-Raphah, der mit ihm getan hat, was er wollte — genau, wie er es mit euch tun wird, wenn ihr hierbleibt.«

Dr. Cooper lehnte sich langsam in seinem Sessel vor. Jay und Lila konnten förmlich sehen, wie seine Gedanken rasten. »Ihr sagtet ... Anak. Der Name des Furchtbaren ist Anak?«

Das Gesicht der Dame verzog sich zu einem verschlagenen Lächeln. »Du hast den Namen schon gehört?«

»Wir haben ein heiliges Buch, in dem er erwähnt wird, zusammen mit seinen Nachkommen, und es gibt dort einen Spruch: ›Wer kann bestehen —‹«

»— vor den Söhnen Anaks!‹« unterbrach sie. »Du sprichst von den hebräischen Schriften, oder?«

»Ja, vom Alten Testament, den Worten von Moses und den Propheten.«

»Dann weißt du von den Söhnen Anaks, den Anakim, und von ihrer Macht, ihrer Kraft, ihrer Wildheit.«

»Und von den Gräbern, die sie gebaut haben?«

»Natürlich. Und jetzt gehören die Gräber Anak Ha-Raphah selber, und wir sind die Yahrim, die Anak fürchten, wie einer den Tod fürchtet, und ihn in seinen Grabmälern anbeten. Er ist unser furchtbarer Gott.«

»Dann müssen wir uns entschuldigen, daß wir eingedrungen sind. Ich versichere, daß wir keine böse Absicht hatten.«

Sie grinste nur höhnisch über sie: »Ihr habt uns kein bleibendes Übel zugefügt, Jacob Cooper, außer daß ihr unsere Anbetung unterbrochen habt.« Sie lächelte verhext. »Und außer daß ihr einigen von Anaks kleinen Überraschungen begegnet seid.«

Dr. Cooper verstand. »Ihr sprecht von den Fallen, auf die wir in den Gräbern gestoßen sind? Die Falldrähte, die versteckten Pfeile, der Sandstrom?«

Die Hexe lachte erfreut. »Die Kunstwerke von Ha-Raphah. Er ist wahnsinnig eifersüchtig um seine Gräber und seine Schätze besorgt. Viele andere haben schon versucht, in diesem Tal zu graben, und wir haben zugeschaut, wie Anak sich um alle gekümmert hat, mit Fallen, mit Terror, mit der scharfen Klinge seines Schwertes. Euer Mann ist tot, das versichere ich euch. Zieht euch zurück, und kein weiterer wird sterben. Betrachtet den Verlust eines Mannes als gerechte Bezahlung für euer Eindringen.«

Dr. Cooper sprach voller Bedauern. »Es sind mittlerweile vielleicht zwei Männer. Ein weiterer ging gerade verloren, bevor wir von euren heiligen Männern gefangengenommen wurden.«

Die Hexe Mara schüttelte angewidert ihren Kopf. »Alles wegen Anaks Schätzen, Doktor? Welcher Reichtum wäre das Leben eurer Männer wert?«

Dr. Cooper sprach klar und vorsichtig. »Es war nicht unsere Absicht, einen Schatz zu finden.«

»Meine Halskette!« rief sie dem Mann in Rot zu, der sofort in eine kleine, geschmückte Holztruhe neben Maras Thron langte und eine glitzernde, brillierende Halskette mit Diamanten und Smaragden hervorholte. Voller Ehrfurcht legte er das Stück vorsichtig um ihren Hals, verbeugte sich dann und zog sich wieder zurück.

Die Hexe Mara saß einen Augenblick lang still und gewährte Dr. Cooper einen ausgedehnten Blick auf ihre sagenhaften Juwelen.

»Sind sie nicht verlockend für Euch, Doktor? Ihr seid nicht hergekommen, um Reichtümer wie diese zu stehlen?«

Dr. Cooper war überhaupt nicht beeindruckt von dem Glitzer.

»Nein. Die Juwelen gehören Euch. Ich kam nur, um Weisheit und Erkenntnis zu gewinnen.«

»Weisheit, Doktor?« fragte sie. Sie war offensichtlich der Meinung, daß er log. »Sie lieben die Weisheit?«

Sie blökte dem Falken und dem Wolf einen Befehl zu.

Plötzlicher Schrecken erfüllte den Raum wie eine Explosion.

Mit steinerner Gleichgültigkeit packte der Falke Jay an den Haaren und hielt ihn mit eisernem Griff in seinem Sessel fest. Genauso schnell tat der Wolf das gleiche mit Lila. Keines der Kinder konnte sich rühren.

Dann zogen der Falke und der Wolf mit schneidendem, klirrendem Geräusch jeweils ein tödlich scharfes Schwert heraus und legten die Klinge direkt an die Kehlen der Kinder.

Dr. Cooper wußte, daß es den sicheren Tod für seine Kinder bedeutete, wenn er auch nur einen Muskel bewegte. Er saß sehr still und regungslos und versuchte, seinen Kindern mit seinen Augen Mut zuzusprechen. Was aber noch wichtiger war: Er betete, und er wußte, daß sie dasselbe taten. Die Hexe blieb auf ihrem Thron sitzen und lächelte verschlagen. Das Leben der Kinder lag in ihren Händen.

Dann sprach die Hexe langsam und erbarmungslos: »Ein kleines Spiel, Doktor, um das Leben Ihrer Kinder? Wenn Sie wirklich die Weisheit lieben ...« Sie lachte spöttisch. »Wir werden sehen, Doktor. Wir werden sehen.«

Dr. Cooper verharrte regungslos. Er wußte, daß die Hexe ihm eine Falle stellen wollte, daß sie ihn in einem Nervenkrieg auf die Probe stellte. Er behielt Jay und Lila im Auge. Tapfere Kinder, sie saßen ganz still.

Mara wartete noch einige Augenblicke, um ihren Schrecken gänzlich zur Wirkung kommen zu lassen, dann sprach sie.

»Was für eine Art Mensch sind Sie eigentlich, Doktor?« fragte sie mit boshaftem Spott. »Einer, der wirklich die Weisheit mehr liebt als Reichtum? Wir werden sehen ... wir werden ja sehen.«

Sie sah zu Jay hinüber, der immer noch in den Klauen des Falken gefangen war, und grinste böse. Sie lehnte sich vor, blickte Dr. Cooper an und sagte: »Für das Leben Ihres Sohnes, Doktor, sagen Sie mir die Lösung zu dem folgenden Rätsel: ›Es füllt das Herz, aber es kann die Sehnsucht des Menschen nicht stillen.‹«

Dr. Cooper wußte, daß Jay betete, und er betete auch, sogar als er den bösen Blick der Hexe erwiderte. Ihm fiel die Antwort ein.

»Gier«, sagte er. »Sie füllt das Herz des Menschen, und der Mensch, auch wenn er voller Reichtum ist, wird nie zufrieden sein.«

Die Frau zog eine Augenbraue hoch und nickte dann dem Falken zu. Der Falke ließ Jay los, der zu atmen versuchte — ein Vorrecht, das wiederzuhaben er sehr dankbar war. Dr. Cooper sprach ein stilles Dankgebet.

»Sehr gut, Doktor«, sagte Mara. »Und nun um das Leben Ihrer Tochter: ›Es zerstört die Schwachen, es regiert die Armen; aber den, der es besitzt, regiert es noch viel mehr.‹«

Lila saß mucksmäuschenstill, wartend und betend, ihr Gesicht wurde mit jeder Sekunde, die verging, blasser.

Dr. Cooper betete auch, seinen Blick auf die Klinge des Schwertes gerichtet, das nur Millimeter von Lilas Kehle entfernt war.

»Danke, Herr«, betete Dr. Cooper still. Er hatte auch die Antwort auf dieses Rätsel: »Macht zerstört die Schwachen und regiert die Armen, aber der, dem sie gehört, ist ihr Sklave; ihn regiert sie am meisten.«

Die Augen der Frau weiteten sich. Sie war beeindruckt. Sie nickte dem Wolf zu, und er ließ Lila los. Sowohl Dr. Cooper als auch seine Tochter seufzten laut vor Erleichterung. »Sie lieben die Weisheit, Doktor«, sagte sie.

»Ein Mann mit großem Geist ...«

Dr. Cooper beobachtete vorsichtig die Situation, und er bemerkte, wie die Frau leicht mit dem Kopf nickte. Der Schatten des Wolfes fiel über seinen Stuhl. Sein starker Arm umschlang Dr. Coopers Kopf, während sich das Schwert des Biestes an seine Kehle legte. Dr. Coopers Beine schwangen blitzschnell nach oben und klammerte sich um den Hals des Wolfes. Der segelte sofort über den Stuhl und Dr. Cooper und landete krachend auf seinem Rücken. Die Wolfsmaske flog durch die Luft, und nun war der Wolf nur noch ein einfältiger, verlegener Mann, dessen Schwert plötzlich in Dr. Coopers Hand lag.

Dr. Cooper stand und hielt das Schwert bereit, seine Augen hatten jeden im Raum Anwesenden im Blick. Die Hexe schaute überrascht zu.

Sie beobachtete weiter, offensichtlich wartete sie auf etwas.

»Nun?« fragte sie schließlich. »Er gehört Ihnen! Machen Sie mit ihm, was Sie wollen!«

»Jetzt reicht's!« schalt Dr. Cooper, dessen Geduld am Ende war. »Wir haben genug von euren Spielchen und Rätseln, und es wird ganz bestimmt kein Blutvergießen geben!«

Sie lehnte sich nur zurück und sah ihn ehrfürchtig an.

»Eine seltene Sorte Mensch sind Sie, Doktor, ein ganz besonderer Mann.«

»Ein Mann, der keinen Ärger und nichts Böses will.«

Sie lehnte sich wieder vor und fragte eindringlich: »Und der nicht gekommen ist, um Anaks Schätze zu holen?«

Nun lehnte sich auch Dr. Cooper nach vorn. »Nein, bin ich nicht!«

Sie musterte ihn einen Moment und sagte dann: »Wenn Sie aus irgendeinem anderen Grund hier sind, dann sind Sie aber der erste.« Nun lächelte sie listig und sagte: »Sie haben den Test gut bestanden, Doktor. Ich habe erkannt, daß Sie große Klugheit besitzen und auch einen starken Geist, der Sie beherrschen und kontrollieren kann.«

Plötzlich senkte sie ihre Stimme, als wollte sie verhindern, daß es sonst noch jemand hörte: »Könnte es sein, daß Sie ein Mann sind, der würdig ist, Anak herauszufordern?«

»Was herauszufordern? Was ist dieses oder dieser Anak? Alles, was ihr mir bisher erzählt habt, ist abergläubisches Gerede über euren Gott, eure heidnische Religion, eure Tricks und eure Rätsel. Aber ich habe immer noch einen meiner Männer in euren Gräbern, der möglicherweise tot ist, und noch einen, der in einer Falle steckt, und ich kann kein dummes Geschwätz über Geister, Gespenster oder sogenannte Götter hören!« Dr. Cooper beruhigte sich und sagte etwas beherrschter: »Mir geht es um meine zwei Männer. Alles, was ich will, ist, sie zu finden, wenn sie noch leben. Bitte, ich brauche Tatsachen, konkrete Antworten.«

»Etwas, was Sie mit eigenen Augen sehen können, Doktor?«

Sie holte ihre beiden Hände aus dem Flies hervor, wo sie sie die ganze Zeit über verborgen gehalten hatte.

Der Wolf, der Falke und der Mann im roten Mantel wandten sich voll Schrecken ab und begannen, das Lied von Ha-Raphah zu summen. Dr. Cooper war sprachlos. Jay schaute voll Grausen hin. Lila wurde es übel.

Die Frau hielt beide Hände vor sich, die Handflächen nach vorn gerichtet und ihre Finger gespreizt.

Dr. Cooper schaute zweimal hin. Jay zählte sogar.

Jede Hand hatte nicht fünf, sondern sechs Finger.

Die Stimme der Frau senkte sich zu einem tiefen, geheimnisvollen Ton: »Sie haben es gesehen, Doktor, mit Ihren eigenen Augen: der sechste Finger der Anakim, das Zeichen äußerster Macht! Diese anderen haben gelernt, sie zu fürchten, genau wie Sie es werden, denn Sie werden lernen, daß Anak der Furchtbare ist und daß er genauso echt ist wie diese Hände.«

Dr. Cooper war sprachlos vor Erstaunen. Plötzlich nahmen die vielen Informationen in seinen Gedanken Form an. »Die Anakim...«, sagte er verwundert. »Im 2. Samuel... ein Riese aus Gath, ein Mann mit sechs Fingern an jeder Hand, sechs Zehen an jedem Fuß.«

»Und von allen furchtbaren Riesen ist keiner mächtiger oder furchtbarer als Anak. Es ist sein Geist, der über die Gräber der Anakim und sein Volk, die Yahrim, herrscht. Und ich, Mara, bin seine Hohepriesterin, von Ha-Raphah selbst eingesetzt, denn nur ein wahrer Nachkomme von Anak kann als Priester regieren.«

»Ein direkter Nachkomme... der Anakim!« sagte Dr. Cooper ehrfürchtig.

»Das bin ich, und deshalb ist meine Macht und Herrschaft über die Yahrim grenzenlos. Ha-Raphah sagt, es soll so sein, und so ist es.«

»Und wenn euch jemand Widerstand leistet?«

»Dann muß er Anak persönlich gegenübertreten.«

»Und um den Zusammenhang zu dem Sprichwort herzustellen: ›Wer kann vor Anak bestehen?‹«

Mara die Hexe lächelte listig und sagte: »Haben Sie jetzt Ihre Fakten, Doktor?«

Sie steckte ihre Hände wieder in den Muff und gab ihren Gehilfen Bescheid. Der Falke, der Wolf und der rote Mann wandten sich wieder zu ihr hin.

»Ihr werdet freigelassen«, sagte sie zu den Coopers, »aber ihr solltet wissen, daß ihr eingedrungen seid, und zwar in unserer heiligen Opfernacht. Seid sicher: Wer Anak zu einem solchen Zeitpunkt stört, bezahlt immer einen schrecklichen Preis. Wenn ihr feige seid und wenn ihr den Tod fürchtet, müßt ihr euer Anliegen hier aufgeben und die Gräber unverzüglich verlassen.«

»Und meine zwei Männer?«

»Vergessen Sie jeden Gedanken an sie.« Sie lehnte sich in ihrem Thron vor und schien Dr. Cooper fast herauszufordern, als sie sagte: »Betrachten Sie sie als tot.« Sie wartete auf seine Antwort.

Dr. Cooper überdachte ihre Worte einen Moment. Als Jay und Lila ihn beobachteten, wußten sie, was er sagen würde: »Wo kann ich Anak finden?«

Dies schien die Antwort zu sein, die sie erwartet hatte. Sie schüttelte bedauernd den Kopf, aber ihre Augen lachten.

»So mächtig sind Sie nicht ...«

»Mein Gott ist mächtig.«

Nun wurden ihre Augen kalt und durchdringend, als wollte sie Dr. Cooper mit ihrem Blick zu Boden zwingen.

»Mächtiger als mein Gott, Jacob Cooper? Sie sprechen wie ein Narr, wie einer, der nie gesehen hat, wie durch die Gestalt Anaks Sterne ausgelöscht wurden; wie jemand, der nie in Anaks Schatten gestanden hat und wußte, daß sein Leben in jedem Moment ein schreckliches Ende nehmen würde. Sie werden Anak nie finden, Doktor; er wird Sie finden. Sein Geist ist überall ... still, listig, bösartiger, als Sie sich je vorstellen können. Er überwacht uns alle, aber ist selbst unsichtbar; er tötet, und kein Ton ist zu hören. Wir wissen immer, wo er gewesen ist, aber nie, wo er sein wird.«

Dr. Cooper blieb ungerührt. »Wo kann ich ihn finden?«

Die Entschlossenheit und der Mut des Archäologen beeindruckten die Hexe. Sie blickte ihm einen Augenblick lang in die Augen, musterte ihn, bedachte seine Worte. Sie schaute ihn von oben bis unten an und schätzte seine Kraft ab.

»Wenn Ihr Gott so mächtig ist«, sagte sie, »und Sie soviel Vertrauen in ihn setzen ... dann entschlüsseln Sie diese Worte.« Sie begann mit einem spöttischen und sarkastischen Lächeln, das Lied von Ha-Raphah zu singen. Jetzt sang sie richtige Strophen in einer fremden Sprache zu der Melodie.

Dr. Cooper hörte genau zu, bis sie geendet hatte, und fragte dann: »Ein Rätsel?«

Sie grinste boshaft: »Sie wissen die Antwort nicht?«

Dr. Cooper dachte einen Moment nach und schüttelte dann seinen Kopf. »Vielleicht, weil ich nicht um das Leben meiner Kinder spiele.«

Mit einem äußerst verschlagenen Blitzen in den Augen antwortete die Hexe: »Oh, aber Sie werden, Jacob Cooper. Sie werden.« Dr. Cooper wollte gerade fragen, was sie meinte, doch sie sagte abrupt: »Ihr Besuch ist zu Ende. Sie sind entlassen.«

Der Falke und der Wolf — jetzt ohne seine furchterregende Maske — eskortierten die Coopers aus der Höhle der Hexe hinaus und zurück auf den Weg, den sie gekommen waren. Dr. Cooper nahm sofort seinen Schreibblock heraus und kritzelte die fremdartigen Worte des Liedes auf, das die Hexe gesungen hatte. Bisher waren sie sinnlos, und obwohl er den Falken und den Wolf nach dem Lied und seinem Text fragte, schwiegen die Eskorten stur und geheimnisvoll.

Ihr Pfad machte eine überraschende Biegung. Er führte nicht zurück zu der Zeremonienhöhle, wo die Coopers anfangs gefangengenommen worden waren. Der Wolf und der Falke führten sie über einen Hügel, durch ein ausgetrocknetes Flußbett und dann einen sehr steilen Pfad hinauf bis auf den Grat eines weiteren Hügels, wo sie anhielten. Erst jetzt wußten die Coopers, wo sie waren: Sie konnten ihr Lager im Tal unten sehen, eine kleine Gruppe von Zelten neben dem ausgegrabenen Philister-Tempel von Dagon. Bill und Jeff saßen am Feuer, mit den Gewehren in ihren Händen, wachsam und angespannt.

Der Falke gab Dr. Cooper seine Pistole zurück, und dann waren er und der Wolf verschwunden, ihre Mission war erfüllt. Die Coopers eilten ins Tal hinunter zu ihrem Lager.

Dr. Cooper sah, wie Bill das Gewehr erhob. »Bill! Wir sind's!«

Der erstaunte Blick auf den Gesichtern der beiden Männer war fast komisch, und es dauerte eine ganze Weile, bis sie erleichtert und überschwenglich grinsten und zu rufen begannen: »Doc! Jay und Lila! Preis dem Herrn!«

Dann kam die glückliche Wiedervereinigung, das Lachen, die Umarmungen.

»Wir dachten, wir hätten euch für immer verloren!« sagte Bill mit Tränen in den Augen.

»Wir wußten nicht, was wir machen sollten!« fügte Jeff hinzu.

»Nun«, sagte Dr. Cooper, »wir müssen euch eine ganze Menge berichten. Aber was ist mit Talmai Ben-Arba? Habt ihr irgendeine Spur von ihm?«

»Nichts«, sagte Jeff.

»Oh, großartig!« klagte Bill. »Jetzt haben wir ihn also auch noch verloren, hm?«

»Ich weiß nicht. Dieser Typ ist so verschlagen, es ist wirklich nicht zu sagen, was mit ihm passiert ist.«

»Aber was ist denn mit euch geschehen?« fragte Bill.

Die Coopers schauten einander an, sie brannten darauf, die Geschichte, die sie gemeinsam erlebt hatten, zu erzählen.

»Nun, laßt uns beim Essen darüber reden«, sagte Dr. Cooper.

Sie versammelten sich um das Lagerfeuer, während Bill einige Konservenbüchsen öffnete.

»Wir brauchen etwas Feuerholz«, stellte Lila fest.

»Okay«, sagte Dr. Cooper. »Geh nicht zu weit.«

»Okay.«

Sie ging auf die Hügel zu, um nachzusehen, ob sie etwas finden würde.

Dr. Cooper biß in einen übriggebliebenen Keks und berichtete von den heiligen Männern der Yahrim und der geheimnisvollen Hexe Mara. Bill und Jeff waren verwundert. Jay krümmte sich noch in Erinnerung dessen, was geschehen war.

Dann kam ihm eine drängende Frage in den Sinn: »Dad, dieses Rätselspiel, das sie mit dir gespielt hat ... Worum ging es da eigentlich?«

Dr. Cooper holte tief Luft. Immer noch konnte er die Spannung dieses Augenblicks spüren, und er war heilfroh, daß er vorbei war. »Es offenbarte deutlich einen philistinischen Einfluß auf die Yahrim-Kultur. Sogar Samson war in solche Sachen verwickelt im Buch der Richter — es war eine alte philistinische Sitte, sich gegenseitig mit Wortspielen herauszufordern und zu scherzen.«

»Nun, ich fand das Spiel ganz und gar nicht unterhaltsam. Was wäre gewesen, wenn du falsch geantwortet hättest?«

Dr. Cooper schüttelte nur den Kopf. »Nun, Dank sei Gott für seine Gnade. Wenn ich mich nicht so über Mister Pippens Gier und über Mister Andrews Machtbesessenheit aufgeregt hätte, wären mir die richtigen Antworten vielleicht nicht in den Sinn gekommen. Aber Mara mußte einen Grund haben für diese ganzen Spiele. Es war, als ob sie mich testete, nicht nur über mein Wissen, sondern auch bezüglich meiner körperlichen Stärke. Erst kam das Rätsel, dann der Angriff durch den Wolf.«

»Ich fand, du warst wirklich prima!« sagte Jay stolz.

»Tja, das fand sie offenbar auch.« Mit diesen Worten zog Dr. Cooper seinen Notizblock heraus und warf einen Blick auf die seltsamen Worte des Liedes, das sie gesungen hatte. »Aber ich glaube nicht, daß das Spiel schon vorbei ist.«

»Was haben Sie da?« fragte Bill.

»Ein Lied ... ein Wortspiel ... was immer. Es ist fast, als ob sie uns herausfordert. Sobald sie wußte, daß wir nicht gehen würden, bevor wir Anak begegnet sind, wer oder was immer er ist, sang sie mir dieses Lied vor, und ... wenn es noch ein philistinisches Wortspiel ist, dann muß es irgendeinen Hinweis, eine sehr wichtige Information enthalten.«

»Gut gemacht, Doktor!« kam sehr plötzlich und überraschend eine Stimme aus der Dunkelheit hinter dem Lager.

Alle Waffen, die sie hatten, waren sofort auf die dröhnende Stimme gerichtet.

»Nun ...«, sagte Talmai Ben-Arba und trat in den Schein des Lagerfeuers, »so treffen wir uns wieder, und wieder bekomme ich einen schwerbewaffneten Willkommensgruß!«

Dr. Cooper stand auf und schob seinen Hut etwas zurück, eine unbewußte Geste, die zeigte, daß er ziemlich überrascht und sehr, sehr neugierig war.

Es gab nicht viel loses, trockenes, brennbares Holz in dieser Landschaft. Die kurzen, schrubberartigen Büsche waren eine sehr widerstandsfähige Pflanzensorte, so überlebenswillig, daß sie keine toten Äste herumliegen ließen. Lila fand vereinzelt ein paar Stöcke hier und da. Gerade hatte sie aufgegeben und beschlossen, sich mit wesentlich weniger als einem Armvoll zufriedenzugeben.

Sie schaute zurück. Oh, oh. Sie war nun um den Hügel herumgegangen, das Lager war nicht mehr in Sicht, und sie wußte, sie war nicht mehr in Sicherheit. Sie beschloß zurückzugehen.

Was war das? Das hörte sich an wie ein schreiendes Baby. Sie stand ganz still und lauschte. Da war es wieder, und es klang sehr verzweifelt.

Sie legte das Holz neben einem großen Felsblock ab, damit sie es nachher wiederfinden würde, und ging auf das Geräusch zu.

Ben-Arba sah sehr mitgenommen aus und beantwortete die im Raum stehende Frage, bevor Dr. Cooper sie aussprechen mußte: »Ich bin über einen anderen Weg geflohen, Doktor. Die Gräber haben viele Fluchtwege für einen, der weiß, wo sie zu finden sind. Und was Ihre Gedanken über die Hexe Mara und ihre Wortspiele angeht ... Ja, Sie haben das sehr gut herausgefunden. Ihre Worte haben eine Bedeutung, Doktor, für den Mann, der sie entschlüsseln kann. Es wäre sehr weise, wenn Sie jedes Wort beachten würden, das sie sagt ... jeden Buchstaben von jedem Wort.« Er schaute in den Himmel und sagte aufgeregt: »Oh, der Mond geht unter!«

Dr. Cooper war der Mond völlig egal. Lange schaute er Ben-Arba an, bevor er etwas sagte. Schließlich wies er den großen Mann zu einem nahegelegenen Stein. »Setzen Sie sich, Talmai. Wir haben einige Dinge zu besprechen.«

Lila bemerkte, wie es plötzlich dunkler wurde, und sah, daß der Mond über dem Berg versank. Nun war sie wirklich hin- und hergerissen, ob sie nach dem Schreien suchen oder zurück zum Lager eilen sollte. Hier draußen wurde es sehr dunkel und unheimlich.

Da war es wieder — ein ängstliches Schreien, jemand war in Not! Sie kam nun ganz nah. Sie konnte es von irgendwo unter sich hören. Nicht weit entfernt den Hügel hinunter lag eine tiefe Schlucht. Von dort kam es.

Sie fand einen Weg, der den Hügel hinunterführte. Sie wollte herausfinden, was es war, dann würde sie sofort zum Lager zurückgehen. Ihr Herz begann laut zu schlagen. Ihr wurde bewußt, daß sie schon viel zu lang vom Lager weg war.

Dr. Cooper und Ben-Arba saßen dicht beieinander an dem kleinen, schwelenden Feuer, und Dr. Cooper hatte genug Ausdauer, um Ben-Arbas Sturheit zu besiegen.

»Weiter«, sagte Dr. Cooper. »Ich will, daß Sie mir alles erzählen, was Sie über die Hexe wissen.«

Aber Ben-Arba schaute weiter an den Horizont. »Bald wird der Mond hinter diesem Berg untergehen. Das wird Ha-Raphahs Augenblick sein.«

»Beantworten Sie nur meine Fragen!« Sogar Dr. Coopers Geduld begann zu schwinden.

Ben-Arba stieß ein widerwilliges Seufzen aus und antwortete brummend: »Was Sie über das Wortspiel sagten, hat mich aufmerksam gemacht. Die Worte von der Hexe Mara bedeuten immer mehr, als man meint. Die Lösungen zu den Rätseln zum Beispiel: Gier und Macht.«

»Sie wählte diese Wortspiele aus einem bestimmten Grund?«

Ben-Arba schaute wieder zum Mond. »Es dauert nicht mehr lang.«

Lila erreichte den Rand der Schlucht, und der Strahl ihrer Taschenlampe fing ein kleines weißes Wesen ein.

»Ein Ziegenbaby!« sagte sie, sofort von Mitleid erfüllt.

Die kleine Ziege war in einer kleinen Grube in den Felsen gefangen. Meckernd rannte sie hin und her auf der Suche nach dem Weg nach draußen.

Lila suchte einen Weg, wie sie zu der kleinen Ziege kommen konnte, fand etwas, das wie ein Weg aussah, und rief dann: »Halt aus, kleiner Freund! Ich komme!«

Ben-Arba hatte den Mond und nur den Mond im Sinn. »Doktor, habe ich Ihnen genug erzählt? Können wir dazu übergehen, was ich sonst noch weiß?«

»Okay, in Ordnung. Was ist das, was Sie dauernd über den Mond sagen?«

Ben-Arba griff nach seinem Gewehr mit einem aufgeregten Glänzen in seinen Augen. »Heute nacht ist die Nacht der Opfer, Doktor! Während der Vollmondnächte überlassen die Yahrim Ha-Raphah ein Opfer. Was immer ihm überlassen wird, sei es ein Schaf oder eine Ziege oder Säcke mit Korn, am nächsten Morgen ist es spurlos verschwunden. Etwas verschlingt es. Wenn wir uns beeilen, können wir vielleicht sehen, was es ist!«

Dr. Cooper und die anderen konnten nicht glauben, was sie da gehört hatten. Sie sprangen auf.

»Das hätten Sie mir auch vorher erzählen können!« sagte Dr. Cooper.

»He, das hab' ich ja dauernd versucht«, bestand Ben-Arba.

Dann überfiel sie alle ein Gedanken. »Lila — das Mädchen? Ist sie nicht hier?«

»Nein, sie —«

Ben-Arbas Gesichtsausdruck verwandelte sich von Begeisterung und Ausgelassenheit zu unglaublichem Schrecken. »Sie ist ... da draußen?«

Mit vorsichtigen Schritten und geschickten Handgriffen senkte sich Lila in die Grube hinein. Das Zicklein lief zu ihr und zupfte an ihrem Bein.

»He, ist ja schon gut, Kleiner — ich bin da.«

Sie streichelte und tätschelte die Ziege, und dann ... begann eine Flöte zu spielen.

Lila zog ihre Hand zurück, als ob sie sich verbrannt hätte. Sie lauschte. Die Flöte klang weit entfernt, aber sie konnte die Melodie klar erkennen.

Das Lied von Ha-Raphah.

Dr. Cooper, Jay, Bill und Jeff waren bereit, bewaffnet wie eine kleine Armee, ebenso Ben-Arba. Sie stürmten aus dem Lager, angeführt von Ben-Arba.

»Wie weit?« fragte Dr. Cooper.

»Es kommt darauf an, wo es ist«, sagte Ben-Arba. »Es gibt hier viele Gruben und Spalten in den Felsen, wo die Opfer hinterlassen werden. Wir müssen diejenige finden, die sie für heute nacht gewählt haben.«

»Lila!« riefen sie, aber es kam keine Antwort.

Ben-Arba hielt plötzlich an. »Nein ...«

Sie alle konnten es hören. Andere Stimmen fielen ein, sie sangen und klagten diese unheimliche Melodie.

»Sie rufen zu ihm!« sagte Ben-Arba. »Keinen Mucks jetzt, bitte! Es ist tödlich, in die Opferstelle einzudringen. Ihr werdet ihre Speere auf uns lenken.«

Dr. Cooper lauschte sorgfältig: »Das Singen scheint sich um diese Schlucht dort unten zu konzentrieren.«

»Ja, das ist einer der Opferplätze«, sagte Ben-Arba.

Sie gingen auf die Schlucht und das Singen zu und fühlten sich, als gingen sie in einen schwarzen bedrohlichen Sturm hinein.

Lila hatte Angst. Das Lied von Ha-Raphah schwang und hallte überall um sie herum in diese Felsengrube, es dröhnte in ihren Ohren und ließ sie erzittern. Sie hob die kleine Ziege auf.

»Na komm, laß uns hier verschwinden!«

Mit vorsichtigen, eiligen Schritten begann sie, aus der Grube zu klettern. Ein Schritt, noch einer, ein Handgriff hier, einer da. Sie fragte sich, ob sie überhaupt rechtzeitig hier herauskommen würde.

Sie schnappte nach Luft und hörte ihren Herzschlag anhalten. Direkt über ihrem Kopf starrte sie ein gruseliges, grinsendes, dämonisches Gesicht an, eine unheimliche

Maske, die an einem hölzernen Stock hing. Nun war sie mehr als ängstlich.

Dr. Cooper und die anderen fanden ein kleines Bündel Feuerholz. Dahinter lag so etwas wie ein Weg in Richtung auf die Schlucht. Ben-Arba entsicherte und spannte sein Gewehr. Die anderen taten das gleiche und eilten dann den Pfad hinunter.

Lila suchte ängstlich nach dem Weg, der aus der Schlucht herausführte. Der Mond war nun untergegangen, die Dunkelheit verbarg alles. Sie eilte vorwärts, leuchtete mit ihrer Taschenlampe hier entlang und dort entlang. Die Ziege zappelte in ihren Armen.

»Was ist los, Kleiner?« fragte sie.

Hinter ihr verschwand ein Stern, der nahe über dem Horizont aufgegangen war.

Dann verschwand ein weiterer Stern, gerade über dem anderen. Nicht der geringste Laut war zu hören.

Aber Lila konnte eine Gegenwart spüren. Sie suchte weiter nach dem Weg. Als sie dachte, sie hätte ihn gefunden, ging sie darauf zu.

Noch mehr Sterne verschwanden immer höher am Himmel. Ein Schatten begann sich zu formen, ein Bereich, wo keine Sterne zu sehen waren. Er wuchs immer mehr und erhob sich stetig aus der Erde heraus.

Endlich fand Lila glücklich den Pfad. Sie beschleunigte ihre Schritte. Die kleine Ziege begann zu wimmern.

Ben-Arba führte die anderen zum Rand der Schlucht. Dort sah er etwas. Mit einem verzweifelten und gedämpften Schrei sprang er den Hügel hinunter.

Die anderen waren starr vor Erstaunen.

»Was ist da?« fragte Bill.

Jay sah es als erster und konnte kein Wort sagen. Er konnte nur seinen Vater packen und wild deuten.

Dr. Cooper sah es und raste hinter Ben-Arba den Hügel hinunter.

Lila kämpfte sich den Berg hinauf, auf der Suche nach dem Weg durch die Felsen, während sich die kleine Ziege meckernd in ihren Armen wand. Sie konnte das verschreckte Tier nicht länger halten.

»Okay, von hier schaffst du's allein«, sagte sie und setzte es auf dem Boden ab.

Die kleine Ziege raste den Hügel hinauf, als würde sie um ihr Leben rennen.

Lila wußte, daß sie sehr, sehr verängstigt war, aber sie wußte, daß sie ruhig bleiben mußte. Sie eilte den Weg hinauf und versuchte, nicht in Panik zu geraten.

Hinter ihr türmte sich lautlos eine riesige schwarze Säule wie eine Gewitterwolke auf. Sie hatte die Form eines Menschen, sie hatte Augen und bewegte sich auf sie zu.

6

Talmai Ben-Arba und Dr. Cooper stoppten an einer gefährlichen Felsgruppe. Weit unten sahen sie Lila. Sie kletterte bei der Flucht um ihr Leben die Felsen hinauf. Direkt hinter ihr konnten sie ein riesiges, schwarzes, gräßliches Etwas erkennen.

Der dunkle, wie ein Mensch geformte Schatten verschluckte das Sternenlicht und verbarg den Grund unter sich.

Ben-Arba riß sein Gewehr hoch.

»Anaaaaaak!« schrie er und feuerte los. Die aus dem Gewehrlauf hervorschießende blaue Flamme erleuchtete die umliegenden Felsen.

Sie hörten Lila kreischen. Dr. Cooper rannte auf sie zu, Jay, Jeff und Bill gleich hinter ihm her. In panischer Angst raste die kleine Ziege an ihnen vorbei. Ganz unten konnten sie Lila sehen, aber der Schatten war verschwunden.

»Schnell, gebt uns Deckung!« befahl Dr. Cooper. Jeff und Bill blieben oben zurück, die Gewehre schußbereit, während er und Jay die Felsen hinunterkletterten.

Überall um sie herum verschmolz das Lied von Ha-Raphah zu einem Tumult von Klagerufen. Sie hörten sich an wie die Schreie zahlloser Seelen, die in die Hölle stürzen.

Ben-Arba verharrte auf der hohen Felsspitze, das Gewehr am Anschlag. Seine Augen drangen in die Finsternis und versuchten, jeden Schatten, jede Spalte in den Felsen, jede dunkle Stelle in der zu seinen Füßen liegenden Landschaft zu untersuchen, die vielleicht eine Zielscheibe für ihn darstellen könnte. Er wußte nicht, wann er getroffen hatte. Er konnte nicht das Geringste sehen.

Ein Speer pfiff an seinem Ohr vorbei. Er wirbelte herum und feuerte auf einen kleinen sich bewegenden Schatten. Da noch ein Speer! Er prallte am Felsen hinter ihm ab. Die Yahrim griffen an!

Als Dr. Cooper und Jay bei Lila ankamen, schlang sie ohne ein Wort ihre Arme um ihren Vater. Sie weinte noch nicht einmal, sondern schnappte nur nach Luft. Ohne eine Sekunde zu zögern, trug er sie den Pfad hinauf.

Überall wogte das unheimliche, kriegerische Geschrei der Yahrim wie Wellen um sie herum. Mit Lila auf den Armen und den Speeren und Pfeilen ausweichend hastete Dr. Cooper den Pfad bergauf. Jay hielt hinter ihm Wache. Oben ließen Jeff und Bill ihre Blicke umherschweifen und versuchten herauszufinden, aus welcher Richtung die tödlichen Pfeile und Speere kamen.

Unsichtbar in der Finsternis kletterten die Yahrim die Felsen herab, sie rückten an wie ein nahender Steinschlag.

Ben-Arba suchte nach Deckung, immer auf der Suche nach Zielscheiben. »Wilde! Fanatiker!« schrie er ihnen zu und viele andere Schimpfnamen in verschiedensten Sprachen.

Er feuerte in diese und jene Richtung, nach vorn, nach hinten, er drehte sich hektisch und blickte umher. Aber die Pfeile kamen aus der Dunkelheit, und er konnte nicht sehen, wer sie abschoß.

Die Coopers rannten vorbei. Weiter ziellos umherschießend, schloß er sich ihnen an.

»Plötzlich sind sie gar nicht mehr schüchtern!« rief Dr. Cooper ihm zu.

»Nicht, wenn ihr Gott bei ihnen ist!« sagte Ben-Arba.

»Haben Sie gesehen, wo er hin ist?«

»Verschwunden, Doktor, und lassen Sie uns das gleiche tun!«

Sie flohen unter einem Heer herabschießender Speere und Pfeile zurück zum Lager. Die Angreifer folgten ihnen nicht.

Was den Geist betraf, das Ding, diesen schrecklichen Gott namens Anak Ha-Raphah, er war weg. Einfach verschwunden.

In dieser Nacht gab es keine Ruhe im Lager. Überall um sie herum wimmelten die Hügel von Yahrim, alle unsichtbar in der Finsternis. Sie riefen Ha-Raphah an, klagten und schrien, johlten und heulten, raschelten durch das stoppelige Gras und kletterten über die Felsen.

Die Nacht war finster, und in der Luft lag fast greifbar der Terror. Alles — die Hügel, das wahnsinnige Volk, das sich in ihnen versteckte, ihr Schreien und Klagen, der Geist selbst — schien erschreckend nah, furchtbar gefährlich, wie eine Lawine des Bösen, die sie gleich zerstören würde.

Schwerbewaffnet hielten Ben-Arba, Bill und Jeff Wache im Lager. Dr. Cooper, Jay und Lila saßen dicht zusammengedrängt in ihrem Zelt um eine Laterne herum. Seit sie Lila am Ende der Schlucht gefunden hatten, hatte diese kein einziges Wort gesagt. Immer noch zitterte sie, versuchte Worte zu finden, brachte es nicht fertig.

Jay und Dr. Cooper hielten sie einfach fest und beteten beschwichtigend in der Hoffnung, daß ihre Gebete auch die Klänge, die sie so erschauern ließen, ertränken würden.

»Ich habe ihn gesehen«, sagte Lila unvermittelt.

Dr. Cooper umarmte sie. »Ich weiß.«

»Ich habe ihn gesehen«, wiederholte sie, einfach, weil sie es wiederholen mußte. »Ich habe ihn gesehen.«

»Wir auch«, sagte Jay.

»Er war da. Er hat mich direkt angesehen.«

Dr. Cooper hatte eine Fülle von Fragen, aber er wußte, daß er warten mußte. Sie mußte bereit sein.

»Hast du gesehen, wie groß er war, Dad?«

Dr. Cooper wollte nicht antworten.

»Hast du gesehen, wie groß er war?« fragte sie erneut.

»Ich bin nicht sicher«, sagte Dr. Cooper schließlich. »Es war schwer zu erkennen von dort, wo wir standen.«

Lila versuchte sich zu entsinnen. »Ich habe nie jemanden so Großes gesehen ...«

Dr. Cooper wagte eine Frage: »War es ein Mensch, Lila? Schien er ... menschlich?«

Sie bemühte sich zu erinnern, zu entsinnen, aber schließlich konnte sie nur den Kopf schütteln. »Ich konnte nur seine Augen sehen. Er hat mir direkt in die Augen gesehen, und ...« Sie brach ihren Satz ab und starrte schweigend einen Moment vor sich hin.

»Er wollte mich töten, nicht wahr?«

»Shhh ...«, sagte Dr. Cooper und drückte sie fest an sich. »Es ist vorbei. Jetzt bist du sicher.«

Aber sie konnten immer noch das Klagen der Yahrim durch die Stoffwände des Zeltes hören. Alle drei hörten es. Sie fühlten sich nicht sicher. Die ganze Nacht über fühlten sie sich nicht sicher.

Es war keine lange Nacht. Der größte Teil war bereits vorbei, und die Sonne würde bald über dem Tal aufsteigen. Einige Zeit bevor es hell wurde schienen die Yahrim mit dem felsigen Terrain zu verschmelzen, ihr Geschrei verklang.

Und als die Finsternis dem Tageslicht Platz machte, verschwand auch ein Teil des Schreckens mit ihr. Bill und Jeff konnten nun klar sehen, so daß sie sich viel sicherer fühlten. Ben-Arba legte sich sogar hin, um ein Nickerchen zu halten.

Dr. Cooper kroch aus dem Zelt, als das Morgenlicht noch rosa leuchtete — in der Luft war noch ein Rest der nächtlichen Kühle zu spüren. Er war müde, aber sein Schritt war fest und sein Blick entschlossen. Er ging zu Bill und Jeff, die am knisternden Frühstücksfeuer saßen.

»Danke fürs Wachehalten.«

»Kein Problem, Doc«, sagte Jeff. »Haben Sie etwas Schlaf bekommen?«

»Genug für den Moment, denke ich. Die Kinder schlafen seit einigen Stunden.«

»Wie geht's Lila?« fragte Bill.

»Sie ist bereit für einen neuen Tag, nehme ich an. Wie haltet ihr durch?«

»Wir haben uns bei der Wache abgewechselt«, erklärte Jeff. »Ein bißchen Schlaf haben wir bekommen, aber nicht viel.«

Dr. Cooper bemerkte Ben-Arba, der zusammengerollt im Sand am Rand des Lagers lag. Das Gewehr immer noch in der Hand, hielt er schnarchend ein Nickerchen.

Dr. Cooper wandte ihm den Rücken zu, winkte Bill und Jeff zu sich heran und sprach mit gesenkter Stimme. »Ich habe keine Lust mehr auf irgendwelche Ratespielchen mit Mister Ben-Arba. Bill, ich möchte, daß du den Jeep nimmst, nach Gath fährst und dich umhörst. Sieh zu, was du über diesen Mann rausfinden kannst — wo er wirklich herkommt, ob er hier eine Familie hat und wie lange er sich schon für diesen sogenannten Schatz interessiert. Dieser Typ weiß zuviel für einen Neuling. Irgendwie steht er in Verbindung mit dieser ganzen Sache, und ich glaube, sogar in enger Verbindung. Ich will genau wissen, wie.«

»Ja«, sagte Bill, »ich denke, es ist an der Zeit. Ich fahre gleich heute morgen.«

»Vor dem Frühstück mache ich mit ihm einen Spaziergang, um diese Opferstelle bei Tageslicht zu untersuchen. Fahr los, sobald wir weg sind, dann wird er vielleicht nicht argwöhnisch.«

Ein verschlafenes Grunzen war zu hören. Endlich rührte sich Ben-Arba und erwachte aus seinem unruhigen Schlaf.

»Ehhh ...«, brummte er und blickte um sich. »Diese schreckliche Nacht ist also vorbei.«

Dr. Cooper ließ seinen Blick über die sie umgebenden Berge schweifen. Nun waren sie still und leer, genau wie am Tag zuvor. Es war, als ob die schrecklichen Stunden der letzten Nacht nie stattgefunden hätten.

»Nun, Jungs, wie lange dauert's bis zum Frühstück?« sagte er schließlich.

»Oh, ich kann jederzeit anfangen«, sagte Jeff.

»Okay, gib uns noch eine Stunde. In der Zwischenzeit, Talmai, laß uns zusammen mal losgehen.«

Ben-Arbas buschige Augenbrauen krümmten sich. Er grinste und nahm sein Gewehr.

Bill schnappte sich die Schlüssel des Jeeps.

Bei Tag schien der Pfad zurück zur Opferstelle viel länger. Villeicht lag es daran, daß sie nicht wie im Dunkel um ihr Leben rannten. Sie gingen sehr vorsichtig, achteten auf jede Bewegung in den Felsen, lauschten nach jedem Geräusch. Nichts tauchte auf, alles war totenstill. Soweit sie es beurteilen konnten, waren sie völlig allein in dieser felsigen, unfruchtbaren Wildnis.

»Aha, ein Souvenir«, sagte Ben-Arba und hob einen Pfeil vom sandigen Weg auf. Die Spitze war aus fein geschliffenem Metall. Er zeigte ihn Dr. Cooper. »Mit dieser Klinge könnten Sie sich den Bart stutzen, Doktor.«

Dr. Cooper brauchte sich nicht davon zu überzeugen. Ben-Arba behielt den Pfeil, und sie gingen weiter.

An diesem Morgen war Ben-Arba etwas gesprächiger.

»Sie hatten recht mit dem, was Sie über den Einfluß der Philister sagten. Es gab eine Zeit, da hießen die Yahrim ganz und gar nicht Yahrim. Sie waren urspünglich eine Sekte der Philister. Sie verehrten Dagon und all die anderen philistinischen Gottheiten, das heißt, bis Ha-Raphah kam.«

»Letzte Nacht nannten Sie ihn Anak«, sagte Dr. Cooper.

Ben-Arba war ertappt, aber dann grinste und lachte er ein wenig. »Gut gemacht, Doktor, gut gemacht; ja, ich kenne seinen Namen.«

»Was wissen Sie noch?«

Ben-Arba zuckte mit den Schultern. »Tja, vielleicht ist es jetzt Zeit, darüber zu reden.« Er hängte sich sein Gewehr bequem über die Schulter und fing an: »Anak erschien diesem Volk vor etwa zehn Jahren, und damals wurden sie zu den Yahrim, den Furchtsamen. Davor gab es eigentlich gar nichts, wovor sie sich fürchten mußten. Seit Generationen hatten sie als die letzten Philister in diesen Bergen gelebt, und sie hatten nie auch nur den geringsten Gedanken an die Tatsache verschwendet, daß dieses Land urspünglich den Anakim gehört hatte, den furchtbaren Riesen. Warum sollten sie auch? Die Söhne Anaks waren verschwunden, sie waren von den eindringenden Israeliten unter Josuas Führung besiegt worden. Ja, es gab noch verstreut einige wenige Nachkommen, wie zum Beispiel Goliath, der von David getötet wurde. Aber diese übrigen Riesen lebten unter den Philistern, bis sie selbst Philister wurden, und das ist das letzte, was man je von den Anakim gehört hat ... bis vor kurzem.«

»Wann tauchte Anak selbst auf?«

»Anaks Geist, sagten sie. Er kehrte zurück, um über das Land zu herrschen, das ihm vor so langer Zeit weggenommen worden war. Er war ein schrecklicher, einschüchternder, blutrünstiger Geist. Er verlangte Geschenke, Anbetung und Opfer!«

»Und die Hexe Mara?«

»Sie kam in das Dorf und behauptete, sie sei seine Priesterin. Jetzt regiert sie über die Yahrim, und sie gehorchen ihr, einfach weil sie panische Angst vor Anak haben.«

Sie konnten die Schlucht sehen, wo sie Lila gefunden hatten. Und da waren ihre eigenen Fußstapfen, die von der Schlucht wegführten. Sie überprüften noch einmal ihre Waffen, dann machten sie sich auf den Weg nach unten. Als sie in die Schlucht einstiegen, fanden sie weitere Pfeile und einige Speere.

»Dafür, daß sie nur ein paar hundert bewaffnete Männer haben, können die Yahrim einen beachtlichen Angriff durchführen«, stellte Dr. Cooper fest.

»Mmm, aber sie haben es trotzdem nicht geschafft«, sagte Ben-Arba.

Dann erblickten sie die kleine, steinige Grube, in der das

Zicklein gefangen gewesen war. Bei Tageslicht sah das Loch nicht ganz so düster und furchterregend aus, und der zu ihr hinführende Pfad war leicht mit den Augen zu verfolgen.

Ben-Arba stoppte abrupt. Jetzt sah Dr. Cooper es auch.

Grinsend im Sonnenlicht steckte dort eine scheußliche, dämonische Maske auf einem Holzstock, geschmückt mit Perlen und Federn. Ein verzerrtes Grinsen entblößte ihr Gebiß, und sie stierte mit riesigen Glubschaugen in die Grube hinab.

Am gegenüberliegenden Rand der Grube befand sich noch ein gräßlicher Zuschauer, diesmal der gebleichte Totenkopf einer Ziege. Auch er steckte auf einem Holzstock und war mit farbenfrohen Bändern verziert, die im Wind flatterten. Auch er starrte in die Grube. Um die Grube herum standen noch mehr seltsame Grenzzeichen. Als Dr. Cooper und Ben-Arba zum Rand der Grube gelangten, konnten sie insgesamt zehn Stück zählen. Da waren noch mehr Totenköpfe von Tieren, Masken, einige kleine religiöse Schnitzereien, die aussahen wie Totempfähle. Dr. Cooper bemerkte, daß einige von ihnen den seltsamen Kostümen ähnelten, die die heiligen Yahrim-Männer in der Zeremonienhöhle getragen hatten. Alle hatten den Blick auf die Grube gerichtet.

Während Ben-Arba jedes Zeichen sehr sorgfältig anschaute, erklärte er: »Die hatten alle etwas mit dem Opfer gestern nacht zu tun. Dies war ein sehr heiliger Platz.«

Dr. Cooper schaute vorsichtig in die Grube hinunter. Sie war nicht sehr tief, nur ca. zwei Meter, und ungefähr sieben Meter breit. Die Felswände waren steil, der Sandboden glatt und ohne besondere Merkmale.

»Nun, hier ist dieses Ding rausgekommen«, sagte er, während er nach einem Weg zum Hinunterklettern suchte.

Ben-Arba blieb oben, mit schußbereiter Kanone, als Dr. Cooper seine Füße auf den Sand setzte. Er fühlte sich, als stünde er in einer kleinen Arena. Die zehn gräßlichen

Zuschauer beobachteten jede seiner Bewegungen. Er schaute sich überall auf dem Boden der Grube um, aber nichts fiel ihm auf. Außer denen von Lila und der Ziege waren keine Fußspuren zu entdecken.

»Was wollen Sie da unten eigentlich finden?« fragte Ben-Arba.

»Ein Schlüsselmerkmal, nehme ich an. Wenn dieses Ding echt ist, muß es irgendwie hier reingekommen sein. Es muß eine Spur oder einen Abdruck oder irgend etwas hinterlassen haben.«

Ben-Arba zuckte nur mit den Achseln. »Vielleicht, vielleicht nicht. Ein Geist lebt nach seinen eigenen Regeln.«

Dr. Cooper ging langsam in der Grube umher und untersuchte die Felswände. Er fand keine Risse oder Spalten, keine verräterischen Furchen.

Ganz plötzlich hielt er an — irgend etwas stimmte nicht. Am anderen Ende der Grube befand sich eine etwa tellergroße Vertiefung, aber sie war halb bedeckt von einer Schicht Sand. Diese Schicht mußte ganz frisch sein, so als hätte jemand versucht, die Vertiefung zu verstecken. Er näherte sich vorsichtig, indem er tastend jeden seiner Schritte prüfte.

Wer oder was hatte diese kleine Vertiefung in den Sand gegraben? Was war —

Der Grund unter seinen Füßen gab etwas nach. Schnell wich er zurück, und der Sand begann sich zu bewegen.

Ben-Arba hob sein Gewehr. »Was ist es, Doktor?«

Dr. Cooper ging noch ein paar Schritte zurück und beobachtete diesen seltsamen, sich bewegenden Sand.

Es war, als hätte sich plötzlich ein Loch im Boden geöffnet. Der Sand rann abwärts wie Weizenkörner, die in einen Trichter fallen. Schnell wurde die Vertiefung breiter und weiter.

»Gehen Sie zurück, Doktor, zurück!« rief Ben-Arba.

Dr. Cooper sprang vom Sandboden auf einen Felsvorsprung und setzte sich. Er beobachtete, wie der Sand nach unten verschwand, als würde er von unten verschlungen. Dann stoppte die Bewegung genauso mysteriös, wie sie begonnen hatte, der Sand kam zur Ruhe, und der Boden der Grube war wieder glatt und flach.

»Was war das?« fragte Ben-Arba verwundert.

Dr. Cooper war fasziniert und sehr ratlos. Er schüttelte den Kopf. »Ich ... ich habe nicht die leiseste Ahnung.«

In diesem Moment durchschnitt ein Geräusch die Stille der Wüste: das Meckern einer kleinen Ziege. Ben-Arba sah zu den Bergen hinauf und entdeckte sie.

»Das Opfer, Doktor«, sagte er.

Dr. Cooper kletterte aus der Grube und konnte sehen, wie die kleine Ziege über die Felsen auf sie zugesprungen kam. Ihr weißes Fell leuchtete hell im Sonnenschein.

»Netter kleiner Kerl, nicht wahr?« bemerkte Dr. Cooper.

Die Ziege lief erst zu Ben-Arba, der sie ein wenig zwischen den Ohren kraulte. Dann bemerkte Ben-Arba ein Halsband um ihren Hals. Er kniete sich nieder, um es zu untersuchen.

»Mmm«, sagte er. »Ja, das war das Opfer, ein Geschenk von dem alten Ziegenhirten, Einbein. Das ist sein Zeichen auf dem Halsband.«

Dr. Cooper war höchst interessiert. »Der Ziegenhirt, dem ein Bein fehlt? Wir sind ihm begegnet!«

Ben-Arba sah wieder zu den Bergen, während er seine Gedanken aussprach: »Die Ziege ist frei und lebt. Anak Ha-Raphah hat sein Geschenk nicht bekommen, dank unserer Einmischung gestern nacht. Wir haben ihm sein Opfer vorenthalten, und jemand muß dafür zahlen.«

»Was sagen Sie da?«

Ben-Arba schaute Dr. Cooper direkt an und sagte: »Ich sage, daß der Ziegenhirte in großer Gefahr sein könnte, und wir sind vielleicht schuld daran.«

Das Heim des kleinen Ziegenhirten Einbein lag an der anderen Seite des Berges in einiger Entfernung vom Felsendorf der Yahrim. Ben-Arba kannte den Weg, und alle gingen zusammen — keiner wollte an diesem Tag allein sein. Sie beeilten sich und hofften das Beste, aber gleichzeitig befürchteten sie das Schlimmste. Die Männer trugen ihre Waffen in Bereitschaft, sie waren auf Ärger gefaßt. Die kleine Ziege rannte voraus, um endlich nach Hause zu kommen.

Sie kamen um den Berg herum. Endlich tauchte die bescheidene Wohnstätte aus Stein und Lehm am Hang auf. Einige Ziegengehege lagen in der Nähe. Vom Ziegenhirten war keine Spur.

Dr. Cooper duckte sich instinktiv, und die anderen taten es ihm nach. Irgend etwas stimmte nicht, das war klar.

»Noch mehr solche Grenzzeichen«, sagte er.

Erstmals warfen nun Jay und Lila einen Blick auf die seltsamen Zeremonienzeichen der Yahrim. Um die ganze Hütte des Ziegenhirten herum hingen Totenköpfe, Masken, gräßliche Verzierungen — alle auf grellbunten Stöcken, alle hatten den Blick auf das Heim des Ziegenhirten gerichtet, alle waren mit Bändern, Fellen, Federn und Webereien geschmückt.

»Hier sind sie auch gewesen«, sagte Jeff.

Ben-Arba sagte langsam: »Und ich fürchte, er war auch hier.«

Ben-Arba blickte zum Himmel und lenkte ihre Aufmerksamkeit auf ein paar riesige schwarze Aasgeier, die hoch über ihnen kreisten. Weitere Aasgeier saßen auf den Felsen über den Ziegengehegen. Krächzend protestierten sie gegen die Störung.

Dr. Cooper zeigte den Weg, und die Gruppe kroch langsam den Berg hinab. Die Sonne brannte heiß, und die dicke Luft trug einige äußerst unangenehme Gerüche zu ihnen. Die Aasgeier krächzten und flatterten ein paar Meter den Berg hinauf, immer noch etwas weiter, während die Eindringlinge näher kamen. Zähnebleckend und bösartig schienen die Masken auf den Stöcken sie auszulachen.

Bald konnten sie in das Ziegengehege hineinsehen. Der Anblick, der sich ihnen bot, war schrecklich.

Die Ziegen, etwa zwanzig an der Zahl, lagen tot da, wie von einem Wirbelwind im Gehege verstreut. Die kleine weiße Ziege meckerte verzweifelt, als sie durch den zerbrochenen Zaun sprang und ihre tote Mutter entdeckte.

Keiner konnte ein Wort sagen. Sie starrten alle auf das schreckliche Bild, bis Dr. Cooper ihr Erschrecken brach, indem er auf das Haus zuging. Sie folgten ihm etwas zögernd, ihre Blicke glitten ängstlich umher.

Dr. Cooper kam um die Ecke des Hauses und hielt an, duckte sich und lauschte, die Augen weit aufgerissen. Er winkte Ben-Arba und Jeff zu, die mit ihren Gewehren näher kamen. Als sie sahen, was Dr. Cooper sah, hatten die beiden sofort ihre Kanonen am Anschlag.

Die anderen kamen ganz langsam um die Ecke und stoppten in sicherer Entfernung.

Es gab keine Tür mehr — ein immenses Loch war durch die Wand des Hauses gebrochen worden. Die Steine lagen überall verstreut, und das, was früher einmal die Tür gewesen war, lag hier und da in Form von Holzsplittern herum.

Dr. Cooper schritt voran, seine Pistole schußbereit in der Hand, wagte er einen Blick nach innen.

Sofort wandte er sich um und hielt sie mit einem Handzeichen zurück.

»Jay, Lila«, sagte er mit sehr beherrschter Stimme, »bitte geht da hinüber und wartet auf uns.«

Er zeigte zu einem kleinen offenen Platz, der ein Stück vom Haus entfernt lag. Gehorsam eilten sie zu der ihnen angewiesenen Stelle. Sobald sie weg waren, folgten Jeff und Ben-Arba Dr. Cooper.

Ben-Arba warf einen Blick ins Innere des Hauses, und sein Gesicht verzerrte sich augenblicklich vor Schrecken und Ekel. Jeff taumelte schockiert gegen die Wand und atmete tief durch, um sich wieder zu erholen.

Ben-Arba fand einen bekannten Holzstumpf im Durcheinander und zeigte ihn den anderen.

»Einbein, der Ziegenhirte«, sagte Dr. Cooper stellvertretend für alle. »Wir sind zu spät.«

Voll Schrecken und Überraschung schüttelte Jeff seinen Kopf. »Ich habe Grizzlies und Kodiaks gejagt, aber ich hätte nie gedacht, daß irgend jemand so etwas tun könnte.«

Ben-Arba war seltsam still. Dr. Cooper erkannte eine echte Furcht in seinem Gesicht, eine Furcht, die vorher noch nicht dagewesen war.

Ben-Arba spürte Dr. Coopers Blick. Er suchte nach Worten. »Er ist so viel schlimmer geworden ...«, flüsterte er.

»Was haben Sie gesagt?« fragte Dr. Cooper.

Ben-Arba schien mit sich selbst zu reden, als er murmelte: »Er ist ein Monster geworden ... viel schlimmer ... Es war doch nur eine Ziege, nur eine kleine Ziege ... Es war nicht nötig, das zu tun ...«

In diesem Moment kam ein Schrei von Jay und Lila — »Dad! He, ihr da!«

Die Männer rasten augenblicklich um das Haus, die Gewehre schußbereit. Sie waren auf das Schlimmste gefaßt.

Jay und Lila ging es gut — sie hatten etwas auf dem Boden gefunden. Dr. Cooper und die anderen eilten zu ihnen, um zu sehen, was es war.

»Aha!« sagte Ben-Arba.

Dr. Cooper sank auf ein Knie, schob seinen Hut ein wenig zurück und nickte langsam für sich selbst.

Dort vor ihnen, in einer Spur auf der Erde, fand sich der erste direkte Beweis für das unbekannte Etwas, das hiergewesen war: ein Fußabdruck. Dr. Cooper hielt seinen Unterarm darüber, mit dem Ellbogen über der Ferse. Seine ausgestreckten Finger reichten nur ein paar Zentimeter hinter die Zehen. Und was die Zehen betraf: Es war klar zu erkennen, daß es sechs an der Zahl waren.

Dr. Cooper schaute zu den anderen hinauf, besonders zu Ben-Arba. »Nun, ich denke, das sind gute und schlechte Neuigkeiten.«

Erneut betrachtete er den Fußabdruck. »Die gute Neuigkeit ist, daß ein Geist keine faßbaren Fußabdrücke hinterläßt. Also wissen wir jetzt sicher, daß dieses Ding echt und lebendig ist. Die schlechte Nachricht ist ...« Er blickte zurück auf das, was vom Haus des Ziegenhirten übriggeblieben war.

»Ich finde, das sind alles schlechte Nachrichten«, meinte Jeff.

Ben-Arba war sichtlich erschüttert. Seine alte Großspurigkeit war verschwunden. »Diese Nachrichten sind sehr schlecht, Doktor. Nie zuvor hat Anak Ha-Raphah solche Wildheit, solche Rage gezeigt. Und nie zuvor hat er sich so weit von seinen Gräbern weggetraut, um ein Leben zu nehmen.«

»Ein Leben zu nehmen?« fragte Lila ängstlich.

Dr. Cooper legte ihr sanft eine Hand auf die Schulter.

»Der alte Ziegenhirte ist tot. Ermordet.«

In diesem Moment unterstrich ein ungeduldiger Aasgeier gnadenlos Dr. Coopers Worte mit einem unverschämten Krächzen.

Nun spürten Jay und Lila dasselbe erschauernde Gefühl, das sie in den Gesichtern der anderen lesen konnten, das unumstößliche Gefühl, daß irgendwo — oben in den Bergen, zwischen den Felsen, versteckt in den Felsspalten, oder vielleicht sogar näher, als sie sich vorzustellen wagten — ein Ungeheuer schweigend herumschlich und wartete. Sie fühlten sich beobachtet, verfolgt und gejagt.

Lila sah die kleine Ziege, die immer noch an ihrer toten Mutter saugte, und sie fragte mühsam: »Ich bin die, die das Opfer vereitelt hat. Ist es ... ist es meine Schuld?«

Ben-Arba antwortete sehr entschlossen. »Nein, Kind. Du hast getan, was recht war, was jeder vernünftige Mensch tun würde. Was für einen Unterschied könnte eine kleine Ziege für diese Bestie machen? Was wir hier sehen, ist das Werk eines Dämons, eines Ungeheuers. Er ist derjenige, der angeklagt werden muß.«

»Und was ist mit den Yahrim?« fragte Jeff mit einem Blick auf all die gräßlichen Grenzzeichen. »Scheint, daß sie sich ein richtiges Fest draus gemacht haben.«

Auch Dr. Cooper war ziemlich besorgt wegen der Zeichen. Er schaute zu Ben-Arba. »Nun, was ist damit? Haben Sie irgendeine Ahnung, was sie bedeuten?«

Ben-Arba konnte fühlen, wie ihn Dr. Coopers schneidender Blick durchdrang. Schließlich antwortete er: »Vielleicht«, und besah sich sorgfältig die Zeichen. Er ging umher und schaute eines nach dem anderen genau an. Manchmal schüttelte er ratlos den Kopf, andere Male verengten sich seine Augen, als ob das Zeichen ihm etwas sagte. Dann stellte er sich in ihre Mitte und ließ seine Augen umherschweifen, als wollte er sie lesen.

Er blickte Dr. Cooper an und sagte: »Wir sollten zurück zu unserem Lager gehen, Doktor, und zwar sehr schnell.«

Als sie das Lager sehen konnten, stöhnte Ben-Arba vor Schmerz und Zorn auf und sagte: »Ich wußte es.«

Auf sie warteten ein paar neue Gesichter, insgesamt zwölf. In einem unregelmäßigen Kreis standen sie um das Lager, starrend, lachend, spottend, als ob sie das Rund bewachten. Unter ihnen waren Totenköpfe von Tieren, häßliche, grinsende Masken und Tier- und Vogelskelette.

Bevor Dr. Cooper auch nur einen Schritt weiterging, warf er einen langen, intensiven Blick auf das Lager. Alles erschien sehr still, und weder Zelte noch Ausrüstungen waren in Unordnung.

Ben-Arba wußte, was sich jeder fragte, und sagte schließlich: »Keine Gefahr mehr. Die Yahrim haben getan, wozu sie hergekommen waren. Sie sind wieder weg.«

Trotzdem waren sie alle sehr vorsichtig. Sorgfältig wählten sie jeden Schritt, den sie in das Tal hinein machten. Beim Näherkommen konnten sie zahlreiche frische Fußspuren im Sand erkennen. Einige der Abdrücke stammten von den Klauen der verkleideten heiligen Yahrim-Männer. Das Lager war intakt. Sie überprüften die Zelte und die Versorgungshütte – nichts war gestohlen oder in Unordnung.

»Also«, schloß Dr. Cooper, »sind sie nur zu einem Zweck hergekommen – um unser Lager mit diesen heidnischen Grenzzeichen zu umzingeln.« Dr. Cooper blickte zu Ben-Arba. »Talmai, Sie haben aus den Grenzzeichen am Heim von Einbein eine Bedeutung erkannt. Können Sie uns sagen – und ich meine, klar sagen –, was diese hier bedeuten könnten?«

Ben-Arba holte tief Luft und begann den Kreis der Grenzzeichen abzugehen, wie er es zuvor getan hatte. Er untersuchte sorgfältig jedes einzelne Symbol. Der Ausdruck auf seinem Gesicht verriet, daß die Antwort nicht lange auf sich warten lassen würde, und wahrscheinlich würde sie ihnen nicht gefallen.

Da hörten sie das Röhren des Jeeps. Gerade kam Bill zurück und wirbelte eine riesige Staubwolke auf. Am oberen Rand des Lagers hielt er an und winkte Dr. Cooper zu.

Dr. Cooper sagte zu Ben-Arba: »Machen Sie weiter. Ich bin gleich zurück.«

Schnell lief er nach oben, wo Bill auf ihn wartete. Während Ben-Arba weiter die Grenzzeichen untersuchte und verglich, hielten Dr. Cooper und Bill eine Privatkonferenz ab.

Bill sprach in leisen, schnellen Worten: »Er ist bekannt, Doc, überall in Gath. Ich würde sogar sagen, er ist berühmt. Alles, was ich tun mußte, war, seinen Namen zu erwähnen, und sofort drängten sich alle Leute um mich und wollten wissen, was er vorhat.«

»Und was hat er vor?«

»Oh, er will diesen Schatz, okay, aber steht wirklich in enger Verbindung mit allem hier. Warten Sie, bis Sie das hören ...«

Bald war Ben-Arba bereit für eine Deutung der Zeichen. Sobald Dr. Cooper und Bill ins Lager hinunterkamen, fing er an.

»Dieses hier«, sagte er und zeigte auf eine große Maske mit einem häßlichen weißen Gesicht, »sind Sie, Dr. Cooper. Dies ist die Maske des Außenseiters, des Eindringlings, des unwillkommenen Fremden. Und diese hier ...« — Ben-Arba wies auf zwei Masken zur Rechten und Linken des weißen — »... sind Ihre Kinder. Dieses mit dem goldenen Haar ist Lila, und das andere, das Symbol für den Erstgeborenen, ist Jay. Diese zwei anderen sind Mister White und Mister Brannigan.«

Bill und Jeff betrachteten die grausigen, häßlichen Masken und feixten.

»Diese Yahrim meinten es nicht gerade freundlich, oder?« sagte Bill.

»Dieses hier mit dem leeren Gesicht symbolisiert einen unbekannten Feind. Wahrscheinlich meinen sie mich.« Dann ging Ben-Arba zu einer sehr scheußlichen blassen Maske mit einem vor Angst entstellten Ausdruck und mit roter Farbe besprenkelt. »Dieses hier, nehme ich an, bezieht sich auf den Mann, den Sie verloren haben, Ihren Jerry Frieden.«

»Was ist mit all den andern?« fragte Dr. Cooper.

Ben-Arba ließ noch einmal seinen Blick über die Grenzzeichen schweifen, als würde er sie lesen. »Sie vermitteln dieselbe Botschaft wie die, die wir an der Opfergrube und dann am Haus von Einbein sahen. Diese hier, mit dem ängstlichen Ausdruck, erzählen von Ha-Raphahs großer Kraft und Macht. Die toten Vögel und Tiere sind seine Art darzustellen, wie grausam und erbarmungslos er ist und daß er keinen verschont. Die Totenköpfe sind Symbole von Tod und Zerstörung, und da sie nach innen gewandt sind, bedeuten sie, daß Tod und Zerstörung uns treffen sollen. Auf diese Weise wenden die Yahrim den Zorn ihres Gottes weg von sich auf jemand oder etwas anderes.«

»Das komplette Urbild eines Opfers«, sagte Dr. Cooper.

Ben-Arba nickte. »Gemäß den Grenzzeichen an der Opfergrube ist Anak Ha-Raphah zornig, weil Fremde in seine Gräber eingedrungen sind. Die Yahrim fürchteten, er würde seinem Zorn Luft machen, indem er sie verfolgte — deshalb besorgten sie eine Ziege, die er töten könnte. Ohne Erfolg.«

»Und alles meinetwegen«, sagte Lila voll Bedauern.

»Anak und seine Nachfolger beschuldigen den Ziegenhirten. Sie wissen, daß er mit Ihnen und Ihren Männern gesprochen hat, und sie sind der Meinung, es wäre vielleicht ein feiger Versuch gewesen, ihren Gott in eine Falle zu locken. Die Grenzzeichen am Haus von Einbein sprechen von seinem fürchterlichen Versagen, Anak zu gefallen, indem er zu Fremden sprach und sie sich bei dem Opfer einmischen ließ, und sie sprachen auch von all den schrecklichen Toden, die er verdiente, bis Anak zufriedengestellt sein würde. Die Voraussagen, für die diese Grenzzeichen stehen, wurden erfüllt, wie wir alle gesehen haben. Da Anak nicht die Ziege töten konnte, tötete er eben ihren Besitzer.«

»Und jetzt sind wir von diesen Grenzzeichen umgeben«, sagte Dr. Cooper.

Ben-Arba konnte ein Gefühl von Angst und Verzweiflung nicht unterdrücken, als er fortfuhr: »Anak ist viel schlimmer, viel mehr ein Tier, als er es je war. Er ist immer noch zornig. Zuerst die Ziege, dann Einbein. Als nächstes die Fremdlinge, die eingedrungen sind ...«

»Die Yahrim versuchen, Anak gegen uns aufzuhetzen!« schloß Jay.

Ben-Arba schaute sich erneut die Grenzzeichen an, die sie wie gespenstische Wachposten zu umgeben schienen. »Die Grenzzeichen führten Anak zu der Ziege ... und dann zum Ziegenhirten. Und heute nacht, wenn die Nacht am finstersten ist, werden sie ihn hierher dirigieren. Anak Ha-Raphah wird kommen, um uns zu holen!«

Ben-Arbas Stimme zitterte etwas, als er das sagte, und als er wiederum sein Gewehr überprüfte — obwohl das ganz unnötig war —, zitterten seine Hände. Er bemühte sich, tapfer und stark zu erscheinen, aber seine Angst war ihm deutlich ins Gesicht geschrieben.

Dr. Cooper warf einen Blick auf die Grenzzeichen, ließ dann seinen Blick auf die Hügel in der Umgebung schweifen und begann, einen Plan zu formulieren.

»Sag, Bill«, sagte er schließlich, »war da nicht eine kleine Siedlung, nicht weit die Straße hinunter? Ich glaube, sie hatten dort etwas Vieh, einige Schafe, Ziegen, Viehbestand ...«

»Ja, das stimmt«, antwortete Bill. »Ungefähr fünf Meilen, würde ich sagen. Woran denken Sie?«

»Oh«, sagte Dr. Cooper und blickte wieder zu den Bergen. »Ich dachte nur, es wäre vielleicht gut, wenn wir etwas Stroh hätten.«

»Stroh?« fragte Jeff.
»Ja, zwei Ballen müßten genügen.«

Die Nacht fiel langsam wie ein schwerer schwarzer Vorhang über das zerklüftete Terrain, und mit der Dunkelheit kamen die Ängste der vergangenen Nacht wieder. Dieselbe böse Vorahnung ließ sie erschauern, derselbe kleine Schrecken durchfuhr sie bei jedem Geräusch. Immer noch standen die kleinen heidnischen Wächter um das Lager herum; die bunten Grenzzeichen der Yahrim starrten mit unbewegtem, zornigem Blick nach innen. Knisternd und flackernd warf das Lagerfeuer sein tanzendes, organgefarbenes Licht auf die Entdecker, die schweigend um es herumsaßen, wartend, wortlos.

Dr. Cooper saß regungslos auf einem Baumstamm, sein Kinn ruhte auf seiner Hand. Gleich daneben lagen Jay und Lila schlafend in ihren Schlafsäcken. Bill und Jeff saßen Dr. Cooper gegenüber auf der anderen Seite des Feuers. Zwischen ihnen war ein Schachbrett aufgebaut, auf dem ein äußerst langweiliges Spiel ablief. Talmai Ben-Arba stand allein am Rand des Lichtscheins, hielt etwas in der Hand, das wie ein Gewehr aussah, und bewachte schweigend das Lager.

Von weiter weg erschienen sie wie eine normale Gruppe ahnungsloser Amerikaner mit ihrem heimischen Führer — mit einem Unterschied: Die Minuten verstrichen, aber kein Mitglied der Runde rührte sich. Dr. Cooper saß Minute um Minute da, das Kinn auf seine Hand gestützt. Weder Bill noch Jeff machten den nächsten Zug in ihrem Spiel. Ben-Arba stierte vor sich hin.

Dr. Cooper trug ein anderes Paar Schuhe — die, die normalerweise an seinen Füßen schmerzten, weil sie noch neu waren. Seine Kleider waren frisch aus der Reisetasche und noch nicht vom Wüstenstaub verschmutzt. Das einzige, was in dieser Nacht wirklich gleich aussah, war der breitkrempige Hut. Derselbe alte Hut ruhte auf seinem ... mit Stroh gestopften Kopf.

Sein Körper war aus Stroh, das in ein zweites T-Shirt gestopft war. Seine Beine bestanden aus Ersatzpflöcken für die Zelte und aus Stroh, genauso seine Arme. Seine Hände waren ein extra Paar Handschuhe. Der Strohmann war tief in Gedanken versunken.

Jeff und Bill waren auch nicht wirklich da, und genausowenig Jay und Lila. Ben-Arbas schwerfällige Form war sehr clever durch den Aststumpf eines Busches gestützt.

In den Felsen hoch über dem Lager hielten schweigend sechs äußerst gespannte menschliche Wesen mit schußbereiten Gewehren eine lange Nachtwache. Dr. Cooper und Ben-Arba waren direkt über dem Lager versteckt. Bill, Jay und Lila hielten ca. 10 Meter zur ihrer Rechten Position, Jeff befand sich ungefähr 10 Meter zu ihrer Linken. Von diesen drei Stellungen aus konnten sie das Lager aus verschiedenen Blickwinkeln beobachten — nichts konnte ungesehen näherkommen.

Dr. Cooper sah auf seine Uhr. »Halb zwölf.«

»Er wird sich zeigen«, sagte Ben-Arba.

Jay und Lila hatten nicht viel zu sagen. Beide dachten an die vergangene Nacht und schauten ängstlich nach größer werdenden und sich bewegenden Schatten aus. Überall waren Schatten, dunkel, schwarz und bedrohlich, aber keiner von ihnen rührte oder bewegte sich. Das bildeten sie sich in ihrer Angst nur ein. Kein Laut war zu hören, aber sie hatten bereits gelernt, daß das nichts zu bedeuten hatte.

Die Nacht würde bald am finstersten sein. Die heidnischen Grenzzeichen um das Lager herum verharrten auf ihren Plätzen. Ihren Auftrag erfüllten sie: Sie riefen den Riesen, führten ihn ins Lager. Die nächtliche Dunkelheit erschien fast wie ein Gewand für Anak Ha-Raphah, in dem er sich verbergen konnte. Die Finsternis war sein Zuhause, sein Territorium — und ihr Feind.

Der Tag war ihr Freund und Beschützer, denn das Licht schien ihn wegzujagen, wie es jeden Geist verjagen würde.

Aber nun war es Nacht, und sie alle wußten, daß er kommen würde.

8

Neugierig blickte Ben-Arba zu Dr. Cooper hinüber und fragte: »Was in aller Welt finden Sie in so einem Moment so interessant?«

Dr. Cooper war dabei, einen Blick auf seinen Notizblock zu werfen.

»Ich frage mich, ob uns diese Worte heute nacht irgendwie weiterhelfen könnten ...«

»Mm. Das Lied, das Ihnen die Hexe Mara vorgesungen hat?«

Dr. Cooper nickte. »Die Silben scheinen mir bekannt, aber die Worte sind unvollständig. Sie ergeben keinen Sinn.«

»Mara ist eine boshafte Frau. Sie hält Sie mit ihren Rätseln nur zum Narren.«

»Aber haben Sie nicht selbst gesagt, ich solle sorgfältig auf jedes Wort achten, das sie spricht? Auf jeden Buchstaben eines jeden Wortes?«

Ben-Arba war in die Enge getrieben. Er schaute einen Moment lang weg, seufzte und antwortete dann: »Wie ich Mara kenne, bedeuten die Worte auf jeden Fall etwas, aber wir werden wahrscheinlich nie wissen, was.«

»Was ist mit diesen anderen zwei Worten, über die wir sprachen?«

»Hm?«

»Gier und Macht.«

Ben-Arba atmete hörbar durch die Nase und grinste blöd. »Ja, was ist damit?«

»Warum würde Mara gerade diese Worte in ihren Rätseln benutzen?«

»Ich weiß nicht.« Das klang sehr nach einer Lüge.

Dr. Cooper beschloß, ihn noch etwas mehr unter Druck zu setzen. »Sie muß sie doch aus einem bestimmten Grund im Sinn gehabt haben.«

Ben-Arba wollte Dr. Cooper nicht ansehen und hantierte weiter mit seinem Gewehr herum. Endlich antwortete er voller Bitterkeit: »Sie ist von beidem besessen, Dr. Cooper. Sie hortet Anaks Schatz, und sie herrscht wie eine Tyrannin über die Yahrim.«

»Und doch«, wagte sich Dr. Cooper vor, »scheint sie es irgendwie zu bedauern. Ihr Rätsel sagt, daß Gier das Herz des Menschen erfüllt, er jedoch nie zufrieden sein kann.«

»Sie kann nie zufrieden sein!« entgegnete Ben-Arba.

»Und was die Macht betrifft: Sie mag Macht über die Yahrim haben, aber ihr Rätsel sagte, daß Macht über denjenigen herrscht, der sie besitzt. Denken Sie, sie wollte mir damit sagen, daß ihre ganze Macht über sie herrscht?«

Langsam und zornig nickte Ben-Arba. »Und wer hat Ihnen das alles gesagt?«

Dr. Cooper nahm eine kleine Bibel aus seiner Hosentasche und begann darin zu blättern. »Es ist einfach ein Muster, eine simple Wahrheit aus der Schrift. Gier ist eine Sünde, und Machtgelüste sind auch Sünde. In Psalm 19, Verse 12 und 13 heißt es, daß Sünde meistens klein anfängt, wie ein kleines, harmloses Geheimnis. Wir können mit einem kleinen bißchen Gier beginnen oder mit einem kleinen bißchen Macht, und wir wollen immer mehr, bis wir sie schließlich nicht mehr unter Kontrolle haben — sie kontrollieren uns. ›Laß sie nicht über mich herrschen‹, heißt es da.«

Ben-Arba schaute hinunter zum Lager, und seine Augen wurden kalt und böse, als er sagte: »Anak.«

Dr. Cooper nickte verstehend. »Anak herrscht über sie, nicht wahr?«

Ben-Arba nickte, langsam, widerstrebend. »Anak beherrscht sie alle, aber nicht nach dieser Nacht!« Dann fügte er hinzu: »Ihre Schrift muß Ihnen alles verraten!«

»Ja, das ist wahr. Ehrlich gesagt, habe ich gerade Ihren Namen darin gefunden.«

»Mein Name steht nicht in Ihrem hebräischen Buch!«

»Sicher tut er das — genau hier. Arba.«

Ben-Arba setzte ein verzerrtes Grinsen auf. »Mein Name ist Ben-Arba!«

Dr. Cooper lächelte auch. »Das Wort ›ben‹ bedeutet ›Sohn‹, stimmt's? Also bedeutet Ihr Name ›Sohn des Arba‹.«

»Ihre Worte sind noch verrückter und verworrener als Maras Rätsel!«

»Also, jetzt bleiben Sie aber mal bei der Sache. Es gibt einen Mann namens Arba in der Bibel. Er lebte vor langer Zeit, noch vor Abraham, und wenn Sie die Stellen in der Bibel durchgehen, die schildern, wer wessen Vater war, finden Sie, daß Arba einen Sohn hatte namens ... Anak.«

Ben-Arba wurde still und schaute finster drein.

Dr. Cooper fuhr fort: »Anak war der Vater der Anakim, einem Stamm von Riesen, und seine drei Söhne hießen Ahiman, Sheshai ... und Talmai.« Talmai Ben-Arba sagte kein Wort, also machte Dr. Cooper weiter. »So hätten die Anakim, die sich nach ihrem Vater Anak nannten, genausogut den Namen ihres Großvaters Arba übernehmen können. Dann hätten sie alle den letzten Namen, Sohn des Arba, oder ... Ben-Arba benutzt. Diese Männer in der Bibel sind Ihre Vorfahren.«

Ben-Arba heftete seinen Blick auf das Lager unten und grummelte, sein Gewehr fest umklammernd: »Ich bin an Ihren Bibelstunden nicht interessiert, Doktor.«

»Oh, ich dachte, es würde Sie interessieren, wie genau die Bibelaufzeichnungen sind, wenn ich sehe, wie bekannt Ihr Familienname in Gath ist.«

»Ihr Gerede wird unseren Hinterhalt zerstören!«

»Dürfte ich trotzdem noch eine Frage stellen?«

»Nein!« rief Ben-Arba fast.

Dr. Cooper fragte trotzdem. »Warum tragen Sie immer diese Handschuhe?«

Ben-Arbas Kopf wirbelte herum, und er starrte Dr. Cooper an.

Plötzlich aber wurde ihre Diskussion unterbrochen.

Beide Männer sprangen fast auf, als ein sehr vertrautes, sehr widerliches Geräusch die Stille durchdrang, widerhallte und überall um sie herum anwuchs, als würde der Tod persönlich sich nähern — das Lied von Ha-Raphah, klagend gesungen von Hunderten ungesehener fanatischer Yahrim, die sich in den Schatten, den Felsspalten und -rissen verborgen hielten. Sie füllten die Hügel um sie herum, sangen einen langen, trauernden Klageton nach dem anderen, wie ferne Sirenen, wie weinende Kobolde in der Finsternis.

Dr. Cooper war überrascht. »Wo kommen sie her? Wir haben nicht das Geringste gehört!«

Ben-Arba war beeindruckt und etwas bestürzt, als er sich umschaute. »Vielleicht haben sie mittlerweile gelernt, sich genauso lautlos fortzubewegen wie Anak.« Er blickte hinunter zum Lager, und besonders auf die heidnischen Grenzzeichen, die es umgaben. »Heute nacht sucht ihr Geist die Hügel heim, und sie rufen ihn herbei.«

»Dad!« kam Jays Stimme.

Dr. Cooper wandte sich jäh um und schaute in Richtung Lager hinab.

»Dad!« ließ sich Jays Stimme wieder hören, und es klang verzweifelt.

Auch Ben-Arba konnte es hören. »Was ... Ist das Ihr Sohn, Dr. Cooper?«

Dr. Cooper schaute verblüfft drein. »Jay!« rief er, bemüht, so leise wie irgend möglich zu sein.

In Wirklichkeit war Jay nicht im Lager. Er versteckte sich immer noch mit Bill und Lila und konnte hören, wie sein Vater ihn rief. Rasch blickte er die anderen an. Auch sie konnten es hören und waren genauso überrascht, daß Dr. Cooper die Stille durchbrach.

»Jay, wo bist du?« rief Dr. Cooper erneut.

Bill flüsterte: »Besser, du antwortest ihm, bevor er uns alle verrät!«

»Hier drüben!« sagte Jay halb rufend, halb flüsternd.

Aber Dr. Cooper hörte eine viel lautere Stimme vom Lager rufen — »Dad, ich bin hier unten!«

Dr. Cooper war entsetzt. »Jay, was machst du da unten?«

»Dad, hilf mir!« kam Jays verzweifelte Bitte von unten.

Dr. Cooper sprang auf. »Ich muß da runtergehen.«

Ben-Arba war bestürzt. »Was machen Sie da? Wollen Sie, daß die Yahrim Sie sehen? Unsere Falle ...«

»Er ist mein Sohn!« sagte Dr. Cooper, sprang über den Felsen, der ihn verborgen hatte, und raste den Hügel hinunter.

»Wollen Sie, daß Anak Sie sieht?« protestierte Ben-Arba. Aber Dr. Cooper war bereits zu weit weg, um ihn zu hören.

Jay konnte sehen, wie sein Vater von Felsen zu Felsen sprang und rannte und auf das Lager zuraste, und er war völlig verwirrt. »Was ... was macht er da?«

»Jay!« rief Dr. Cooper. »Wo bist du?«

Jay sah zu Bill und Lila, und sie waren genauso verdutzt wie er. Schließlich rief er: »Dad! Dad, ich bin hier oben!«

Aber Dr. Cooper konnte ihn nicht hören und rannte weiter wie wild den Berg hinab.

Ben-Arba beobachtete Dr. Cooper. Er war unsicher, was er tun sollte, und fragte sich, was hier eigentlich vor sich ging. Aber dann kam ihm die Antwort in den Sinn: »Mara ...«, flüsterte er.

Er richtete sein Gewehr auf das Lager. Alles, was er tun konnte, war, bereit zu sein.

Dr. Cooper hielt einen Moment inne, um zu lauschen. Er war nur ungefähr 20 Meter vom Lager entfernt, wo das Feuer noch immer flackerte und die Urlauber aus Stroh regungslos herumsaßen.

»Dad ...«, kam die Stimme von Jay. »Beeil dich!«

Sie kam vom Tempel des Dagon. Dr. Cooper blickte um sich, als er mit gezogener Pistole auf die Stimme seines Sohnes zueilte. Er huschte von einem ihm Deckung bietenden Felsen zum nächsten, hielt hier und dort Ausschau nach

Gefahr, huschte noch weiter, bis er die zerbröckelnde Tempelmauer erreichte.

»Jay!« rief er.

»Hier drin, hier drin!« kam Jays Stimme.

Dr. Cooper duckte sich durch eine Öffnung in der Mauer geradewegs in die schreckliche Finsternis. Die Tempelmauern warfen riesige schwarze Schatten. Er hielt sich mit dem Rücken zur Wand und betete, daß seine Augen fähig sein würden, irgend etwas zu erkennen. Über ihm ragte Dagons widerliches Gesicht.

»Gut, gut«, kam Jays Stimme. »Du bist gleich gekommen!«

Dr. Cooper erstarrte, wo er stand. Er spannte seine Pistole.

Die Stimme war nicht echt. Sie war höher, krächzender geworden. Sein Magen verkrampfte sich bei dem schrecklichen Gedanken: »Ich bin in eine Falle geraten!«

»Du liebst mich sehr, nicht wahr?« sagte Jays Stimme, aber sie verschmolz und verwandelte sich zu einer anderen Stimme.

»Genug, um dein Leben zu riskieren, genug, um deine Falle zu zerstören?«

Endlich erkannte Dr. Cooper die Stimme: »Mara.«

Die Hexe flüsterte: »Komm näher, Jacob Cooper, und mach keinen Mucks. Ich habe dich gerettet. Jetzt mußt du mich retten!«

»Ich kann dich nicht sehen.«

Etwas bewegte sich in der Ecke. Ihre sechsfingrige Hand ragte ins Mondlicht und winkte ihm zu. Nun konnte er mit Mühe ihr Gesicht ausmachen.

»Komm«, sagte sie.

»Tritt ins Licht«, antwortete er. »Ich traue dir nicht.«

»Du mußt! Ich brauche dich —«

Ein gurgelnder, erstickter Laut war zu hören. Die Hand und das Gesicht verschwanden. Nur Stille blieb zurück.

»Mara?«

Dr. Cooper hörte das Rauschen von fallendem Sand und wartete, seinen Rücken fest an die Wand gepreßt.

»Mara?«

Keine Antwort.

Ben-Arba hörte etwas. Er wirbelte herum.

»Ahh!«

Direkt neben ihm fiel ein Körper auf die Erde. Es war eine Frau. Silbriges Haar. Langes Kleid. Er drehte sie herum.

Die Hexe Mara.

Nur wenige Zentimeter entfernt waren monströse, sechszehige Fußspuren zu sehen.

Ben-Arbas Herz schmolz, und er schrie. Er hantierte hektisch mit seinem Gewehr herum — wo war nur der Abzug? Er konnte nicht denken. Er zielte hierhin, dorthin, nach oben, nach unten. Er sah nichts. Er schrie weiter.

»Bleibt hier«, sagte Bill und ließ Jay und Lila in den Felsen zurück, wo sie sich versteckt hielten. Er rannte, um Ben-Arba zu helfen.

Jeff kam von der anderen Seite.

Dr. Cooper konnte Ben-Arbas gequälte Schreie hören und raste mit voller Geschwindigkeit den Berg hinauf.

Jay fragte Lila: »Kannst du irgendwas sehen?«

»Nein«, flüsterte Lila. »Wo ist Dad hingegangen?«

»Ich weiß nicht.«

»Bleib in Deckung.«

Ben-Arba hielt seine Kanone festgeklammert und zeigte wild mit seinem Finger auf die Fußspuren. Jeff hatte sein Gewehr am Anschlag und verschaffte sich sofort einen Überblick über die ganze Szene.

»Hier ist nichts«, sagte er.

Bill kniete neben der gestürzten Mara. Etwas hatte sie angegriffen. Sie lebte noch, lag aber im Sterben.

Dr. Cooper kam herbei und war sprachlos, Mara zu sehen.

»Mara!« sagte er, und sein Gesicht war von Entsetzen verzerrt. »Wie ... wie bist du hierhergekommen? Was ist geschehen?«

»Anak Ha-Raphah ... Er ist leise, unsichtbar ... Er hat mich getragen wie der Wind«, sagte sie mit verschwindend schwacher Stimme.

»Talmai ...«

Ben-Arba kniete sich neben sie und berührte ihr Gesicht mit seiner großen, behandschuhten Hand.

»Talmai, du hattest recht,« sagte sie zu ihm. »Ich hätte auf dich hören sollen. Anak ist kein Sohn mehr ... Er ist jetzt mein Gott.«

»Nein, nicht mehr!« sagte Ben-Arba bitter. »Dadurch, daß er das getan hat, hat er die Strafe auf sich beschworen! Er verdient es zu sterben, und das soll heute nacht geschehen!«

Mara schüttelte ihren Kopf. »Nichts kann ihn zerstören, Talmai, noch nicht einmal sein mächtiger Bruder.«

»Wenn er nicht länger dein Sohn ist, dann ist er auch nicht länger mein Bruder! Er ist unser Feind, ein Fluch über uns!« Ben-Arba schaute zu den anderen und versuchte zu erklären. »Die Hexe Mara ... ist meine Mutter.«

Dr. Cooper nickte. »Und Anak Ha-Raphah ist Ihr Bruder. Bill hat sich umgehört in Gath. Wir wissen Bescheid.«

Mara blickte zu Dr. Cooper. »Ich habe dich gerettet, Jacob Cooper. Anak war hier, gleich hinter dir wie ein Schatten, und du hast es nicht gewußt.«

Ben-Arbas Augen weiteten sich vor Schreck. »Nein ... wir haben nichts gehört ...« Mit diesen Worten betrachtete er wieder die riesigen Fußabdrücke.

»Er ist schnell wie ein Schatten, und er bewegt sich ohne einen Laut, er ist weder sichtbar noch spürbar.« Sie lächelte verzerrt.

»Aber ich konnte ihn sehen. Ich mußte dich weglocken, bevor er dich erreichen konnte.«

Dr. Cooper war verwirrt. »Warum uns retten, deine Feinde?«

Sie zeigte auf Dr. Coopers Bibel und antwortete: »Du hast das Rätsel schon gelöst, Jacob Cooper. Du hast vor meinem Thron die Antworten gegeben, und ich habe gehört, was du zu Talmai gesagt hast. Du weißt, wer meine wahren Feinde geworden sind.«

Dr. Cooper verstand. »Gier und Macht.«

»Anak«, antwortete Ben-Arba.

Die alte Frau nickte zu beiden. »Du oder deine kleine Bande von Eindringlingen kümmern mich nicht. Aber euer Feind ist auch mein Feind.«

»Also beherrscht Anak dich wirklich«, sagte Dr. Cooper.

»Genau, wie du angenommen hast«, pflichtete sie bei. »Zuerst war er mein Püppchen, mein Mittel zur Macht, meine Waffe. Aber ohne daß ich es merkte, wurde er mein Beherrscher, meine schrecklichste Angst, und ich konnte ihn nicht mehr kontrollieren. Als ich dich in meinen Räumen sah, dachte ich bei mir: ›Dieser Mann ist mutig und anders.‹ Ich mußte dich testen, und du hast dich als ein Mann von großem Mut und großer Stärke erwiesen, als ein Mann, der Anak herausfordern und uns alle befreien könnte.«

Dr. Cooper schüttelte seinen Kopf. »Nein. Der Mut und die Kraft gehören nicht mir. Sie kommen von meinem Gott. Er ist derjenige, der mir Kraft schenkt.«

Sie gluckste. »Dann möge dein Gott dich und deine Kinder retten, Jacob Cooper. Für mich gibt es keine Rettung mehr.« Sie wandte ihren Kopf ganz schwach und sagte traurig: »Gier und Macht haben mich besiegt.«

»Dein eigener Sohn hat dir das angetan?« fragte Dr. Cooper ungläubig.

»Mein Gott hat mir das angetan. Ich habe ihn erzürnt.«

Ben-Arba brummte: »Er ist ein Teufel geworden.«

»Gibt es irgendeine Möglichkeit, wie wir ihn stoppen können?« fragte Dr. Cooper.

»Das Lied, Jacob Cooper«, sagte sie. »Die Worte, die ich dir vorgesungen habe.«

Dr. Cooper zog den Notizblock aus seiner Hemdtasche.
»Aber ... sie ergeben keinen Sinn. Es ist nur die Hälfte.«
»Es gibt zwei Hälften.«
»Wo ist die andere Hälfte?«
»Ein Vogel gefallen, drei gefangen, einer geflohen allein; Leben für deine Kinder eingeritzt in Stein.«
Dr. Cooper schaute die anderen an. Noch ein Rätsel!

»Jay!« kam die Stimme von Dr. Cooper. »Lila! Kommt hier runter, schnell!«
Jay und Lila hörten es beide. Sie waren verwundert.
»Was ... was geht da unten vor?« fragte sich Lila.
»Irgendwas ist schiefgelaufen«, vermutete Jay.
Wieder rief Dr. Coopers Stimme nach ihnen: »Beeilt euch! Ihr müßt hier runter kommen! Tut, was ich euch sage!«
Die Stimme kam von hinter ihnen vom Fuß der anderen Bergseite.
»Dad, was ist los?« fragte Jay.
»Still! Kommt nur hier runter, sofort!«
Jay und Lila standen eilig auf und bewegten sich auf die Stimme zu. Ihre Taschenlampen konnten sie nicht benutzen — ihr Vater hatte es ihnen vorher verboten —, und so konnten sie nicht das geringste von Dr. Cooper sehen.
»Dad!« rief Jay so leise er konnte, »wo bist du?«
»Hier unten«, kam die Antwort. »Keinen Mucks jetzt — beeilt euch nur.«

Mara wurde schnell schwächer, und es gab nichts, was sie tun konnten.
»Das Rätsel, Mara«, flehte Dr. Cooper, »bitte, gib uns doch die Lösung!«
Sie lächelte ein schwaches, höhnisches Lächeln und flüsterte: »Ich muß es also erkären? Dann hör zu ...«

Dr. Cooper lehnte sich nah zu ihr, um Maras schwache Worte hören zu können.

In diesem Moment klang Jays entfernte Stimme von der anderen Seite des Berges: »Okay, Dad, wir kommen!«

Bill hörte es und murrte: »Ich habe den Kindern doch gesagt, sie sollen sich nicht vom Fleck rühren.«

Jeff schwenkte ein Nein-Signal mit dem Strahl seiner Taschenlampe. »Er weiß doch besser Bescheid, als so eine Dummheit zu machen.«

Dr. Cooper schaute auf. »Was ist los?«

»Die Kinder. Sie müssen gedacht haben, Sie hätten nach Ihnen gerufen«, sagte Bill.

Da plötzlich weiteten sich Maras Augen, und sie schnappte nach Luft: »Deine Kinder!«

Jay und Lila hasteten über die Felsen immer weiter den Berg hinunter.

»Ja, hier unten, hier unten!« kam die Stimme ihres Vaters.

»Wir können dich nicht sehen!« rief Lila.

»Ich bin okay. Kommt nur hier runter, bevor etwas passiert! Ihr seid da oben nicht sicher.«

Sie befanden sich auf dem Weg zu der kleinen Schlucht. Es schien alles sehr vertraut.

»Was ist mit meinen Kindern?« fragte Dr. Cooper Mara.

»Ich war die Stimme deines Sohnes ...« keuchte Mara.

»Ich weiß. Es war ein kluger Trick.«

Sie griff verzweifelt seinen Arm. »Die Kinder hören deine Stimme!« Noch einmal schnappte sie voll Schmerz keuchend nach Luft und fuhr fort: »Ich wußte, daß du alles für deine Kinder riskieren würdest, und du hast es getan. Aber nun weiß Anak das auch! Er ruft nach ihnen!« Ihr Kopf fiel auf den Sand, als sie den Namen in einem sterbenden Flüstern formte — »Anak ...«

Sie war tot.

Dr. Cooper eilte über die Felsen, gefolgt von Bill und Jeff, die ihre Gewehre schußbereit hielten und mit den Strahlen ihrer Taschenlampen den Berg hinauf- und hinableuchteten. Nun sangen die Yahrim lauter, sie stießen ein hartes, langatmiges Klagelied aus, als wollten sie die Männer im Moment ihrer Verzweiflung noch zusätzlich erschrecken. Dr. Cooper und seine Männer versuchten ihr möglichstes, sie zu ignorieren.

Sie erreichten das Versteck, wo Jay und Lila gesteckt hatten, aber sie waren weg. Sie leuchteten überall hin, bis sie schließlich einige Spuren im Sand entdeckten.

Jay und Lila waren von dem unheimlichen Singen und Summen der Yahrim umgeben, während sie den Pfad entlangeilten. Ihr Herz klopfte, ihre Hände zitterten, ihr Mut schwand von Sekunde zu Sekunde mehr.

Sie lauschten nach der Stimme ihres Vaters in der Hoffnung, daß sie ihn durch das geisterhafte Geschrei aus den Bergen weiter hören konnten.

Dann hörten sie es: »Kommt schon — beeilt euch!«

Jay rief zurück: »Wo bist du?«

»Hier unten!« kam die Antwort. »Folgt dem Pfad!«

Nun erinnerte sich Lila an den Weg. Sie war ihm schon einmal gefolgt. Sie hielt Jay zurück.

»Jay«, weinte sie, »dies ist der Weg zu der Grube, wo ich die Ziege gefunden habe!«

»Bist du sicher?«

Lila hatte keine Zeit zu antworten. Dr. Cooper rief wieder nach ihnen. »Ihr Kinder, beeilt euch endlich! Wollt ihr getötet werden?«

Sie setzten sich wieder in Bewegung. Ihr Vater mußte ja wissen, was er sagte.

Rasend folgten Dr. Cooper, Bill und Jeff den Fußspuren von Jay und Lila den Pfad entlang.

Dann grub Dr. Cooper seine Fersen in den Sand und blieb abrupt stehen. Da, mitten auf dem Weg, war eine weitere Spur von riesigen, sechszehigen Füßen zu sehen. Einige Fußspuren der Kinder waren innerhalb der großen zu sehen.

»Sie folgen ihm«, sagte Jeff.

Jay und Lila hatten die Schlucht betreten und näherten sich der Grube. Sie konnten die dämonischen Grenzzeichen der Yahrim sehen, die dieses Loch umgaben. Die grinsenden Totenköpfe, die lachenden Masken schienen mit ihren Bändern und Federn wie mit geisterhaften Händen zu winken.

Sie hielten an. Alles war so wie in der vergangenen Nacht: das unheimliche Singen, die stille, bedrückende Luft, die dunklen Schatten, die höhnenden Totenköpfe und Masken. Lila sah zu den Sternen hinauf — den Sternen, die einer nach dem anderen verschwunden waren hinter der wachsenden Gestalt des Geistes. Würden sie jetzt auch wieder verschwinden?

»Jay«, sagte sie zitternd, »hier stimmt irgendwas nicht.«
Jay nickte. »Ich bin ja bei dir.« Er rief: »Dad, bist du hier?«
Diesmal kam keine Antwort.

»Doc!« sagte Bill. »Ich glaube, ich kann sie sehen!«
Sie hielten an und bemühten sich, die Gestalten der Kinder in der unter ihnen liegenden Schlucht auszumachen.
»Das müssen sie sein«, pflichtete Dr. Cooper bei.
»Sie sind direkt am Rand der Grube!« beobachtete Jeff.
Ping!
»Los, runter!«
Ping! Plink! Die Pfeile prallten an den Felsen ab und flitz-

ten sich überschlagend am Boden entlang. Von oben kam das zornige Kriegsgeschrei der Yahrim-Bogenschützen.

Die drei Männer duckten sich hinter ein paar Felsen, als gerade ein Speer über ihre Köpfe pfiff und im Sand steckenblieb.

Bill zielte mit seinem Gewehr den Berg hinauf. »Ich glaube, es ist besser, wir halten sie beschäftigt.« Mit einem ohrenbetäubenden Krachen und feurigen Blitzen feuerte er im Rund über ihre Köpfe.

»Okay — sie gehen in Deckung«, sagte Jeff.

Das war der Moment, den Dr. Cooper brauchte. Er kletterte den Weg hinab, geduckt wich er den Pfeilen aus und rannte von Deckung zu Deckung. Jemand von oben entdeckte ihn, und ein weiterer Pfeil streifte seinen Ärmel. Jeff mußte den Bogenschützen gesehen haben — sein Gewehrschuß dröhnte durch die Berge.

»Jay!« schrie Dr. Cooper. »Lila! Ich bin hier oben!«

Jay und Lila schnellten herum. Das war jetzt die Stimme ihres Vaters! Sie versuchten, von der Grube weg den Pfad bergauf zu rasen.

Zu spät! Plötzlich schwankte der Felsvorsprung, auf dem sie standen, wie ein sich wendender Tisch nach oben, kippte wie wild, als würde er von unten hochgedrückt. Er katapultierte Jay und Lila in die Luft, sie taumelten in die Grube und landeten im weichen Sand.

Der Grund der Grube schien lebendig zu werden. Der Sand begann sich unter ihren Füßen zu bewegen und zu versinken, er strömte in die Mitte, wie Wasser auf einen Ablauf zufließt. Er schichtete sich auf, bedeckte ihre Beine und Arme und zog sie auf ein tiefes, Sand verschlingendes Loch zu, das sich direkt vor ihnen öffnete. Sie kämpften und wanden sich, versuchten, um sich zu treten, aber der Sand hielt sie mit seinem Gewicht so fest, daß sie sich nicht losreißen konnten.

»Dad!« schrie Jay. »Hilfe! Hier unten!«

Dr. Cooper versuchte, zu ihnen zu gelangen. Ein Pfeil mit rasierklingenscharfer Spitze sauste an seinem Ohr vorbei, und er ging hinter ein paar Felsen in Deckung. Kriechend und rutschend bewegte er sich den Weg bergab so schnell es nur eben ging.

Jay hielt Lilas Hand fest und versuchte zu verhindern, daß der Sand sie verschluckte, aber es hatte keinen Zweck. Auch er wurde verschluckt, und es gab nichts, was er greifen konnte, absolut keine Möglichkeit, den Sand aufzuhalten.

Als Dr. Cooper an den Rand der Grube kam, reichte der Sand bis an Lilas Hals. Er warf sich zu Boden und streckte seine Hand nach unten.

»Greif meine Hand, Jay!« rief er.

Jay griff nach der Hand seines Vaters, verpaßte sie, griff wieder.

»Hilf mir ...« kam Lilas erstickte Stimme. Der Sand bedeckte bereits ihren Mund und ihre Nase.

Jay gelang es, mit seiner freien Hand ein paar Finger seines Vaters zu ergreifen. Mit der anderen hielt er Lila fest. Dr. Cooper versuchte, ihn fester zu fassen, aber der Sand strömte einfach weiter in das Loch hinein und sog Jay nach unten.

Bald war Lila verschwunden, und Jay steckte bis zum Hals im Sand.

»Herr Jesus, hilf mir!« betete Dr. Cooper. Er spürte, wie Jays Griff lockerer wurde. Er selbst wurde über den Rand der Grube gezogen.

Bill und Jeff schafften es bis zur Grube und rannten zur Hilfe.

Jay schloß fest seinen Mund, als der Sand sein Gesicht bedeckte.

Nun entglitt Dr. Cooper Jays Hand, und er hängte sich weit über den Rand der Grube, um sie wieder zu packen.

Jays Kopf verschwand, und dann, immer noch winkend und nach der Hand seines Vaters suchend, versank sein Arm aus dem Blickfeld.

Dr. Cooper glitt vom Rand und fiel auf den Grund der Grube. Immer noch bewegte sich der Sand, aber das Loch wurde immer kleiner, während es sich mit Sand füllte. In einem letzten verzweifelten Versuch tauchte er seinen Arm in das verschlingende Loch auf der Suche nach seinem Sohn.

Jeff verhakte sich am Rand der Grube und hielt Bills Beine fest, während Bill Dr. Cooper ergriff.

Aber das war nicht nötig. Dr. Cooper kniete, grub und grabschte nach seinen Kindern, doch der Sand hatte sich über dem Loch geschlossen und bewegte sich nicht mehr.

Das Loch war weg, und der Sand war fest.

Aber was war das? Das gequälte Mahlen von Felsen gegeneinander? Das entfernte Heulen eines Wolfes?

Es kam von irgendwo weit unter ihnen, gefiltert durch Felsen und Sand.

Dr. Cooper sah zu Bill und Jeff auf, und sie schauten einander an, ängstlich auszusprechen, was geschehen war.

Aber Dr. Cooper wußte es genau — es war die Stimme von Anak Ha-Raphah. Das Ungeheuer sang.

Er hatte die Kinder genommen!

Ssssnnngg! Noch mehr Pfeile! Sirrende Speere! Bill und Jeff ließen sich in die Grube fallen, um ihnen auszuweichen.

Sie gingen in Deckung, dann zielten sie. Dr. Cooper duckte sich gegen die Felswand und spannte seinen Revolver. Aus allen Richtungen kamen Pfeile. Die Yahrim befanden sich um die ganze Grube herum, es gab keinen Ausweg. Sie waren in die perfekte Falle geraten, und sie wußten es.

Unglücklicherweise wußten die Yahrim das auch. Sofort konnten die Männer eine Menge Schritte über der Grube hören, die Yahrim rückten mutig an. Dann erschienen die in Ziegenfelle gekleideten Kämpfer genau hinter den grinsenden Masken und Totenköpfen. Ihre Gesichter waren mit Ruß geschwärzt, ihre Augen voller Haß und Mordlust, ihre kräftigen Arme schwangen Bögen und Speere. Da, am einen Ende der Grube, stand der Falke, am anderen der Wolf.

Auf Befehl des Wolfes spannten die Schützen ihre Bögen, und die Speerwerfer erhoben ihre Speere.

Es war gerade so, als fielen sie durch ein Stundenglas. Jay war Lilas Hand entglitten, und nun fiel er durch einen Felsschacht in eine tintenartige Schwärze, umgeben und weitergetrieben von einem wasserfallartigen Strom von Sand, der ihn zu ersticken drohte. Er meinte, das Heulen eines Riesenwolfes zu hören.

Plötzlich entleerte sich der Schacht in einen offenen Raum, und er stürzte einen Moment lang in freiem Fall, bevor er auf einem Hügel von weichem Sand landete, während der Sandstrom von oben weiter auf ihn herabregnete.

Dann war alles still. Er konnte nicht das geringste sehen. Wo bin ich? Gerade setzte er an, nach Lila zu rufen, als ...

Hhhfff! Ein heißer, beißender Atem strömte über seinen Nacken.

Er sprang so schnell auf wie eine Falle, wenn sie zuschnappt. Der Sand rann in alle Richtungen, als er zur Seite in die Finsternis sprang.

Uuf! Er kullerte über einen anderen Körper.

»Au!« quietschte Lila. »Jay?«

Er ergriff sie und half ihr auf die Beine.

»Da hinten ist was! Lauf!«

In völliger Dunkelheit stolperten sie vorwärts. Lila suchte nach ihrer Taschenlampe. Sie fand den Schalter und richtete den Lichtstrahl nach vorn.

Das Ungeheuer war jetzt vor ihnen. Zwei riesige gelbe Augen glühten sie tief aus dem Tunnel an.

Schlidternd und rutschend kamen sie zum Stehen, rannten den Weg zurück, rasten einen sich windenden, schier endlosen Tunnel entlang, der sich über ihren Lichtstrahl hinaus in eine schwarze Leere hinzog.

»Jay! Lila!« kam Dr. Coopers Stimme donnernd durch den Tunnel hinter ihnen. »Kommt zurück!« Dann wurde sie tiefer und verwandelte sich in die Stimme eines unsichtbaren Teufels. »Kommt zurück, Jay und Lila. Kommt zurück und tretet eurem Gott gegenüber!« Das Biest schien äußerst erfreut bei diesem Gedanken und lachte ein lautes, dämonisches Lachen, das scheinbar den ganzen Tunnel erbeben ließ.

Die Yahrim waren bereit, ihre Pfeile abzuschießen und ihre Speere zu schleudern, und Dr. Cooper wollte gerade seinen Männern den Befehl zum Schießen geben. Es gab einfach keine andere Wahl.

Da bellte von irgendwo weit oben eine vertraute röhrende Stimme in einer fremden Sprache.

Der Wolf und der Falke sahen auf, zögernd vor Angst. Ihre Hände zitterten. Ihr Speere sanken zu Boden.

Die anderen Kämpfer wirbelten herum und zielten in Richtung der Stimme, aber auch sie stoppten und senkten ihre Waffen. Zitternd vor Angst und religiöse Lieder murmelnd, begannen sie zurückzuweichen.

Die laute, bellende Stimme röhrte erneut, und die Yahrim ließen ihre Waffen fallen.

Dr. Cooper und seine Männer schauten verblüfft drein. Die Yahrim blickten zu Boden, senkten ihre Köpfe zwischen den Knien, als würden sie jemanden anbeten.

Plötzlich war die ganz Szene still. Dr. Cooper und seine Männer schauten sich völlig überrascht an.

Dr. Cooper kam eine Idee. »Ben-Arba.«

Sie hörten schwere Schritte den Weg hinunterstampfen. Dann erschien, wie eine geisterhafte Vision, eine hochgehaltene Hand mit gespreizten Fingern, vom Strahl einer Taschenlampe angeleuchtet. Als die Hand sich dem Rand der Grube näherte, folgten sie mit ihren Blicken dem Arm bis zum Gesicht. Es war Talmai Ben-Arba, seine Handschuhe waren weg, er hielt seine Hand hoch, so daß alle sie sehen konnten.

Seine Hand hatte sechs Finger!

Er rief der Bande von Kämpfern weitere Befehle zu, und sie sprangen auf, suchten ihre Waffen zusammen und zogen sich von der Grube zurück.

»Kommt raus«, rief er Dr. Cooper und seinen Männern zu.

Dr. Cooper, Bill und Jeff kletterten schnell aus der Grube, überglücklich, am Leben zu sein.

»Der sechste Finger der Anakim«, sagte Dr. Cooper.

»Mara lehrte sie, ihn über alles zu fürchten«, sagte Ben-Arba. »Er wurde das Symbol ihrer Macht. Und da sie mit ihren sechs Fingern herrschte, werde ich es ebenso tun ...« Rasch blickte er zu Dr. Cooper. »Zumindest, bis wir Ihre Kinder gerettet haben.«

Jay und Lila kamen um eine Biegung im Tunnel. Sie waren in eine Sackgasse geraten! Lila leuchtete mit ihrer Taschenlampe hinter sich, aber der Strahl reichte nicht weit. Es war nicht zu sagen, wer oder was sie da jenseits des Lichtkegels durch die Dunkelheit verfolgte.

»Was ... was jetzt?« fragte Lila angsterfüllt.

Eine Stimme, die Lila nachäffte, hallte aus der Tiefe des Tunnels wider. »Was jetzt, was jetzt, was jetzt?« Dann brach sie in dasselbe bösartige Lachen aus.

Jay fand einen engen Durchgang zur Seite hin. »Los, hier lang!«

Sie zwängten sich durch, gleichzeitig konnten sie hören, wie der tiefe, schnaufende Atem anrückte.

Ben-Arba hatte die Yahrim unter Kontrolle. Voll Ehrfurcht und Ehrerbietung standen sie in einiger Entfernung still. Den Blick auf die erhobene Hand gerichtet, warteten sie auf den nächsten Befehl.

Ben-Arba grollte vor Zorn und Schmerz: »So weit haben uns also Gier und Macht gebracht! Meine Mutter ist tot, und nun befehlige ich ihre Untergebenen, einen Stamm blutrünstiger Wilder!« Er sah Dr. Cooper und seine beiden Männer an. »So, jetzt haben Sie mich also entlarvt, was?«

»Die Leute in Gath wissen von Ihnen und Ihrer Mutter«, antwortete Bill. »Und sie haben Gerüchte gehört über ein ... ein Ungeheuer, das in Ihrer Familie geboren wurde.«

»Mehr als ein Ungeheuer. Ein Wunder, etwas, das in Tausenden von Jahren nicht bei den Anakim geschehen ist.«

Ben-Arba bellte den Yahrim noch ein paar Befehle zu, die rasch wieder ihre Waffen aufnahmen.

»Jetzt können wir sie auf unserer Seite benutzen«, sagte er, und dann erklärte er weiter: »Wir sind keine reine Rasse geblieben, sondern haben uns mit den Philistern und anderen Rassen vermischt, so daß keine Riesen mehr geboren wurden. Aber dann heiratete mein Vater, der zufälligerweise noch ein reinrassiger Anakim war, meine Mutter, eine reine Anakim, und obwohl ich, ihr erstes Kind, ganz normal war bis auf den sechsten Finger, wurde das zweite Kind ...« Ben-Arba hielt inne und schüttelte voll Schrecken und Ratlosigkeit den Kopf. »Vielleicht hat ihre Hexerei das bewirkt.«

»Sie hat einen Riesen geboren«, half Dr. Cooper.

Ben-Arba nickte. »Als ich neun war, war er so groß, wie ich jetzt bin; in ihrer Bosheit und Gier nannte Mara ihn Anak, lehrte ihn ihre Hexerei und zog ihn zu einem Ungeheuer auf, das sie benutzen konnte, um Menschen zu erschrecken und zu beherrschen. Was Sie über Sünde, Gier und Macht sagten, ist sehr wahr, Doktor. Anak wurde zur verkörperten Sünde, ein lebendes Übel, und die Yahrim wurden seine Opfer. Mara benutzte ihn, um die Yahrim einzuschüchtern, damit sie über sie herrschen und ihre Schätze ganz unter ihre Kontrolle bekommen konnte ...«

»Aber dann«, wagte Dr. Cooper sich vor, »begann die Macht, mit der sie herrschte, über sie zu herrschen.«

»Anak wurde sehr gut ausgebildet und ist geschickt, was Gewalt und Terror betrifft, das haben Sie ja gesehen. Ja, es gab eine Zeit, da beugte er sich vor Mara, seiner Mutter, und sie befahl ihm. Aber das ist vorbei. Nun glaubt er wirklich, er sei ein Gott. Er ist ein unkontrollierter Teufel, wild und zügellos, keinem untergeben.«

Ben-Arba starrte in die Grube, während er seine nächsten Gedanken sammelte.

»Er will Sie, Dr. Cooper«, sagte er schließlich. »Er hätte mich töten können, als er Mara zerstörte, aber das tat er nicht. Sie sind der Preis, den er will. Mara vereitelte seinen ersten Versuch, Sie zu zerstören, also versucht er es jetzt anders, auf noch schrecklichere Weise.« Mit zornerfüllten Augen blickte Ben-Arba Dr. Cooper an. »Er weiß, daß Sie Ihre Kinder lieben. Er benutzt sie als Köder, um Sie in die Falle zu locken.«

»Was wird er mit ihnen tun?«

Ben-Arba hatte keine Zeit, Worte zu verschwenden. »Er wird sie täuschen und terrorisieren, ähnlich wie eine Katze mit ihrer Beute spielt ... Und dann wird er sie ganz sicher umbringen.«

Wände, Wände, Wände! Die Gräber entpuppten sich als ein Labyrinth, ohne erkennbares System. Jay und Lila rannten und rannten, sie hatten nicht die geringste Ahnung, wo sie waren oder wo sie hinrannten.

»Nein!« zischte Jay, als sie wieder ans Ende einer Sackgasse gelangten. »Dieser Tunnel ging doch weiter — ich weiß, daß er weiterging!«

»Das dachte ich auch«, pflichtete Lila ihm bei. »Ich habe diese Einkerbungen schon mal gesehen.«

Sie meinte eine gräßliche Einritzung an der Mauer, ein gewalttätiges, schreckliches Geschehen, ganz ähnlich den Bildern, die sie früher gefunden hatten. Der siegende Kriegsheld, eine bestialische Figur mit wildem Blick, schien von seinem hohen Thron an der Wand auf sie hinunterzustarren.

Einen Moment standen sie still. Außer ihrem verzweifelten Atmen konnten sie nicht das geringste hören. Lila leuchtete hierhin und dorthin, ängstlich vor dem, was der Lichtstrahl offenbaren würde. Sie konnten den tiefen Tunnel sehen, durch den sie gerade gekommen waren, sonst fast nichts.

»Lila ...« flüsterte Jay. »Wir haben uns verirrt.«

»Ich weiß«, gab sie zu.

Ein Geräusch. Lila machte ihre Taschenlampe aus, und sie duckten sich gegen die Wand.

So schnell kam es den Tunnel entlang, daß es ein Windstoß hätte sein können. Es ging an ihnen vorbei, und sie konnten den Luftschwall spüren, den es vor sich hertrug.

Beide dachten dasselbe. Es war an ihnen vorbeigegangen. Sie würden kehrtmachen und in die andere Richtung zurücklaufen.

Sie erhoben sich aus ihrem Versteck und liefen schnell und leise in der Finsternis den Tunnel hinunter.

HHHFFF!

Lila fiel heftig zu Boden, und ihre Taschenlampe klackerte über den Boden.

Jay griff in die Dunkelheit, um sie zu finden. Sie trat um sich, schrie und kämpfte.

Etwas stieß ihn beiseite wie eine Fliege. Er rollte über den Boden und spürte plötzlich die Taschenlampe gegen seine Rippen stoßen. Er schaltete sie an.

Eine Hand! Jay duckte sich, aber sie war nicht so nah, wie sie schien. Ihre Größe ließ sie so nah erscheinen. Sie verschwand.

Das Licht fiel auf Lila und zwei monströse Finger, die sie plötzlich freigaben. Sie warf sich nach vorn auf den Boden, stand wieder auf und rannte los wie ein verängstigtes Tier, mit Jay an ihrer Seite.

Da bemerkten sie noch einen Durchgang zu ihrer Linken. Sie hatten ihn vorher nicht gesehen. Sie bogen ab und rannten diesen neuen Tunnel entlang. Sie wußten: Lange konnten sie nicht mehr laufen.

»Okay«, sagte Dr. Cooper. »was jetzt?«

Ben-Arba schüttelte gereizt den Kopf. »Ich ... ich weiß nicht, Doktor. Diese Tunnel ... sie sind voll von Anaks mysteriösen Tricks ... Die Sandgrube ist etwas, was ich noch nie zuvor gesehen habe, das ist eine seiner eigenen Erfindungen.«

»Wir können da nicht runter, Sir!« sagte Bill.

»Das heißt also«, sagte Jeff, »daß wir nicht wissen, wo wir hin müssen, um Jay und Lila zu retten.«

»Während Anak jeden Tunnel kennt, jedes Versteck, jede Falle!« sagte Ben-Arba. »Dr. Cooper, wenn Ihr Gott so groß ist, dann ist ganz sicher jetzt der Zeitpunkt, daß Sie ihn um seine Hilfe bitten.«

Dr. Cooper war schon dabei zu beten — ernstlich zu beten. Bill und Jeff machten mit, und es gab einen etwas unangenehmen, seltsamen Moment, als die drei Männer die Köpfe zusammensteckten und senkten. Ben-Arba stand da und beobachtete sie. Dann schaute Jeff auf. »Doc«, sagte er, »ich glaube, der Herr hat mir etwas gezeigt. Was ist mit Maras Rätsel?«

Dr. Cooper ging sofort darauf ein. »Das muß der Schlüssel sein.« Er holte seinen Notizblock hervor und betrachtete erneut die bedeutungslosen Worte. »Wie war das letzte Rätsel, das sie uns gegeben hat, das, das sich reimte?«

Ben-Arba erinnerte sich. »Ein Vogel gefallen, drei gefangen, einer geflohen allein; Leben für deine Kinder, eingeritzt in Stein.«

»Oh, Herr«, betete Dr. Cooper weiter, »bitte hilf, daß dieses Rätsel einen Sinn ergibt!« Dann plötzlich, wie vorher in Maras Thronsaal, kam ihm eine Antwort in den Sinn. »›Ein Vogel gefallen‹ ... Das könnte Jerry Frieden sein.«

»›Drei gefangen, einer geflohen allein‹ ...«, sann Ben-Arba nach. »Sie, Doktor, Ihre beiden Kinder, und ich.«

»Unsere Begegnung mit den Yahrim in den Gräbern. Ich und die Kinder wurden gefangengenommen, aber Sie sind geflohen. Das muß es sein!«

»Weiter Doc, machen Sie weiter!« sagte Jeff.

Dr. Cooper dachte angestrengt nach. Erneut betete er, als er das Rätsel betrachtete. »›Leben für deine Kinder, eingeritzt in Stein‹ ... Eingeritzt in Stein, eingeritzt in Stein ...« Sein Gebet wurde erhört. »Die Inschrift!«

»Welche Inschrift?« fragte Ben-Arba.

»Im Tunnel, gleich unter dem Entlüftungsschacht! Sie ergab keinen Sinn. Da haben Buchstaben gefehlt. Und sie war erst kürzlich in die Wand gemeißelt worden.«

»Ahh! Wie Mara sagte, das Rätsel hat zwei Hälften! Die eine halten Sie gerade in der Hand ...«

»Und die andere Hälfte befindet sich im Tunnel!«

»Der andere Fluchtweg, den ich genommen habe!« sagte Ben-Arba. »Ich erinnere mich. Kommen Sie!«

Jay und Lila mußten ausruhen. Lila machte die Taschenlampe aus, und sie sanken gegen eine kalte Felswand. Welcher Gang es war oder wo sie hinliefen — davon hatten sie keine Ahnung.

»Jay und Lila Cooper ....« kam eine unheimliche, donnernde Stimme aus dem Labyrinth von pechrabenschwarzen Gängen und hallte an den Wänden wider.

Die Kinder erstarrten. Es war einfach nicht möglich zu sagen, woher die Stimme kam.

»Es hat keinen Zweck, vor mir fliehen zu wollen«, sagte die Stimme. »Jeden Augenblick habe ich euch in der Hand.«

Jay griff Lilas Arma und flüsterte: »Antworte ihm nicht. Vielleicht versucht er herauszufinden, wo wir sind.«

Noch ein bösartiges Glucksen, und die Stimme fuhr fort: »Aber hört mir zu. Es gibt eine Möglichkeit, euer Leben zu retten. Gebt es mir. Ich bin der einzige Gott. Betet mich an, und ihr werdet leben.«

Jay und Lila wußten, daß sie ihn nie anbeten könnten. Sie blieben still.

Anak Ha-Raphah sprach wieder. »Betet mich an, und euer Leben wird reicher. Ich werde meine Schätze mit euch teilen.« Nach einer unheilvollen Pause warnte der Riese in drohendem Tonfall: »Weigert euch, und ihr werdet sterben.«

Jay nahm Lilas Hand in die seine und betete sehr leise: »Herr Jesus, du bist der einzige Gott, dem wir je dienen werden. Bitte hilf uns aus diesem Unglück. Hilf uns zu denken. Zeig uns, was wir tun sollen.«

»Amen«, sagte Lila.

Schweigend standen sie da, umgeben von nichts als Kälte und Finsternis, ohne Orientierungssinn und ohne eine Ahnung, wie nah ihr Feind auf sie lauerte. Aber während sie so still blieben, konnten sie spüren, wie Gott ihnen Frieden schenkte und zu ihren Herzen sprach. Sie begannen, sich auf das Problem zu konzentrieren.

»Ich glaube ... ich glaube, er verspottet uns. Er versucht, uns kleinzukriegen«, flüsterte Jay leise.

»Und ich glaube, daß wir das zulassen.«

»Also müssen wir aufhören, davonzurennen, und denken. Irgendwie müssen wir ihn überlisten.«

»Aber er kann sich so leise fortbewegen. Wir wissen nie, wo er ist.«

»Und er kennt sich hier unten aus im Gegensatz zu uns.«

»Aber ich kapiere diese Tunnels nicht. Es ist, als ob sie sich verändern.«

»Entweder tun sie es wirklich, oder wir sind wirklich durcheinander. Hör' zu, laß uns diesen Labyrinth-Trick machen, den wir gelernt haben.«

Lila dachte kurz nach und sagte: »Das ist immerhin ein Anfang.«

»Los, komm.«

Jay legte seine Hand leicht gegen die Wand, und dann liefen sie vorsichtig und leise los.

Vor einiger Zeit hatte Dr. Cooper ihnen gezeigt, daß die meisten Labyrinthe durchschaut werden können, wenn man seine Hand an eine Wand legt und sie dort läßt, während man durch den Irrgarten geht. Das wollten sie versuchen.

Der Weg war eng, verwunden und schwierig gewesen, aber jetzt hatten Dr. Cooper, Ben-Arba, Jeff und Bill den Tunnel direkt unter dem Ventilationsschacht erreicht. Zehn Yahrim-Krieger waren bei ihnen, jetzt unter dem Befehl von Ben-Arba, einem »heiligen« Nachkommen der Anakim.

»Hier ist es«, sagte Dr. Cooper, und mehrere Lichter fielen auf die seltsam aussehenden Zeichen an der Wand. »Ich war sicher, daß dies eine neuere Inschrift ist. Mara muß gewußt haben, daß Fremde die Gräber als erstes an dieser Stelle betreten würden.«

»Ehh ...«, sagte Ben-Arba, »und das ist auch ihre bizzare Art und Weise, um Hilfe zu rufen.«

Dr. Cooper nahm seinen Notizblock heraus und begann die Worte und Silben vor sich hinzumurmeln, während er jede Zeile der Inschrift mit seinem Finger verfolgte.

»Richtig!« sagte er zu sich selbst. »Das würde genau hier passen, und das ... und das ...«

Er fing an, noch ein paar weitere Buchstaben mit seinem Taschenmesser herauszukratzen. Die Buchstaben und Worte von seinem Notizblock paßten in die Lücken der Inschrift.

»Es sieht aus wie ein Gedicht oder so etwas. Maras Schöpfung, nehme ich an.«

»Sie hatte es immer mit kleinen Reimen«, sagte Ben-Arba.

»Hier ist eine komplette Zeile.« Sorgfältig sprach Dr. Cooper die seltsamen, fremden Worte aus.

Da reagierte einer der Yahrim-Krieger. Mit seinen Genossen tauschte er einige Blicke aus und sprach einige der Worte selbst.

Ben-Arba rief aus: »Doktor, er kennt den Reim!«

Ben-Arba griff den Kämpfer und zog ihn heran. Er zeigte dem Mann die Buchstaben, und die zwei begannen, sich auf Yahrim zu unterhalten.

»Doktor«, sagte Ben-Arba, »er sagt, die nächste Zeile beginnt mit ...« Ben-Arba sprach das Wort aus.

Dr. Cooper überprüfte seine Notizen, fand das Wort und schrieb es in die Lücke der Inschrift. Mit der Hilfe des Kriegers vervollständigten sie eine weitere Zeile, noch eine und schließlich die letzte. Die beiden Hälften von Maras Rätsel wurden zusammengesetzt.

Ben-Arba blickte darüber und erklärte: »Ein einfacher

Reim, Doktor. Es wird sich auf Englisch nicht reimen, aber es könnte so übersetzt werden: ›Wer kann vor den Söhnen Anaks bestehen, wir zählen zwölf und sind entzweit, ich bin weise und erfülle die Erde, ich bin geflohen und durchschreite die Erde, Reichtümer für einen und nicht für den anderen, wer kann vor den Söhnen Anaks bestehen?‹ Der Rest ist ein Familienstammbaum, Namen unserer Vorfahren. Nicht viel von einem Gedicht, und ich fürchte, es sagt uns nichts.«

»Sie schrieb über ihre beiden Söhne«, bemerkte Dr. Cooper. »Söhne oder Nachfahren von Anak, insgesamt zwölf ... Ihr Nummernsystem basiert auf der Zwölf anstatt auf der Zehn, weil sie zwölf Finger an den Händen haben. Einer erfüllt die Erde. Das wäre Anak, hier unten in den Gräbern. Einer ist geflohen und schreitet über die Erde ...«

»Und das wäre ich«, bemerkte Ben-Arba.

»›Reichtümer für den einen und nicht den anderen‹?«

Ben-Arba nickte voll Bedauern. »Um Reichtümer zu stehlen, bin ich gekommen, Doktor. Mara und Anak wußten von den riesigen Schätzen der Yahrim, die seit Generationen von Seeräubern der Philister irgendwo hier in diesen Gräbern versteckt wurden. Mara übernahm die Kontrolle über die Yahrim und hortete ihre Schätze.«

»Und ich höre, daß sie Sie ausgeschlossen haben«, fügte Bill hinzu.

Ben-Arba sah zu Dr. Cooper. »Wieder die Gier, Doktor. Sie hatten den Schatz für sich selbst genommen. Mich haben sie nicht gebraucht — also haben sie mich rausgeworfen und mir nichts gegeben als ein billiges Schmuckstück. Ich habe Rache geschworen — ich wollte es von ihnen zurückholen!«

»Und Sie dachten, Sie würden Hilfe von uns bekommen?« fragte Dr. Cooper.

»Ich hätte es nie allein schaffen können. Aber als ich Sie und Ihre Gruppe an diesen Ort kommen sah, dachte ich mir: ›Ah, hier sind die Leute, die ich benutzen kann, um an den Schatz heranzukommen!‹«

»Wieder Gier«, sagte Dr. Cooper angewidert.

»Eine häßliche Sünde, Doktor.«

»Wir werden später darüber sprechen«, sagte Dr. Cooper und wandte seine Aufmerksamkeit wieder der Inschrift auf der Wand zu. »Im Moment hängt das Leben meiner Kinder von der Lösung des Rätsels ab. Sie muß irgendwo in diesem Gedicht stecken.«

Jay und Lila bewegten sich weiter durch den Tunnel, eine Hand immer in Berührung mit der Wand. Sie waren schon Hunderte von Metern gegangen, um einige Ecken, dann wieder zurück, hatten einen neuen Gang gefunden und waren ihm gefolgt und wieder um einige Ecken gegangen. Langsam fragten sie sich, ob sie überhaupt irgendwohin kamen, als sie schließlich ein blasses orangefarbenes Schimmern vor sich ausmachten.

Sie hielten kurz an, lauschten, hörten nichts. Vielleicht verfolgte sie dieses Ding, vielleicht nicht. Sie konnten es nicht wissen. Sie gingen weiter auf den Lichtschein zu.

Der Tunnel wand sich nach unten. Schließlich erblickten sie einen riesigen Eingang vor sich mit einem orangefarben beleuchteten Raum dahinter. Das kam ihnen bekannt vor.

Jay kam ein Gedanke, und er stoppte.

»Mach deine Taschenlampe an, und laß uns diese Wände überprüfen«, flüsterte er Lila ins Ohr.

Lila schaltete die Taschenlampe an und ließ den Strahl langsam über die Wände des Tunnels streifen. Direkt vor ihnen wurde das Licht von irgend etwas reflektiert. Jay zeigte darauf, und sie kehrte mit dem Strahl wieder auf die Stelle zurück.

Beide wußten, was es war: eine Falle. Sie konnten kaum den feinen silbernen Faden sehen, der quer durch den Tunnel gespannt war.

Jay schritt äußerst langsam vor, während Lila ihm den Weg ausleuchtete. Er folgte dem Faden bis an die Stelle, wo er in der Wand verschwand. Dann fand er, was er suchte.

Lila kam hinter ihm her. »Was ist es?«

Jay ging vorsichtig und langsam um eine kleine Nische in der Tunnelwand, aufs äußerste bemüht, nichts anzustoßen. Lila kam mit der Lampe näher und sah schließlich die glänzenden, rasierklingenscharfen Spitzen von sechs Pfeilen, die klug versteckt auf einem fest gespannten Bogen in der Wand saßen.

»Ich wette, das hat er zusammengebaut«, sagte Jay.

»Schau dir nur an, wie groß es ist!«

»Komm weiter.«

Sie duckten sich sehr vorsichtig unter dem dünnen, fast unsichtbaren Draht hindurch und arbeiteten sich weiter durch den Tunnel auf den Raum zu.

Ja, sie waren schon einmal hier gewesen. Es war der Zeremoniensaal, wo sie den heiligen Yahrim-Männern zum ersten Mal begegnet waren. Das Lagerfeuer in der Mitte des Raumes war bis auf einige schwelende Kohlen niedergebrannt. Der Raum war still und unheimlich.

Jay war ermutigt. »Gut. Alles, was wir jetzt tun müssen, ist, diesen Höhleneingang zu finden, durch den die Yahrim uns geführt haben, und wir sind draußen!«

»Laß uns gehen!«

Sie gingen voran — langsam. Lila leuchtete voraus nach oben und nach unten, während sie sorgfältig nach Fallen suchten. So weit, so gut.

Eine große Sammlung von riesigen, gräßlichen Waffen hing an der Wand: ein Speer, mindestens vier Meter lang, viele Klingen in allen möglichen Formen, Ketten, Pfeile und ebenso ein gebogenes Schwert, so groß wie eine Tür, mit einer glänzenden messerscharfen Klinge. Schon allein der Anblick reichte, daß sie um so dringender von diesem schrecklichen Ort entkommen wollten.

Wo war der Höhleneingang? Jay war sicher, daß er an diesem Ende des Raumes sein mußte, aber bis jetzt konnten sie ihn einfach nicht sehen. Sie zögerten und begannen umherzublicken.

»Ich bin fast sicher, daß er hier war«, sagte Jay.

»Ich glaube auch«, sagte Lila. »Ich erinnere mich an die Schilde, die da oben hängen. Er war genau dahinter.«

»Okay. Paß auf, was hinter uns passiert.«

Lila erstarrte und packte Jays Arm. Er blickte auf, und sie zeigte auf die Wand mit den Waffen.

Das Schwert, dieses riesige, gebogene, türgroße Schwert war verschwunden!

»Jay!«

Sofort lag sie auf dem Boden, vom Körper ihres Bruders nach unten geschleudert.

PENG! Das Schwert fuhr nieder wie ein blitzender Funken. Waffen, Steine, Holzstücke und Metall flogen durch die Luft.

Keine Zeit zum Denken. Sie rasten quer durch den Raum, während das Schwert sich hoch in die Luft erhob, gehalten von einer unvorstellbar riesigen, drohenden Hand.

Das dumpfe Glühen des schwelenden Feuers ließ sie lediglich die vagen Umrisse des Riesen erkennen, einen unglaublich riesigen Schatten, der den ganzen Raum zu erfüllen schien. Sie konnten die Reflexion des Feuers an der Kante der Klinge sehen, sie konnten sehen, wie sich trübe das Licht in den gelben dämonischen Augen widerspiegelte.

»Jay!« rief Lila.

Gerade noch rechtzeitig sprangen sie beiseite, als das Schwert wie ein Blitz aus einer Donnerwolke schoß und Funken von den Felsen sprangen. Lila rannte in eine Richtung, Jay in die andere. Donnernd lachte der Riese, als er hinter Lila herkam, mit einem leichten Schritt stieg er über die Feuerstelle. Sie war in die Enge getrieben. Jay fand einen großen Speer und warf ihn mit aller Kraft. Die Klinge sprang an der Hüfte des Riesen ab. Er drehte sich nicht um, aber durch den Angriff verfehlte er sein Ziel. Die Klinge seines Schwertes sauste über Lilas Kopf hinweg, schnitt durch ein paar Holzregale und verwandelte sie in Holzsplitter, eiserne Waffen fielen klirrend und lärmend zu Boden. Der Riese stolperte, verlor sein Gleichgewicht. Lila rannte um ihn herum, duckte sich in ein paar Schatten, umrundete den Raum auf der Suche nach ihrem Bruder.

Sie fand ihn. Wild winkend lief sie zu ihm. Sie rannten zu dem Tunnel zurück, aus dem sie in den Raum gekommen waren.

Mit einem Sprung war der Riese da und wartete.

Das mußte der Herr sein. Ein Gedanke durchzuckte Lila, den sie sofort in die Tat umsetzte: Sie richtete den Strahl ihrer Taschenlampe auf die Augen des Riesen.

Nur einen Moment schloß der Riese vor Schmerzen die Augen, aber das genügte.

Sie schlichen an ihm vorbei und schlüpften in den Tunnel. Nach ein paar Metern wollte Lila gerade mit voller Geschwindigkeit losrennen, aber Jay packte sie und zog sie in einen dunklen Schatten um die Ecke hinter eine Mauer. Dann stieß er einen Schrei aus, daß Lila zuerst völlig verschreckt war. Aber gleich verstand sie seinen Plan und schrie ebenfalls. Dann blieben sie mucksmäuschenstill in der Finsternis stehen.

Das trübe organgefarbene Licht aus dem Raum schien erloschen zu sein: Der Riese hatte den Tunnel betreten. Rasend schnell und lautlos bewegte er sich auf sie zu.

Sie beteten — nur ein paar Worte, und das Monster raste mit einem kräftigen Windzug an ihnen vorbei. Dann kam ein sipsipsip aus der Dunkelheit, ein schmerzverzerrtes Gebrüll und ein lautes metallenes Klappern, als das große Schwert auf den Boden des Tunnels fiel. Der Fallensteller war in seine eigene Falle getreten!

Jay und Lila machten kehrt und rannten zurück zu dem großen Raum. Dort mußte es noch einen Fluchtweg geben.

»Ja!« sagte Dr. Cooper aufgeregt. »Das ist es!«

Die anderen kamen zusammen und schauten sich alles genau an.

»Seht hier!« sagte Dr. Cooper und zeigte auf jede einzelne Stelle der Inschrift. »Diese Zeile kreuzt sich mit der hier, und beide Zeilen haben an ihrer Kreuzungsstelle denselben Buchstaben.«

»Wie ein Kreuzworträtsel«, sagte Bill.

»Das gleiche passiert hier und da und da unten ... insgesamt zwölfmal!«

»Zwölf«, sagte Ben-Arba, »die Glückszahl der Anakim!«

»Zwölf verschiedene Buchstaben«, sagte Dr. Cooper. »Sie erscheinen in dieser Inschrift in einer ganz bestimmten Reihenfolge, kein Buchstabe wiederholt sich.«

»Weiter, Doc, machen Sie weiter«, sagte Jeff.

»Hier ist der erste Buchstabe, gleich hier oben. Und schaut mal da an die Wand!«

Alle blickten auf die Stelle, die Dr. Cooper zeigte. An der gegenüberliegenden Wand, nur ein kurzes Stück den Tunnel entlang, war derselbe Buchstabe groß eingeritzt. Es war ein kleiner Schnörkel über einem kurzen, senkrechten Stamm, wie eine einfache Blume.

»Überprüft diese Wand«, wies Dr. Cooper sie an.

Jeff und Bill untersuchten sie sorgfältig, aber sie konnten nicht Ungewöhnliches entdecken. Auch Ben-Arba betrachtete sie sich, klopfte mit dem Griff seines Messer dagegen, zog eine Grimasse ... und dann trat er einfach ein Loch durch die Wand!

»Ha!« bellte er. »Sie haben eine Entdeckung gemacht, Doktor! Die Wand ist eine Attrappe!«

Dr. Cooper begann, hastig alle zwölf Buchstaben, die er in der Inschrift gefunden hatte, auf einen Zettel zu kritzeln. »Okay, Leute, hier in den Gräbern gibt es überall Inschriften und eingeritzte Buchstaben. Aber wenn meine Theorie stimmt, müßten diese Buchstaben hier den Weg durch die Gräber zum Schatz weisen, vorausgesetzt, man folgt der Reihenfolge, die sich in der Inschrift findet.«

Ben-Arba gab seinen neuen Kriegern ein paar barsche Befehle, und sie begannen, die falsche Wand beiseite zu schieben.

»So, und wie finden wir jetzt Anak?« fragte Bill.

»Wo dein Schatz ist, da ist auch dein Herz««, zitierte

Dr. Cooper aus der Bibel. »Anaks Versteck muß in der Nähe des Schatzes sein. Da müssen wir anfangen.«

Hinter der falschen Wand hatten die Yahrim-Krieger einen Durchgang freigelegt. Dr. Cooper führte die Gruppe an.

Jay und Lila rannten im Zeremoniensaal umher und suchten einen Ausgang. Der Durchgang nach draußen war einfach verschwunden, und der Tunnel, den sie den anderen Tag benutzt hatten, war immer noch durch diese riesige Steinplatte versiegelt.

Sie konnten ein schleifendes, klingendes Geräusch hören. Es kam aus dem Tunnel, durch den sie gerade gekommen waren — der Riese kam zurück!

Jay blickte hinauf zu dem Rauchschacht im Dach. »Mann, wenn ich bloß fliegen könnte!«

»He, was ist das?« fragte Lila.

Auf halber Höhe der Wand befand sich ein kleines, rundes Loch, möglicherweise ein weiterer Belüftungsschacht.

Der Riese kam näher. Er humpelte und war nicht mehr leise, aber immer noch bewegte er sich schnell vorwärts. Sie hatten keine Sekunde zu verlieren.

Unterhalb des Loches war ein schmaler Sims, aber er hing zu hoch, sie konnten ihn nicht erreichen.

»Jay, wie ist es mit diesem Speer?«

Sie rannten an die Stelle, wo alle Waffen ausgestellt waren, packten den riesigen, vier Meter langen Speer und lehnten ihn gegen die Wand mit der Spitze nach unten. Jay gab Lila einen Schubs, und sie kletterte den Speer weit genug hinauf, daß sie den Sims greifen und sich hochziehen konnte.

Das Monster donnerte in den Raum wie ein zorniger Stier. Immer noch schwang er das riesenhafte Schwert, sein verwundetes Bein blutete.

Jay kletterte eilig den Speer hinauf und erreichte gerade den Sims, als der Riese ihn entdeckte.

Lila hatte das Loch erreicht und purzelte hindurch. Dann hielt sie ihre Hand nach draußen, um Jay zu helfen.

Mit Schritten, die den ganzen Raum erbeben ließen, kam die Bestie auf Jay zu. Er sprang auf das Loch zu und schlidderte hindurch, als gerade eine Hand hinter ihm hineinschlug.

Jay und Lila rollten einen schmalen Schacht hinunter und entkamen der Reichweite der Hand, die in alle Richtungen grabschte und immer tiefer kam.

»Wo führt dieser Schacht hin?« fragte sich Jay.

Sie krochen los, um es herauszufinden.

Dr. Cooper fand den nächsten Buchstaben zwischen vielen anderen über einem Durchgang. Alle gingen hindurch, rannten einen kurzen Tunnel entlang und kamen in einen großen Raum, der voll von Töpfereigut, altem Wandschmuck und Tonkrügen war, die zweifellos altertümliche Schriftrollen enthielten. Das war eine unglaubliche Entdeckung für jeden Archäologen, aber Dr. Cooper schenkte ihnen in diesem Moment keinerlei Beachtung. Er betrachtete die drei anderen Tunnels, die aus dem Raum herausführten. Alle waren markiert, aber nicht mit dem Buchstaben, der als nächstes auf seiner Liste stand.

»Und was jetzt?« fragte Bill.

»Er muß irgendwo sein«, antwortete Dr. Cooper.

Taschenlampenstrahlen schossen durch den ganzen Raum.

»Doktor!« sagte Ben-Arba. »Da, im Boden!«

Dr. Cooper erblickte den großen Schnörkel. »Das ist es! Das ist der nächste Buchstabe. So weit, so gut!«

Sie sammelten sich auf dem Fleck, schoben einen schweren Holzpflock beiseite und entdeckten eine große Öffnung mit einer steilen Treppe, die nach unten führte.

Sie ließen sich durch die Öffnung fallen und hasteten die Treppen hinunter.

Kriechend und schlitternd eilten Jay und Lila diesen langen, engen Schacht entlang, bis sie endlich an eine Öffnung gelangten, die in einen anderen Raum führte.

Lila leuchtete mit ihrer Taschenlampe durch die Öffnung. »Oh wei!«

Die Öffnung befand sich etwas drei Meter hoch in der Wand über einer Gruft oder so etwas. Die Wände und der Boden waren schmuddelig grau, die Luft war muffig und trocken. Staubbeladene Spinnweben bildeten einen fädrigen Wandschmuck in den Ecken, und in der Mitte des Raumes lagen die sterblichen Überreste von vier Anakim auf riesigen, rechteckigen Steinplatten. Sie trugen noch ihre massive Rüstung, die Schwerter steckten noch in ihren Seiten. Zu Lebzeiten mußten sie mächtige Generäle gewesen sein. Es war offensichtlich, daß sie mindestens drei Meter groß gewesen sein mußten.

»Mann, wenn Dad das sehen könnte!« sagte Jay.

Lila leuchtete durch den Raum. »Dieser Ort muß eine wahnsinnig hohe Decke haben ... ich kann sie noch nicht mal sehen!«

»Und ich sehe auch keinen Ausgang. Sie müssen diesen Raum vor langer Zeit versiegelt haben. Aber warte mal — was ist das da drüben?«

Lila hielt die Taschenlampe still. Der Lichtstrahl zeigte auf eine große Holzkurbel, die an der gegenüberliegenden Wand angebracht war.

»Erinnerst du dich noch an die Tür zum Zeremoniensaal — die Tür, mit der uns die heiligen Männer eine Falle stellen wollten? Das könnte auch ein Mechanismus von so einer Falltür sein«, sagte Jay. »Ein Hebel läßt sie hinunter, aber man zieht sie mit einer Winde und einer Kurbel rauf.«

»Und wo soll die Tür sein?«

»Das weiß ich nicht. Vielleicht geht ein Stück der Wand nach oben.«

»Ich frage mich ...«

»Was fragst du dich?«

Lilas Augen weiteten sich und schweiften umher, während sie nachdachte. »Erinnerst du dich, wie sich die Wände in diesen Tunneln zu verändern schienen? Wir konnten nie herausfinden, wo wir waren.«

Jay verstand, was sie meinte. »He ... Und dasselbe passierte auch beim ersten Mal, als die heiligen Männer uns jagten. Wir dachten, wir hätten den falschen Tunnel genommen. Aber ... du denkst, daß Anak einfach Wände gehoben und gesenkt hat, um uns zu verwirren?«

»Ja ... irgend so etwas. Vielleicht waren wir nie so sehr verirrt, wie wir dachten.«

»Aber warum würde er das tun ...« Dann fiel ihm etwas ein. »Es sei denn, er treibt uns in die Enge — weißt du. Ich meine, daß er alle Wege verschließt bis auf den, den wir nehmen sollen.«

»Also muß er wissen, wohin wir kommen, egal welchen Tunnel wir wählen. Er muß wollen, daß wir an einem bestimmten Ort ankommen.«

»Aber vielleicht haben wir seine Pläne auch vereitelt, indem wir in diesen kleinen Schacht gekrochen sind.«

»Trotzdem muß er wissen, wo der Schacht hinführt.« Lila schaute hinunter. Der Boden war ziemlich weit unten. »Was meinst du? Sollten wir es versuchen?«

Sie schauten sich noch etwas mehr im Raum um. Es war totenstill.

»Still wie ... ja, wie ein Grab«, sagte Jay.

»Na ja, ich weiß nicht, welche andere Wahl wir hätten. Laß uns gehen.«

»Wir können eine Kette bilden.«

Jay verankerte sich im Schacht und hielt Lilas Hände fest, so daß sie sich möglichst weit nach unten hangeln konnte. Von da aus ließ sie sich fallen. Jay kroch heraus, umklammerte mit seinen Fingern den Rand der Öffnung und landete mit einer Flugrolle auf dem Boden.

Leise gingen sie an den trockenen, grauen Skeletten vorbei, die auf den Steinplatten lagen, als befürchteten sie, den dreitausendjährigen Schlaf dieser Riesen zu stören.

Jay war nicht groß genug, um die Kurbel zu erreichen. »He ... die Leute damals waren einfach größer. Komm her, ich hebe dich nach oben.«

Lila legte ihre Taschenlampe auf eine der Steinplatten, so daß der Strahl auf die Kurbel gerichtet war. Jay verschränkte seine Finger und baute eine Räuberleiter für Lila. Mit der zusätzlichen Höhe schaffte sie es, den einfachen Holzgriff zu greifen.

Sie zog, aber die Kurbel rührte sich nicht. Sie drückte, und langsam legte er sich auf die andere Seite.

»Du schaffst es«, sagte Jay. »Da ist ein Spalt unter der Wand.«

»Das wird aber einige Zeit dauern.«

»Beeil dich.«

Lila hievte die Kurbel mit ihrer ganzen Kraft herum, und langsam und schwerfällig begann sie sich zu bewegen. Stück für Stück hob sich die Wand. Die Kurbel lockerte sich etwas und drehte sich leichter, Lila kurbelte schneller. Es brauchte einige Umdrehungen, bis die Wand auch nur zwei Zentimeter gehoben war.

»Es kommt, es kommt«, sagte Jay aufgeregt.

Direkt hinter einer der grauen, staubigen Steinplatten erschien ein kleiner Tropfen Rot auf dem Boden, dann noch einer und noch einer.

Dr. Cooper und seine Mannschaft kamen an den Fuß einer Treppe und befanden sich nun in einem neuen Tunnel. Die Strahlen ihrer Taschenlampen tanzten über die Wände auf der Suche nach dem nächsten Buchstaben, einer fast quadratischen Form mit einem Punkt darüber.

Einer der Yahrim-Krieger rief laut und deutete in eine Richtung.

Da war es, ungefähr sieben Meter den Tunnel hinunter, fast unter der Decke.

Ben-Arba überprüfte die Wand. »Irgendeine Geheimtür. Ich glaube ...« Er begann sie zur Seite zu schieben. »... sie wird sich verschieben lassen.«

Die anderen packten zu und zogen. Die Wand begann sich zu bewegen.

»Noch ein Tunnel«, berichtete Dr. Cooper, der mit seiner Taschenlampe durch die Öffnung leuchtete. Er war etwas entmutigt, aber er durfte nicht aufgeben.

Lila kurbelte immer weiter, während der Staub ganzer Zeitalter von der Kurbel auf ihre Haare fiel. Die Wand hatte sich ungefähr dreißig bis fünfzig Zentimeter gehoben.

»Wie geht's?« fragte Jay.

»Ich werde müde, Bruderherz«, sagte sie.

Jay meinte, etwas gehört zu haben. »Psst.«

Sie erstarrten.

Da war es wieder. Ein Tropfen. Dann noch ein winziger Tropfen.

Leise ließ sich Lila auf den Boden herab. Jay nahm die Lampe und leuchtete in Richtung des Geräusches.

Nur einen Moment lang konnten sie die Blutlache sehen.

BUUM! Ein gigantischer sechszehiger Fuß polterte auf den Boden, und eine Wolke von Staub stob nach oben. Plötzlich war der Raum von einem schwitzenden, blutenden, turmhohen Schatten erfüllt.

Jay und Lila flitzten wie erschreckte Mäuse unter der leicht erhobenen Wand hindurch. Kaum waren sie hindurch, krachte ein riesiger Körper dagegen, und ein boshaftes Lachen erschütterte die Gräber. Sie rannten den dunklen Tunnel entlang ohne eine Ahnung, wo er sie hinführte. Sie waren noch nicht weit gekommen, da hörten sie, wie die Wand donnernd in Stücke zerfiel, als Anak sie durchbrach.

»Habt Ihr das gehört?« fragte Dr. Cooper.

Alle hatten es gehört.

»Das muß Anak sein!« sagte Ben-Arba. »Wir kommen näher!«

Sie rannten den Tunnel entlang, den sie gefunden hatten, wollten einen weiteren Tunneleingang ohne Buchstabenmarkierung passieren, als ihnen etwas anderes auffiel — Tropfen von Blut auf dem Boden. Ihre Spur kam aus der Passage und führte den Tunnel hinunter, in dem sie sich gerade befanden.

»Da muß jemand verletzt sein, aber wer?« fragte sich Dr. Cooper laut, sein Gesicht war vor Sorgen verzerrt.

Sie rannten weiter, immer den roten Tropfen folgend. Plötzlich durchschnitten die Strahlen ihrer Taschenlampen einen Nebel von gerade aufgewirbeltem Staub.

»Vorsicht«, sagte Dr. Cooper.

Direkt vor ihren Füßen hatte der Tunnel keinen Boden mehr. Er senkte sich in eine Gruft hinab. Auf vier großen Steinplatten lagen dort vier Anakim-Krieger in letzter Ruhe. Mit ihren nackten Kiefernknochen grinsten sie die Rettungsmannschaft an. Die Yahrim-Krieger schrien vor Schreck auf und wichen zurück.

Ben-Arba verstand. »Dies ist ein sehr heiliger Ort für sie, Doktor. Sie können sich ihm nicht nähern.«

»Aber wir müssen«, entgegnete Dr. Cooper. »Schauen Sie mal.«

Dr. Coopers Lichtstrahl hatte den staubigen Nebel durchdrungen und den Buchstaben Nummer zehn in der Reihenfolge gefunden, gleich über einem monströsen Loch, das gerade durch die Wand gebrochen worden war. Auf dem Boden der Gruft waren deutlich weitere Blutflecken zu erkennen.

»Er muß hier entlanggekommen sein, und dann offensichtlich in diese Gruft hinein.«

»Dann sind wir ihm genau auf den Fersen!« sagte Bill.

Dr. Cooper konnte auch die Fußspuren seiner Kinder im Staub auf dem Boden sehen. An vielen Stellen waren sie von den sechszehigen, blutverschmierten Fußabdrücken des Riesen überdeckt. »Er ist der, der blutet, aber er ist direkt hinter Jay und Lila her!«

Jay und Lila rannten und rannten, die Steinwände des dunklen Tunnels rasten endlos an ihnen vorbei, die Schritte von Anak Ha-Raphah polterten hinter ihnen wie ein stetiger, harter Rammklotz, der den Boden erbeben ließ und grollte wie ein sich nähernder Donner.

»Er hat uns genau da, wo er uns haben will«, keuchte Jay.

»Wo immer das sein mag«, antwortete Lila.

Sie fanden es bald heraus. Weit vor ihnen konnten sie Licht erkennen, das immer heller wurde. Sie näherten sich einem anderen Raum, und nun konnten sie große, brennende Fackeln an den Wänden erkennen, die den Raum mit flackerndem gelben Licht erfüllten. Sie stürzten aus dem Tunnel in den Raum hinein und schauten sich sofort überall nach einem neuen Fluchtweg um. Aber sie konnten keinen entdecken.

Das mußte ihr endgültiges Ziel sein. Anak hatte sie gezwungen, genau hierherzugehen. Sie waren umgeben von gigantischen Möbeln: einem monströsen Bett, einem turmhohen Tisch, einem Sessel, der groß genug für einen Dinosaurier war, Steinschneide-Werkzeugen, die man höchstens zu zweit anheben konnte, verschiedenen Messern, mit denen man einen Elefant filettieren konnte. Eine Feuerstelle in Größe einer Garage war in die Steinmauer gemeißelt, das Feuer darin schwelte noch.

Sie hatten die Höhle des Riesen betreten, sein unterirdisches Zuhause!

Egal, was Ben-Arba sagte — die Yahrim wollten die Jagd nicht fortführen. Sie weigerten sich, die vier Anakim-Krieger unten in der Gruft auch nur anzuschauen.

»Lassen Sie sie hier«, sagte Dr. Cooper. »Aber ich brauche ihre Mäntel und Schals!«

Ben-Arba gab bellend den Befehl, und die Yahrim zogen ihre Mäntel aus Ziegenfell und die gewebten Schals aus und gaben sie Dr. Cooper, der begann, sie zu einem groben Seil zusammenzuknoten.

»Ihr alle, haltet dieses Ende fest«, sagte er zu den Yahrim, und Ben-Arba übersetzte den Befehl.

Während die Yahrim oben warteten, ließen sich Dr. Cooper, Ben-Arba, Jeff und Bill einer nach dem anderen am Seil hinab. Ihr Blut raste in ihren Adern, sie waren bereit für einen Kampf.

Wie ein dröhnender Zug kam Anak den Tunnel entlang auf seine Höhle zu.

Jay rannte in die eine Richtung, Lila in die andere. Sie umrundeten den Raum in entgegengesetzter Richtung auf der Suche nach irgendwelchen Durchgängen, versteckten Türen oder Vertäfelungen, irgendeinem Ausweg.

Der Tod selbst rückte an. Der Furchtbare war gerade hereingekommen.

Sein Anblick verschlug ihnen die Sprache. Zum ersten Mal stand er nun in ausreichendem Licht, so daß er vollständig sichtbar war. Er war massiv, sein Körper muskulös und stark behaart, und er war unwahrscheinlich groß. Seine

Augen blickten gelb und wahnsinnig wie die eines Dämons. Sein Haar war schwarz, verfilzt und lang. Er trug einen breiten Ledergürtel um seine Brust und die altertümliche Rüstung der Anakim um seine Hüften.

Als er die beiden Kinder sah, die in der Falle saßen, verzog sich das große bärtige Gesicht zu einem verzerrten Grinsen.

Aber plötzlich hallte ein lauter Ruf durch den Tunnel hinter dem Riesen. »Anak! Halt!«

Es war die Stimme von Talmai Ben-Arba! Der Riese hörte sie und sprang von der Türöffnung weg, als gerade ein dröhnender Schuß aus Ben-Arbas Gewehr durch den Tunnel donnerte. Das Geschoß prallte neben Anaks Schulter an den Steinen ab.

Jay und Lila konnten sehen, wie Lichtstrahlen weit hinten im Tunnel tanzten, und dann rief Lila: »Das ist Dad!«

Nur einen kurzen Moment konnten sie sehen, wie Ben Arba erneut mit seinem Gewehr zielte, Dr. Cooper war an seiner Seite.

Aber Anak hatte sie auch gesehen, und mit einem haßerfüllten und listigen Blick packte er einen Hebel, der sich gleich neben dem Eingang an der Wand befand. Mit quietschenden Winden und Seilen und einem Mahlen von Stein an Stein begann sich eine riesige Steinplatte vor den Eingang zu senken.

»Er verschließt die Tür!« sagte Dr. Cooper.

Die vier Männer rasten auf den Eingang zu, der zu blinzeln schien wie ein sich schließendes Auge. Die Steinplatte schnitt das Licht vom Tunnel ab. Immer rascher senkte sie sich, und die Männer sprinteten verzweifelt auf sie zu.

Zu spät. Mit einem endgültigen dumpfen Aufschlag hatte die Steinplatte den Boden des Tunnels erreicht. Nun war der Weg der vier Männer durch eine feste Steinmauer blockiert — einer Mauer, auf der wie zum Spott der riesige Buchstabe Nummer elf zu sehen war.

Der Riese war sehr zufrieden mit sich und lachte, als er das Geschrei der Männer hörte, die er aus seiner Höhle ausgeschlossen hatte. Wieder kam das riesige Schwert aus seiner Scheide, und er heftete seinen bösen Blick auf Jay und Lila.

Allerdings hatte die hinabfallende Steinplatte einen Windstoß verursacht, der bis zum Feuer wehte. Jay bemerkte einen Wirbel von Funken, die in irgendeinen Raum hinter dem Feuer stoben.

»Faß an!« rief er Lila zu, und die beiden griffen sich einen Teppich aus Ziegenfell. Sie hielten ihn vor sich und rannten auf das Feuer zu.

Anak kam hinterher, diesmal nicht ganz so behende. Er humpelte wegen seines verletzten Beines und mußte sich am Tisch abstützen. Das Schwert hielt er hoch erhoben.

Mit einem weiten Sprung nach vorn ließen die Kinder das Ziegenfell auf die glühenden Kohlen fallen und machten einen Purzelbaum darüber durchs Feuer hindurch. Dann taumelten sie in die kleine Aushöhlung dahinter. Sie rollten einen schmalen Schornstein aus Stein hinab und landeten in einem Kamin auf der anderen Seite. In einer aufstiebenden Wolke von grauer Asche und herumfallenden kalten, verkohlten Ästen purzelten sie in einen zweiten Raum. Auch er wurde von riesigen Fackeln an der Wand beleuchtet.

Lila blieb auf dem Steinboden liegen. Gerade noch rechtzeitig blickte sie auf und sah, daß Jay neben einen feinen Draht gerollt war, der ungefähr dreißig Zentimeter über dem Boden gespannt war.

»Paß auf!«

Jay stieß an den Draht. Sofort öffnete sich der Boden neben ihm und fiel krachend und donnernd nach unten. Gerade noch konnte er zur Seite rollen. Mitten im Boden hatte sich eine tiefe, gähnende Grube geöffnet. Die Falle war groß genug, um einen Dinosaurier zu verschlingen.

Oben von der Wand klackerten ein paar Steinbrocken und Kieselsteine herab. Die Kinder erstarrten. Lila war ganz leicht an einen anderen Draht gekommen. Sie sahen nach oben und erkannten eine riesige schwankende Steinplatte, die von Holzpfählen gehalten wurde und mit dem Auslösen des Drahtes hinunterkrachen würde.

»Hier wimmelt es von Fallen!« rief Jay aus.

»Herr Jesus, hilf uns!« betete Lila laut.

Dr. Cooper wandte sich um. »Lila!« sagte er.

Bill und Jeff richteten ihre Lampen zur Decke. Auch sie hatten Lilas Stimme gehört.

»Doc!« sagte Bill. »Hier! Das sieht aus wie noch so ein Belüftungsschacht!«

Alle blickten auf die schmale Öffnung in der Decke des Tunnels. Ganz schwach und entfernt konnten sie Lilas und Jays Stimme durch den langen, steinigen Tunnel hallen hören.

»Wo immer die Kinder sind«, sagte Jeff, »das hier ist der Weg zu ihnen.«

Dr. Cooper legte seinen Revolvergürtel ab. »Gebt mir einen Schubs.«

Ben-Arba schaffte es persönlich, Dr. Cooper in die Öffnung hineinzuschieben. Dr. Cooper wand sich durch die schmale Passage und griff nach seiner Pistole.

Bill gab sie ihm. »Gehen Sie, Doktor. Wir kommen nach!«

Der Raum war gespenstisch und geheimnisvoll. Die schrecklichen, blutrünstigen Wandmalereien wurden von dem flackernden gelben Licht der Fackeln angestrahlt. Überall starrten die Masken und Amulette der Yahrim sie drohend und spöttisch an. Immer noch fielen hier und da Kiesel und Steinbrocken in die tiefe schwarze Grube im Boden, immer noch schwankte die Steinplatte an der Wand bedrohlich hin und her, als würde sie jeden Moment hinunterkrachen. Es schien keine Fluchtmöglichkeit zu geben — keinen Ausweg. Oben in der Wand befand sich noch eine Öffnung zu einem Ventilationsschacht, aber er war zu hoch, sie konnten ihn nicht erreichen.

Halt! Da öffnete sich noch eine Spalte im Boden. Eine Steinplatte hob sich! Das war der Riese, der durch eine Geheimtür kam!

Jay und Lila suchten überall, aber sie konnten sich nirgends verstecken. Sie hatten nur eine Chance. Sie rannten zu der sich öffnenden Tür, blieben direkt daneben stehen und preßten sich gegen die Wand.

Mit vorgehaltener Pistole wand sich Dr. Cooper wie ein Maulwurf durch den schmalen Tunnel. Er mußte unbedingt zu seinen Kindern kommen. Er hatte keine Ahnung, was ihn erwartete oder was er tun würde, wenn er erst ankam, aber das lag alles in Gottes Händen. Seine Aufgabe war es, erst mal hinzukommen.

Die Tür hob sich schnell und öffnete sich schließlich gähnend zu ihrer ganzen Höhe, fast sieben Meter. Jay und Lila hörten, wie das Monster näherkam. Sie sahen den Schatten durch die Tür treten.

Jetzt oder nie! Jay verhakte seine Finger zur Räuberleiter und gab Lila einen Schubs.

Der Riese befand sich einen Schritt von der Tür weg. Lila sprang hoch und konnte mit Mühe einen riesigen Hebel an der Wand betätigen.

Der Riese stand immer noch im Eingang. Lila hängte sich an den Hebel und zog ihn mit ihrem ganzen Gewicht nach unten.

Mit einem plötzlichen Grollen von Seilen und einem mahlenden Geräusch fiel die riesige Steinplatte wie eine Lawine auf die Schultern des Riesen, stürzte ihn zu Boden und nagelte ihn dort fest. Das Schwert fiel ihm aus der Hand.

Jay erkannte die Gelegenheit, rannte hinüber und packte das große Schwert. Wie eine lange Bohle zerrte er es zur Grube hin.

Anak Ha-Raphah versuchte sich zu rühren. Grollend griff er um sich und keuchte heftig.

Jay erreichte den Rand der Grube. Sie war so tief, daß er den Grund nicht sehen konnte. Verzweifelt versuchte er, das Schwert an den Rand zu ziehen, um es hineinzuwerfen.

Anaks blind umhertastende Hand fand einen großen Steinbrocken.

»Jay!« schrie Lila.

Jay sah den Stein nicht. Er traf ihn an der rechten Schulter, und er taumelte wie ein Kegel, sprachlos, besinnungslos. Alles drehte sich um ihn, er sah nur Sternchen. Er meinte die Grube unter sich zu erkennen und konnte hören, wie seine Schwester seinen Namen rief.

Er kam wieder zu Bewußtsein und wußte, daß er fiel. Er klammerte sich mit der linken Hand an den Rand der Grube, sein Körper baumelte über dem absoluten Nichts. Seine rechte Schulter war taub und blutete. Er konnte den Arm nicht bewegen.

Dr. Cooper hörte Lilas Schrei, der durch den Lüftungsschacht hallte. Er wußte, daß er gleich da sein würde, und stieß sich mit noch größerer Entschlossenheit voran.

Anak schob seinen Arm unter seinen Körper, bog seinen Rücken und drückte gegen die Steinplatte. Sie bewegte sich. Sie konnte ihn nicht stoppen, nicht festhalten. Er drückte mit mehr Kraft, kam auf seine Knie, stieß ein mächtiges Brüllen aus, und mit dem nächsten Stoß hatte er sich befreit.

Lila rannte an den Rand der Grube, wo sie Jay baumeln sah. Sie versuchte, ihn zu ergreifen, aber sie konnte ihn nicht erreichen. Der Schatten des Riesen fiel über sie. Sie sprang auf und rollte zur Seite, als das Schwert wie ein Metzgerbeil hinuntersauste.

Sie schoß davon, hörte ein fürchterliches Krachen und wandte sich um.

Anak war wieder am Boden, er blutete, schnaufte, war verletzt, aber er starrte sie immer noch mit feurigen, haßerfüllten Augen an.

»Du ... wirst ... mich anbeten!« grollte er schmerzverzerrt in wildem Zorn.

»Nein!« rief sie trotzig, obwohl sie furchtbare Angst hatte.

»Es gibt nur einen Gott, und er kann dich jederzeit schlagen!«

»Dann soll er es doch versuchen!« donnerte Anak.

Er stand wieder auf, ging zwei Schritte auf sie zu. Er taumelte und sank auf ein Knie.

Sie rannte zur anderen Seite des Raumes. Er streckte sich auf der Erde lang und reckte seinen Arm so aus, daß sie über seinen Finger stolperte. Sie rollte über den Boden, stand auf, rannte weiter. Sein Bein schwang herum, traf sie von hinten wie ein rollender Baumstamm und fegte sie von ihren Füßen. Sie stieß ihren Kopf am Steinboden.

Licht! Dr. Cooper konnte Licht vor sich sehen. Er hörte, wie Lila kämpfte.

Jays Griff wurde lockerer. Er versuchte, sich mit den Füßen zu halten, aber die Steine unter ihm bröckelten ab. Er betete. Das war alles, was er tun konnte; und es war das beste, was er tun konnte.

Lila war benommen. Alles drehte sich um sie. Jetzt war sie in die Enge getrieben, es gab keinen Ausweg. Alles, was sie sah, war schwarzes Haar, triefender Schweiß und diese wahnsinnigen, mörderischen gelben Augen.

Dr. Cooper kroch durch die Öffnung. Er konnte alles sehen. Seine Gedanken rasten, um eine Lösung zu finden.

Dann sah er ihn, direkt gegenüber an der Wand: Buchstabe Nummer zwölf! Mittlerweile konnte er erkennen, daß es sich um eine Geheimtür handelte, und seine Augen schossen rasch zu einem riesigen Gewicht, das an einem Seil hing. Das Seil war über eine Winde geführt: Es handelte sich um ein Gegengewicht für die Tür!

Die große Hand umklammerte den Griff des Schwertes. Der Mund verzog sich zu einem teuflischen, skrupellosen Grinsen, so nah, daß Lila die schiefen Zähne des Riesen zählen konnte.

Dr. Cooper spannte seinen Revolver, zielte sorgfältig und feuerte.

Die Kugel durchschlug den Haken, an dem das Gegengewicht aufgehängt war, und das riesige Gewicht senkte sich zu Boden, während das Seil durch die Winde raste.

Die große Geheimtür begann sich zu heben.

Anak hörte, wie die Wand hinter ihm nach oben ging, und schaute erschreckt über seine Schulter. Lila nahm ihre Chance wahr und sauste um ihn herum. Sie rannte auf die Grube zu, um Jay zu helfen.

Anak wirbelte schnell und ungeschickt herum, schaute suchend mit vor Schweiß vernebelten Augen nach Lila. Aber gleichzeitig blickte er auf die Tür, die sich wie ein Vorhang hob und etwas offenbarte, das aussah wie das Licht von Millionen glänzender Sterne.

»Nein...« grollte es aus seiner Kehle wie das Brüllen eines Löwen.

Das war Dr. Coopers Chance. Der Riese befand sich unter ihm, er stand vor Schmerz gekrümmt zwischen ihm und der sich öffnenden Tür. Mit einem kräftigen Sprung sauste er durch die Luft und landete auf Anaks behaartem Rücken. Anak schwankte unter dem Aufprall. Dr. Cooper sprang erneut, diesmal auf die Tür zu und landete direkt davor.

Das also war er! Der sagenhafte Schatz! Juwelen, Diamanten, Gold — alles funkelte in blendendem Glanz!

Anak sah Dr. Cooper nicht. Seine bösen Augen waren wieder auf seine kleine blonde Beute gerichtet, die gerade mutig versuchte, ihren Bruder zu retten.

Lila lag flach auf der Erde und griff in die Grube, um Jay zu helfen. Aber das kostete sie wertvolle Zeit und verkleinerte die Distanz zwischen ihr und dem näherkommenden Riesen. Bevor sie etwas tun konnte, schnappte seine große Hand den Zipfel ihres Mantels. Sie trat um sich und kämpfte, aber er hob sie auf wie ein Spielzeug, bereit, sie mit einem Streich seines Schwertes umzubringen.

»ANAK!« schrie Dr. Cooper.

Anak wandte seinen häßlichen Kopf, rollte seine großen Augen zur Seite und erblickte Dr. Cooper zum ersten Mal. Sein Mund verzog sich zu einer haßerfüllten Grimasse, die seine schiefen Zähne entblößte.

Mutig trat Dr. Cooper vor. »Ich bin der, den du willst. Ich bin in deine Gräber eingedrungen!«

Anak stand da, schnaufte und keuchte und schaute verblüfft drein über den Mut dieses kleinen Mannes.

Dr. Cooper griff in eine große Truhe und griff sich einen großen Rubin. »Und was diesen Schatz betrifft, das ist gar nicht deiner, oder? Du hast ihn nur gehortet und den rechtmäßigen Besitzern vorenthalten!«

Die große Hand schwankte vor Zorn. Die Finger öffneten sich, und Lila fiel zu Boden. Schnell brachte sie sich in Sicherheit.

Dr. Cooper erkannte, daß er die Aufmerksamkeit des wütenden Riesen auf sich gezogen hatte. »Und du nennst dich einen Gott! Der einzig wahre Gott sieht vom Himmel herunter und lacht dich aus!«

Anak erhob sein Schwert, und mit einem Brüllen, das die Wände erzittern ließ, schritt er auf Dr. Cooper zu.

»Dad!« schrie Lila.

Aber Dr. Cooper konnte die unglaubliche Gier in Anaks Augen sehen. Er war bereit. Im richtigen Moment schleuderte er den wunderschönen Stein in die Luft, genau vor das Gesicht des Riesen.

Der Rubin kullerte auf die Grube zu. Anak stieß einen fürchterlichen Schrei aus und hechtete nach dem fliegenden Rubin. Mit ausgestreckter Hand griff er nach ihm.

Da wartete schon der Schlund der Grube auf ihn. Sein riesiger Körper fiel um wie ein Baum, und nur seine freie Hand konnte über den Rand aus der Grube langen. Verzweifelt suchte er nach einem Halt, einer Möglichkeit, sich zu retten.

Die Hand berührte den unsichtbaren Draht. Dann verschwand sie. Mit einem letzten haßerfüllten Gebrüll stürzte Anak in den Abgrund.

Oben an der Wand schnellten die Holzpfähle zur Seite, Steine und Kiesel fielen herab, und die riesige Steinplatte begann nach vorn zu kippen. Dr. Cooper rannte zur Grube, warf sich auf den Boden und griff suchend nach Jays Hand.

Die Steinplatte fiel mit erdbebenähnlichem Donnern zu Boden und kippte in Richtung Grube. Ihr Schatten fiel schon über Dr. Cooper, als er endlich Jays Hand fand. Dr. Cooper schrie laut vor Verzweiflung.

Der Stein fiel. Dr. Cooper und Jay rollten taumelnd aus dem Weg, und der Stein krachte über die Öffnung der Grube wie ein riesiger Deckel. Lose Steine prallten an den Wänden ab und holperten über den Boden. Der Druck hatte zwei Fackeln von den Wänden gerissen. Das Krachen des Steines verwandelte sich zu einem langen, dröhnenden Grollen, das im ganzen Raum widerhallte, bis es schließlich verklang.

Die Coopers saßen zusammen am Boden und hielten sich umklammert. Sie rührten sich nicht vom Fleck, bis jedes Geräusch verebbt war.

Nach fast einer Stunde schaffte es Jeff endlich, durch den Ventilationsschacht zu klettern, und fand die Coopers am Leben und unverletzt. Er störte sie nicht, noch nicht. Immer noch saßen sie auf der Erde und dankten Gott dafür, daß sie noch am Leben waren. Jeff bahnte sich seinen Weg zurück zum Eingang der Höhle des Riesen, bediente den Mechanismus und ließ Bill und Ben-Arba herein.

Nach kurzer Zeit untersuchten Dr. Cooper und Ben-Arba den großen Stein, der nun die Grube bedeckte.

»Anaks Kunstwerk«, sagte Ben-Arba ernst. »Eine riesige Falle, lächerlich groß ... Und das alles nur, um seinen widerlichen Schatz zu beschützen!«

Dr. Cooper mußte sich an eine passende Schriftstelle erinnern. »Wer anderen eine Grube gräbt, fällt selbst hinein ... Wer einen Stein rollte, den wird er wieder treffen.«

In dem Moment kamen Jeff und Bill aus Anaks Höhle. Dr. Cooper konnte ihren Gesichtern ansehen, was sie berichten würden.

»Ihr habt Jerry Frieden gefunden?« fragte er.

Bill nickte. »Er hat es nicht geschafft, Doc.«

Ben-Arba sah zu Boden, sein ganzer Körper begann zu zittern. Zum ersten Mal, seit Dr. Cooper diesen großen, kräftigen Mann kannte, traten Tränen in seine Augen. »Sünde ist so tödlich, Dr. Cooper. Wie viele Menschen mußten unter Anaks Gier leiden? Wie viele Yahrim haben alles verloren, was ihnen lieb war, nur wegen seiner Machtgelüste! Und jetzt ... jetzt hat die Sünde meine Mutter, Einbein und Mister Frieden geraubt ... und sie hat sogar ihren größten Sklaven, meinen Bruder, zerstört.«

Dr. Cooper meinte, daß jetzt der beste Zeitpunkt war, es zu sagen. »Die Bibel sagt, daß Sünde nur zum Tod führen kann, Talmai. Aber es gibt eine Lösung. Es muß nicht so sein, daß die Sünde über Sie herrscht. Jesus Christus kann sie wegwaschen. Er hat ihre Macht zerbrochen.«

Ben-Arba wischte sich die Tränen aus den Augen und sagte: »Die Yahrim brauchen einen Führer, der sie aus ihrer Armut führen kann ... und aus ihrer Unwissenheit.« Ben-Arba betrachtete seine sechsfingrige Hand und zuckte mit den Schultern. »Ich nehme an, sie werden sich an mich wenden.« Dann fügte er mit großem Ernst hinzu: »Aber sie müssen Ihren Gott kennenlernen, Dr. Cooper. Sie brauchen einen Gott, der real ist, der sie liebt, der sich wirklich um sie kümmert und sie nicht für seine eigenen Zwecke mißbraucht.«

Ben-Arba schaute Dr. Cooper an und sagte: »Doktor, ist Ihr Gott so?«

Dr. Cooper lächelte. »Ja, Talmai, das ist er. Und er ist ein Gott, der gibt, keiner, der nimmt. Er liebt uns alle und gab seinen einzigen Sohn, um die Strafe für unsere Sünden auf sich zu nehmen, um uns ein neues, ein ewiges Leben zu geben. Alles, was wir tun müssen, ist, an Gottes Sohn, Jesus Christus, zu glauben und ihn anzunehmen.«

Ben-Arba dachte darüber nach und sagte dann: »Wenn Sie Zeit haben, würde ich gern mehr über Ihre Schrift und über Ihren mächtigen Gott und seinen Sohn erfahren.«

»Mit dem größten Vergnügen«, antwortete Dr. Cooper.

»Aber was werden Sie jetzt tun?«

Dr. Cooper sah zu seinen Kindern und seinen beiden Männern, die in der Nähe standen, und entgegnete: »Nun, ich denke, wir machen uns wieder an die Arbeit, zu der wir hergekommen sind. Hier in den Gräbern gibt es wirklich viel Wissenswertes zu erkunden. Ich glaube, jetzt haben wir Zeit, zurückzugehen und uns alles anzuschauen.«

Ben-Arba lächelte. »Und ich stehe nun einem Volk vor, das diese Gräber gut kennt und das Ihnen Hilfe schuldig ist.« Er bot Dr. Cooper seine große sechsfingrige Hand an. Dr. Cooper nahm sie und schlug ein.

Jetzt machten sich Ben-Arba und die Cooper-Mannschaft auf den Weg zu den Tunneln, die sie nach draußen führten.

»Übrigens«, sagte Dr. Cooper, »wenn Sie Pippen und Andrews darüber informiert haben, daß der Schatz auf dem Grund und Boden der Yahrim liegt und rechtmäßig ihnen gehört, wie werden Sie diese Neuigkeit den Yahrim unterbreiten?«

Ben-Arba legte seinen Finger an die Lippen. »Psst. Das will ich sehr leise tun, und erst, wenn die Zeit reif ist. Im Moment ist mein Volk fleißig, tugendhaft und geistlich hungrig nach dem wahren Gott.« Ben-Arba lächelte in einer neugewonnenen Einsicht. »Wenn sie gelernt haben, was wirkliche geistliche Schätze sind, werde ich es ihnen erzählen.«

»Wissen Sie, Talmai«, sagte Dr. Cooper, während sie durch den Tunnel gingen, »ich glaube, Sie werden das gut schaffen.«

Nun, da sie einen klar markierten Weg hatten, dauerte es nur kurze Zeit, bis sie an die Oberfläche kamen, und nun war es kinderleicht, aus der Finsternis unter der Erde in das Licht des Tages zu treten.